蜘蛛の巣 上

ピーター・トレメイン

緑豊かなアラグリンの谷。その地を支配する氏族の族長エベルが殺された。現場にいたのは血まみれの刃物を握りしめた若者。犯人は彼に間違いない。事件はごく単純なはずだった。だが，族長の妻の要請で都から派遣されてきた裁判官フィデルマは，この事件にどこか納得できないものを感じていた。古代の雰囲気を色濃くたたえる七世紀のアイルランドを舞台に，マンスター王の妹で，裁判官・弁護士でもある美貌の修道女フィデルマが，その明晰な頭脳で次々と事件の糸を解きほぐしてゆく。ケルト・ミステリ第一弾。

登場人物

フィデルマ……七世紀アイルランドの法廷弁護士《ドーリィー》
エイダルフ修道士……ブリテン島南部のサクソンの出身。正式にはサックスムンド・ハムのエイダルフ修道士
カハル……リス・ヴォールの修道院院長
キャシェルのコルグー……モアン（マンスター）王国の王。フィデルマの兄
ベッカン……小王国コルコ・ロイグダの裁判官《ブレホン》の長《おさ》
ブレッサル……アラグリンに近い山中に建つ宿泊所《ホステル》の主人
モルナ……ブレッサルの弟
エベル……アラグリンの族長
クラナット……エベルの妻
クローン……エベルの娘。族長の後継予定者《タニスト》
テイファ……エベルの姉
モーエン……視力、聴力、発声に支障をもつ青年

ダバーン……………アラグリンの護衛隊の指揮官
クリーターン………護衛隊の若い兵士
メンマ………………アラグリンの族長の厩舎頭《うまやがしら》
ディグナット………族長の館《やかた》の家政取締り役の老女
グレラ………………同じく、召使いの娘

ゴルマーン神父……アラグリンの砦《ラー》の中に建つキル・ウールド礼拝堂の司祭

アルフー……………アラグリンの若い農民
スコー………………アルフーの許婚《いいなずけ》
マードナット………アルフーの親戚。ブラック・マーシュの農場主
エグディー…………マードナットの甥で、彼の牧夫頭
クリードナ…………アラグリンの娼婦
ガドラ………………アラグリンの森の隠者

蜘蛛の巣 上

ピーター・トレメイン

甲斐萬里江 訳

創元推理文庫

THE SPIDER'S WEB

by

Peter Tremayne

歴史的背景

この物語は、七世紀のアイルランド人がケート・ソマン、すなわち〝第七の月〟と呼び、後にバルティニャ[1]と呼ぶようになった五月に起こった出来事を描く。紀元六六六年のことである。《修道女フィデルマ・シリーズ》を以前に読まれたことのある読者は、七世紀のアイルランド教会、今日ではケルト教会と呼ばれている教会とローマ教会との間の相違について、ご存じであろう。アイルランド教会の典礼と思想は、多くの点でローマと異なっていたのである。またこれはすでに広く認識されている事実であるが、当時のケルト教会では、聖職者の独身主義はそれほど広く支持されていた観念や慣行ではなかった――この点は、ローマ教会においても、同様であった。フィデルマの時代には、アイルランドの宗教的施設(修道院や付属学院など)の多くは、男女を区別することなく受け入れており、彼らはしばしば結婚し、キリスト教の信仰に生きながら、その中で子供を育《はぐく》んでいた。その点を念頭に置いて、このシリーズをお読みいただきたい。この時代、修道院長や司教さえ、結婚することができたし、現に結婚していた。これらの事実を認識していただくことが、《フィデルマ・ワールド》の理解には必須である。

多くの読者にとって、七世紀のアイルランドは、いたってなじみの薄い土地であるに違いないので、巻頭に《修道女フィデルマ・シリーズ》の物語の主な舞台となるモアン王国（現マンスター地方）の簡単な地図を載せておいた。私は、マンスターという時代錯誤の呼称ではなく、このモアンという古称を用いる。なぜなら、マンスターという名称は、〝モアン〟の語尾に〝土地〟を意味する〝スタダー〟という北欧語を付け足した、九世紀になってからの造語であり、今日の地名マンスターはこれ以降の名称だからである。また、七世紀のアイルランドの人名の多くも、やはり耳慣れないものかもしれない。そこで、読む上で便利であろうかと、主要登場人物の名前の一覧表も付けておいた。

カマルの意味も、知っているほうが理解に役立つかと思う。カマルは当時の価値単位であって、乳牛三頭の値段に相当した。土地の広さを測る単位として用いるときには、一カマルは、一三・八五ヘクタールに相当した。

最後に、主人公フィデルマは、古代アイルランドの社会機構の中で、法律をもって活躍する人物であることに、ご留意願いたい。ここでいう法律とは、〈ブレホン法〉である。ブレホンとは、〝裁判官〟を意味するブレハヴに由来するアイルランド語であり、彼女は法廷に立つ公式の資格をもった弁護士であり裁判官でもある女性なのである。当時のアイルランドでは、この法廷弁護士あるいは裁判官という地位に女性が就くことは、決して珍しいことではなかった。

1　バルティィニャ＝語義は、〝ビリャの火〟。ビリャは、死、あるいは死と生の神。古代アイルランド暦の四節句の一つで、五月一日。この日より、夏が始まる。その前夜、人々は篝火をたき、ビリヤを祭った。

ゴシック文字はアイルランド（ゲール）語を、
行間の（　）内の数字は巻末訳註番号を示す。

蜘蛛の巣　上

〔註〕七世紀のモアン王国は、アイルランド南部。全土の四分の一強を占める最大の王国。現在のクレア、ケリー、リメリック、コーク、ティペラリーの五州あたり。

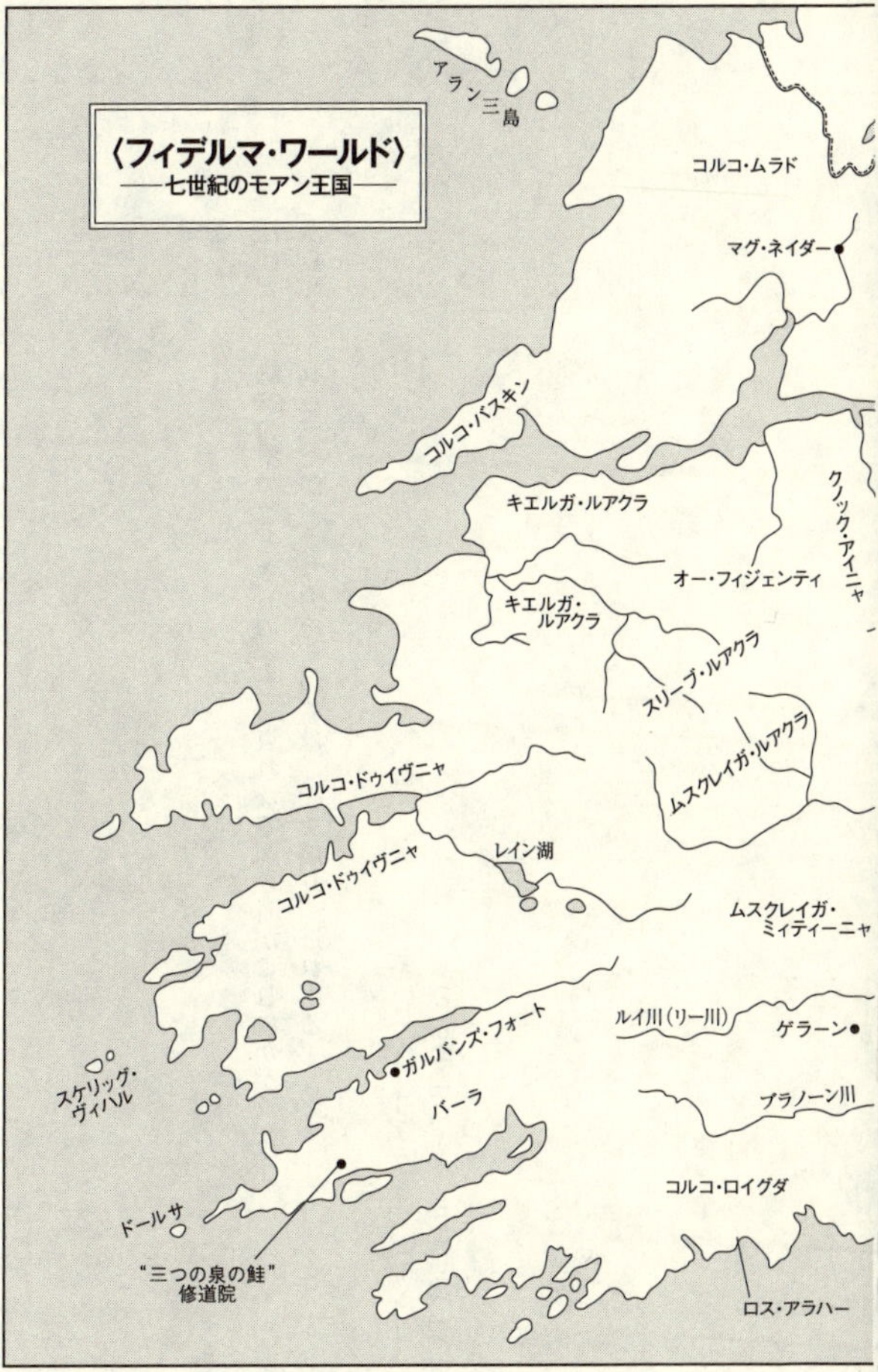
〈フィデルマ・ワールド〉
──七世紀のモアン王国──
アラン三島
コルコ・ムラド
マグ・ネイダー
コルコ・バスキン
キエルガ・ルアクラ
クノック・アイニャ
オー・フィジェンティ
キエルガ・ルアクラ
スリーブ・ルアクラ
ムスクレイガ・ルアクラ
コルコ・ドゥイヴニャ
コルコ・ドゥイヴニャ
レイン湖
ムスクレイガ・ミィティーニャ
ルイ川（リー川）
ゲラーン
ガルバンズ・フォート
スケリッグ・ヴィハル
バーラ
ブラノーン川
コルコ・ロイグダ
ドールサ
"三つの泉の鮭"修道院
ロス・アラハー

法律とは、蜘蛛の巣のごときもの。もし哀れなる弱き者がこれにかかれば、
からめとられる。だが、より力をもつ者は、網を破り、逃れ出る。

——アテネのソロン——
(c. 640 BC〜d. after 561 BC)

第一章

稜線の中央に一際高くそびえているのが、マルドウナッハ岳である。それに連なる山々も、その名をとってマルドウナッハ丘陵と呼ばれている。岩肌をむき出しにしたこの一連の峰々の頂《いただき》あたりから、いま遠雷が聞こえ始めていた。時おり閃光がはしると、丸みを帯びた高い山頂がシルエットとなって浮かび上がり、丘陵の北麓に位置するアラグリンの谷に、束の間その翳《かげ》を落とす。嵐をはらむ群雲《むらくも》は、古《いにしえ》の神々の荒々しい息吹から逃げ惑うかのように、重なりあってはまた離れつつ、空中で追いつ追われつの疾走を演じている。暗い夜だ。

高みに広がる緑草地では、もつれあう長い毛足をした牛の群れが、身を寄せあいながら、時時落ち着かなげに鳴いている。今にも襲いかかろうとする嵐に怯えて、慰めあっているだけではない。この高地をとり巻く鬱蒼とした森林には、獰猛な餓えた狼の群れが徘徊していた。彼らが放つ臭いが次第に募ってくるのを嗅ぎとって、牛たちは互いに警戒しあっているのだ。緑草地の牛の群れからかなり離れた所には、堂々たる牡鹿が一頭、自分の率いる牝鹿や仔鹿の一群を気遣わしげに守って、歩哨のように立っていた。牡鹿は、ときどき見事に枝を広げた大角を戴く頭を高くさし伸べては、敏感な鼻孔をひくつかせている。夜闇と重く垂れこめた雲と近づきつつある嵐にもかかわらず、夜明けが遙か東の山陵の向こう側からこの谷へと近づいてきつつあることを、獣たちは感じとっているのだ。

下の谷間《たにあい》には、瀬音を立てて流れる黒々とした川に沿って、幾棟もの建物がまだ漆黒の闇に沈んでいた。それらの建物は、いずれも周囲に砦(1)をめぐらせてはいない。この時刻、犬さえ身じろぎもせず眠っており、新しい一日が明け初《そ》めるのを先触れる牡鶏も、未だ刻《とき》を告げようとはしていない。小鳥たちさえ、夜明けの合唱を始めることなく、周囲の木立の中で眠たげに安らっている。

だが、一人だけ、この暗い時刻に起きだした者がいた。まるで世界中が死に絶え、生き物が一切存在していないかのようなこの静寂の時間に、目覚めかけている男がいた。

アラグリンの領主である族長エベルの厩頭《うまやがしら》、メンマだ。大柄でがっしりとした体格、顔にはうっとうしい赤髭を生やした大酒呑みのこの男が、今、藁布団の上で目を覚まし、羊の毛皮をはね除けたところである。時々はしる稲妻が、侘《わび》しい小屋の中を照らし出す。メンマは、前夜の深酒の名残を払い落とそうとするかのように頭を振ると、机のほうへ手を伸ばして、獣脂の蠟燭に灯をともすために、震える手で火打石と火口《ほくち》をまさぐった。次いで、こわばった手足を思いきり伸ばした。大酒呑みであるにもかかわらず、メンマは体内に不思議な時間感覚をそなえていて、昔から、泥酔してどんなに遅く寝床に転がりこもうと、かならず夜明け前の未だ暗い時刻に起きだすのだった。

大男は、生きとし生けるもの全てに対する呪詛という、彼の朝の日課にとりかかった。呪いの言葉を吐くことが大好きなのだ。ある人は、一日を祈りをもって始める。朝の沐浴で開始する者もいる。アラグリンのメンマは、自分の一日を、あるじである族長エベルを呪うことで始めるのだった。引きつけを起こして窒息してしまえ。切り刻まれて殺されるという死に方でもいい。赤痢だろうと毒薬でだろうとかまわない。あるいは溺死でも結構。とにかく自分の乏《とぼ》しい想像力が思いつく限りのあらゆる種類の死のいずれであれ、それがエベルに降りかかればいいのだ。お頭《かしら》に対するこうした呪詛の種が尽きると、つぎにメンマは、自らの存在を呪った。俺の両親は、なんで裕福でもなく有力者でもなかったんだ？　彼らがただの農民にすぎず、したがって倅《せがれ》にしがない厩舎係という役割しか授けてくれなかったことに対して、メンマは呪いを吐きかけた。

両親とも、自分たちより裕福な親戚の農場で、単なる労働者としてずっと働き続けてきた。暮らしは苦しいままで、息子にもしがない生き方しか授けてやれなかった。メンマは、人生における自分の定めに不満を抱《いだ》く、妬《ねた》み深い、意地の悪い男であった。

にもかかわらず、彼は早暁の暗がりの中で起きだし、服をまとった。だが、洗顔だの、肩まで伸ばして、それがもつれあい固まりあっている赤毛の髪や生い茂った藪さながらの髭を梳《くしけず》ることなど、いまだかつて考えたこともなかった。陶器の水差しに入れたコルマというごく質の悪い蜂蜜酒《ミード》がいつも寝床のかたわらに置いてあるのだが、それをがぶりと呷《あお》ることが、一日を始めるにあたって彼が必要と考える唯一の身の浄め方なのである。彼に近づき、その体や衣服が放つ胸の悪くなる異臭を嗅がされた人間なら誰しも、メンマと身体《しんたい》の清潔[2]という観念は全く相容れないものであると、思い知らされるはずだ。

彼は小屋の戸口までのろのろと出てくると、目をしかめながら暗い空を見上げた。雷鳴はまだ低く轟いていたが、今日はアラグリンの谷間では雨は降るまい。メンマには本能的にわかっていた。嵐になっているのは山の反対側であり、雨雲は山脈《やまなみ》に沿って、アラグリンの谷と並行するように東から西へと移動しつつあるのだ。山稜を越えて、こちら側まではやって来ないだろう。そうとも。曇った寒い日ではあっても、雨にはなるまい。雲が星をかすませているせいで正確な時刻はわかりかねるが、すでに遙か東に連なる峰々のすぐ下には、蒼白い夜明けがうっすらと横たわっているのを、彼は見てとっていた――というより、感覚でもってとらえていた。

アラグリンの族長のラー〔砦〕は、まだ闇の中に静まり[3]返っていた。この一かたまりの建物は、実際には砦で囲われてはいないのだが、クラン〔氏族〕の首長の住居であるからには、ラ

―と呼ぶのが礼儀であろう。

　今やメンマは、戸口に立ったまま、今日という日そのものを呪い始めた。まず、ほかの奴らはまだ砦の中で安眠を貪っていてかまわない時刻だというのに、なんで俺だけ起きださねばならんのだ、という恨み。それがすむと、今度はアラグリン自体への呪いに移り、自分の乏しい語彙《ごい》を総動員した。

　そのあとメンマは小屋の中へ一旦戻って蠟燭を吹き消し、足を引きずりながら、幾棟かの建物の間に延びる静まり返っている通路を、お頭の厩舎《うまや》へと向かった。蠟燭は、必要ない。通いなれ、熟知している通路だ。まずは馬たちを牧草地に連れ出し、次いで腹をすかせているお頭の猟犬どもに餌を与え、そのあと、お頭の牝牛の群れの乳搾りを監督する――それが、彼の任務だった。馬が牧場に放たれ、猟犬が十分に餌にありついたころ、召使いの女たちが目覚め、乳搾りにとりかかろうと姿を現す。乳搾りなど、男子たるものの仕事ではない。メンマ自身、自分がそんな作業に関わろうとは、夢にも思っていなかった。ところが最近、この谷間では、牛の群れが略奪され始めた。そのため、お頭のエベルは、搾乳作業に先立って乳牛の群れを点検するよう、メンマに命じたのである。エベルにとって、たとえ仔牛一匹であろうと、自分の家畜を不届きにも盗み出す者がいるとは、族長の名誉に対する挑戦に等しいのだ。彼は略奪者どもが自分のクランの平和を脅《おびや》かしているとの報告を受けて、激怒した。そこで、犯人を求めて配下の兵士たちに領内を探索させているのだが、まだ見つけ出すにはいたっていない。

この古い砦の中には、木造だけでなく、大きな石造の建物も幾棟か建っていた。メンマは今、闇の中から黒い輪郭を厳めしく浮かび上がらせているそれらの一つ、集会堂へとさしかかった。もう一つの石造建築は、ゴルマーン神父の礼拝堂である。厩舎はこの円形のラーの後方の、来客棟のすぐ後ろに建っている。石造の集会堂に接続して増築された木造棟もいくつか見えるが、こちらは族長とその家族の居住部分だ。これらの木造の建物をぐるっとまわらないと、厩舎へは行けない。メンマは、妬ましい思いで、それらの建物をじろりと見やった。エベルは夜もすっかり明けきるまで、あの中の寝台の上で、いびきをかいて眠りこけていることだろう。

覆面のように顔を覆っている髭の後ろで、メンマはみだらな薄笑いを浮かべた。昨夜、誰が彼と褥《しとね》を共にしたのだろう？　だが、すぐ渋面となった。なぜエベルなんだ？　なぜ、俺じゃねえんだ？　エベルだけが富と権力をもち、いろんな女どもを寝床に引きずりこめるってのか？　どうしてあの男だけが特別なんだ？　どういうわけでだ？

メンマは踏み出そうとした足をふと止めて、小首をかしげた。

あたりの闇は、静まり返っている。ラーは、まだ眠りの中だ。高みから、それも遙か向こうに連なる丘のずっと高みのあたりから、静寂を破って、時おり狼が長々と咆哮を響かせている。違う。彼を思わず立ち止まらせたのは、狼ではない。何かそれとは全く異なった音だった。全く見当のつかない物音だった。

彼は、しばらく立ちつくした。だが、あたりは今、静まり返っている。かすかに聞こえたような気がしたのは、風の音の悪戯《いたずら》だったのかも。だがそのとき、ふたたび音が聞こえてきた。

低く、嘆くような音だった。

風なのか？

突然、メンマは震えながら片膝を折って、祈った。神よ、全ての邪悪なるものから、我を守り給え。あれは、〈丘に住む者〉[4]の、つまりシイの声だったのだろうか？ 人間の魂を捕らえては地底の暗い穴倉へ連れ去るという、あの〈小さな者〉[5]どもなのだろうか？

突然、悲鳴が聞こえた。大声ではなかったが、メンマを驚かせ、彼の胸の鼓動を数秒速めさせるほど、鋭い叫びだった。そしてふたたび、低い嘆きの声が聞こえた。今度はもう少し明瞭な、長々と引き伸ばされた悲嘆の声であった。

メンマは周囲を見まわした。幾棟かの建物の暗い影の中に、動くものなど何一つなかった。おそらく、彼のほか、今の声を聞いた者は一人もいないのだろう。メンマは、それがどこから聞こえてくるのか、突き止めようとした。エベル自身の住まいの方角からだ。この世のものとは思えぬ音ではあるものの、今やメンマには、それが人間の発する声であると判断できた。安堵の溜め息が出た。彼の世界観は、いかにも彼らしく、粗野で動物的なものであったが、それにしても、万一シイたちが人間の魂を盗もうと企んでいるのだとしたら、そういう連中に真っ向から出くわすのは真っ平である。彼は、素早くあたりを見まわした。エベルの住まいは、暗く、静寂そのものであった。お頭は、病気なのだろうか？ メンマはどうすべきか決めかねて、顔をしかめた。エベルがどのような男であれ、ともかく彼のお頭なのだ。族長なのだ。メンマには、族長に対する義務がある。いかに苦々しい思いを彼に対して抱いていようと、無視するわけにはゆかぬ義務だ。

彼は用心深くエベルの住まいの戸口に近づき、そっと扉を叩いた。

そして「エベル？　病気ですかい？　何か助けが必要ですかね？」と、小声で呼びかけた。なんの返事もない。彼は、もう一度扉を叩いた。今度はもう少し強く。それでも、なんの応答もなかった。彼は勇気を奮い起こして、閂《かんぬき》を持ち上げた。閂は内側から固定されてはいなかった。もっともメンマも、固定されていると予想していたわけではない。アラグリンの族長のラーの中では、どの扉であれ、戸締りをする者など誰もいないのだから。メンマは中へ入った。彼は苦もなく闇に目を慣らすことができる。部屋には、誰もいなかった。以前入ったことがあるので、エベルの私室が二部屋からなっていることは、知っていた。今メンマが立っている部屋は〝談笑の間〟と呼ばれており、お頭が心許している人間をもてなす部屋である。エベルは特別な客を、集会堂の大勢の人目を避けて、ここで巧妙に接待するのであった。その奥が、お頭の寝室である。

メンマは手前の部屋に誰もいないことを確かめると、そちらへ向かった。

まず気づいたのは、扉の下からもれている明かりだった。続いて彼の注意を引いたのは、扉の向こうから聞こえてくる、次第に大きくなってきた嘆きの声だった。

「エベル！」と、メンマは鋭く呼びかけた。「何か、まずいことでも起きたんですかい？　儂でさあ。厩舎頭のメンマでさあ」

なんの応《いら》えもない。嘆きの声も、いっこう小さくならない。

彼は部屋を突っきり、扉を激しく叩いた。

そして、一瞬のためらいを振り払って、中へ入っていった。

机の上に、ランプが灯っていた。メンマは視力を調節するために、素早く目を瞬《しばたた》いた。何者かが、寝台のかたわらにひざまずいている。背を丸め、屈みこむような姿勢で、体を前後にゆすり、悲しげな声を発している。先ほど耳にした嘆きの声は、これだったのだ。メンマは、その人間の服に黒っぽい染みがついていることに気がついた。でも、すぐにメンマは目をむいた。血痕だった。何かがランプの光を受けて光っていることにも、気づいた。刃渡りのかなり長い短剣だ。その人間が、両手で握りしめているのだ。

この驚くべき光景に呆然となったメンマは、一瞬、金縛りにあったかのように立ちつくしていた。

そして、気づいた。部屋には、もう一人いる。誰かが寝台に横たわっている。嘆き続けている人物がひざまずいている、そのすぐかたわらの寝台の上に。

メンマは、一歩近づいた。

体のまわりに乱れた掛布団がかかっているほかは全裸で寝台に力なく横たわっているのは、

誰あろう、血にまみれた族長エベルの死体であった。片手は頭のあたりに無造作に投げ出されている。大きく見開かれ、何かを凝視しているかのような両目は、ランプの炎のきらめきを受けて、まるで生きているように見えた。何箇所もの傷を負って血だらけになっている胸は、むごたらしい限りだ。殺された動物を数多く見てきているメンマは、ナイフによって生じた傷口がぎざぎざになっていることを、見逃しはしなかった。ナイフは、狂気に駆られたかのように、幾度となくアラグリンの族長の胸に突き立てられたに違いない。

メンマはひざまずいて、祈ろうとするかのように片手を上げかけたが、またすぐにその手を下ろした。

「エベルは、死んだんか?」メンマは呆然としたまま、返事を求めた。

だが、寝台のかたわらの人物は、体を前後にゆすって、嘆き続けるだけだ。

メンマはもう一歩前へ出ると、冷ややかな目で寝台を見下ろした。そしてさらに近寄ると、片膝を突いて族長の首へ手を伸ばし、脈をとってみた。死体はすでに冷たく、硬直していた。もっとよく、エベルの目をのぞきこんでみた。ランプの炎は、もう光の悪戯を演じてはいなかった。お頭の両目はじっと動かず、ガラスのように見開かれたままであった。

メンマは立ち上がりながら、亡骸を忌まわしそうに見下ろした。そして、ためらった。自分の目で見ているにもかかわらず、エベルの死をさらに確かめずにはいられなかった。彼は片足を上げると、深靴の爪先で遺体をつついてみた。なんの反応もない。メンマはもう一度片足を上げて、悪意をこめて遺体の脇腹を蹴飛ばした。そう、間違いない。族長エベルは、確かに死んでいた。

メンマは、まだナイフを握りしめたまま嘆き続けている人物に、視線を転じた。そして、しわがれ声で笑い始めた。彼は、突然気づいたのだ——彼、厩舎の馬丁メンマは、今や裕福になり、力ある者になろうとしているのだ。彼がこれまでずっと妬み続けてきた身内の連中と同じように。

族長の住まいをあとにして、エベルの護衛隊の指揮官ダバーンを探しにゆきながらも、メンマはまだ忍び笑いを続けていた。

第二章

修道院の鐘が深いバリトンの音色《ねいろ》で響きわたり、一連の裁判の再開が告げられた。午後もまだ早い時刻であるにもかかわらず、建物の内部は決して暖かとはいえなかった。ひんやりとした灰色の石灰岩の壁が、太陽の熱をさえぎっているのだ。裁判の審問と裁定の場として臨時に提供されている修道院付属の小礼拝堂には、今はごく少数の出席者の姿しか見られない。木の腰掛け《ベンチ》には、ほんの数人が坐っているだけである。前日まで、この小礼拝堂は、さまざまな事件の被告、告訴人、それぞれの側の証人などで、溢れかえっていたのだが。しかしこの午後は、最後の訴えが法廷において審理され、裁定を下されるだけなのだ。提訴されていた数々の訴訟は、この一件以外は全て審理を終え、正義の裁きもすでに下されていた。

やがて、ブレホン(1)〔裁判官〕が姿を現した。最後の訴訟事件の五、六人の関係者はうやうやしく立ち上がり、裁判官が小礼拝堂の奥の定めの席に着くのを待った。裁判官は、意外にも、修道女の法衣をまとった二十代半ばか、せいぜい後半といった、うら若い女性であった。すらりと背の高い、人の心を惹きつけずにはおかぬ美貌の尼僧である。修道女の被り物の下から、赤みを帯びた髪の毛が一房、こぼれるようにのぞいている。瞳の色は、彼女の気分によって氷のような青に見えることもあり、ときには不思議な緑の炎を秘めているかに見えることもあるので、本当は何色なのか、定かには見極めがたい。こうした若々しい容姿は、経験に富んだ賢明にして学識豊かな裁判官、という一般的なイメージとはほど遠そうだ。ところが、この二、三日、この若い尼僧は、証拠を吟味したり、それを退けたりしながら、さまざまな法律問題にからむ訴訟をつぎつぎと捌《さば》いてゆき、その豊かな知識と論理と慈愛に満ちた精神を十分に披瀝して、出廷していた人々に強い感銘を与えてきたのであった。

実は、この修道女フィデルマは、正式な資格をもったドーリィー、すなわちエール五王国(2)のいずれの法廷にも立つことができる、れっきとした弁護士なのであった。それも、熟練した法の専門家として、アンルーという高位の資格さえ持った尼僧なのだ。(3)アンルーとは、裁判官のもとで開かれる法廷において弁護士活動ができるだけではなく、上級の裁判官による裁きを必要とするまでもない訴訟の場合には、もし名指しで要請を受ければ、法廷に裁判官として出廷し、審理を行ない、判決を下すこともできるという地位なのである。今、リス・ヴォール（現在のリスモア）修道院において開催されている一連の裁判に出席するようにとフィデルマが選ばれているのも、この裁判官(4)という資格においてであった。修道院は、町の壮大な防壁の外に建っていた。モアン王国の王都キャシェルの南に位置するこの町がリス・ヴォールと名付けられているのも、この大きな防壁に由来する。アイルランド語では、リスは〝城壁〟、ヴォール（モール）は〝大きい〟を意味するのだ。この防壁の外を、単にアワン・ヴォール、すなわち〝大きな川〟と呼ばれている大河[5]が悠然と流れていて、修道院が建っているのは、その川岸であった。

法廷で書記を務め、全ての記録をこれまでとってきた修道院の写書僧は、フィデルマを始めとする全員が着座したあとも、一人立ったまま、この僧なら職業的な哀悼者[6]の役にもうってつけだろうなと、思わずフィデルマが想像してしまったほど憂わしげな声で、開廷を一同に告げわたした。

「現在、開催中であります当法廷は、これよりは、スアナッハの息子アルフーがブラック・マーシュのマードナットに対して起こしております訴訟に移ることになりまする」

写書僧はそこで着席して、どうぞお始めをというようにフィデルマにちらりと視線を向けて、自分は尖筆《スタイラス》をとり上げた。当時、裁判記録は、まず木枠の中に平らに伸ばされた湿った粘土に尖筆で記《しる》され、法廷が終了したあとで、長期保存のために上質皮紙《ヴェラム》に書き写され、本の形に整えられていたのである。

フィデルマは、装飾的な彫りがほどこされた重厚なデスクを前にして着座していた。今、彼女は両の掌《てのひら》を伏せて机上に置き、椅子の背に身を委ねて、正面のベンチに坐っている人々をしっかりとした視線で見やった。

「アルフーとマードナット、こちらに来て、私の前にお立ちなさい」

若者が、さっと立ち上がった。やっと十七歳になったばかりと見える少年だ。フィデルマは、彼が急いで進み出てくるのを眺めながら、まるで主人に喜んでもらいたがっている仔犬みたいに熱心な顔、との印象を秘かに胸に抱《いだ》いた。もう一人のほうは、若者の父親といってもいい年配に見える中年の男だった。ひどく厳めしい、というより苦々しげな顔付きをしている。ユーモアなどとは、全く無縁な顔だ。

「この件に関して発言された証言は、すでに全て聴きとりました」フィデルマは、一人からもう一人へと視線を移しながら、口を切った。「私が事実を明確に把握しているか、まず確認させてもらいましょう。アルフー、お前は成人に、すなわち〈選択権をもつ年齢〉(7)に達したところである、そうでしたね？」

若者は頷いた。法律は、少年が一人前の男子となり、自分で事を決定できる年齢を、十七歳と定めている。

「また、お前は、一年前に亡くなったスアナッハの唯一の子供であった。スアナッハはマードナットの伯父のただ一人の娘なのでしたね？」

「はあ、スアナッハは、儂の親父の兄貴の、一人娘ですわ」と、マードナットは感情のこもらぬ無愛想な声で、それを認めた。

「なるほど。すると、お前とスアナッハは、従兄妹《いとこ》同士なのですね？」

答えは、なかった。どういう血縁関係であるにせよ、彼らの間には愛情などいささかも存在していないことは、明らかなようだ。

「そのような間柄であるのなら、諍《いさか》いも、法に頼らずに解決するのが順当だと思いますが」と、フィデルマは示唆した。「それでも、お前たち両人は、法の仲裁を求めるというのですか？」

マードナットは、不機嫌に鼻を鳴らして、答えた。

「儂は、自分から望んでここに出てきたんじゃありませんわ」

若者は、怒りに顔を赤く染めた。

「俺だってです。こういう裁きの場にもちだされる前に、伯父が正しい、人の道にかなったことをやってくれてりゃ、そのほうがずっとよかったんです」

「儂には、正当な権利があるんだぞ」と、マードナットが鋭く口をはさんだ。「お前には、あの土地を請求する資格なんぞ、ありゃせんわい」

修道女フィデルマは、皮肉っぽく眉を吊り上げた。

「では、法をもって裁かねばならぬ事柄となるようですね。二人とも、その様子では、合意に達することはなさそうですから。お前たちは、この問題をこうして法廷にもちだした。よって、法がこの件に裁定を下します。法廷において下された判決は、お前たち双方に効力を及ぼすことになります」

フィデルマは手を膝の上に組み、椅子の背に身をもたせると、怒りの色もあらわな彼らを、一人ずつ注意深く見つめた。

「わかりました」とうとうフィデルマのほうが、口を開いた。「スアナッハは、自分の父親の土地を相続したのでしたね。もし私の言うことが間違っていたら、訂正してください。スアナッハは、その後、海の向こうからやって来た男、アルトガルというブリトン人と結婚した。彼は外国人であり、結婚するにあたって、なんら財産をもっていなかった」

「文なしの外人でさ」と、マードナットが唸り声をはさんだ。

「アルフーの父親であるそのアルトガルも、数年前に死亡していた。そうですね？」

「親父は、キャシェルの王様にお仕えして、オー・フィジェンティ⑧の奴らと戦って、戦死したんです」口をはさんだのは、今度はアルフーだった。誇らしげな声である。

「ただの雇われ兵士よ」と、マードナットがせせら笑った。

「この法廷は、アルトガルという人物についての判断を求めるために開かれているのではありません」と、フィデルマはぴしりとたしなめた。「これは、法の判断を求めての裁判です。先を続けましょう。アルトガルとスアナッハは結婚し……」

「スアナッハの家族の望みに背いてですわ」ふたたび、マードナットが割りこんだ。

「そのことは、すでに承知しています」フィデルマは、穏やかに同意した。「でも、二人は結婚した。アルトガルの没後も、スアナッハは自分の土地で働き続け、アルフーを育ててきた。ところが、そのスアナッハも、一年前に死亡しました」

「すると、親戚であるはずのこの男がやって来て、土地は全部儂のもんだって言い出したんです」アルフーの声が尖った。

「それが法律ってもんさ」と、マードナットはしたり顔で言ってのけた。「土地のあるじは、スアナッハだった。亭主は外国人だったから、この国に土地はもっとらんだったろうが。だから、スアナッハが死んだからには、土地は一族に返されたのよ。[9] そしてこの儂が、一族の中じゃ、一番近い関係にあるってわけだ。これが、法律よ」

「この男、すっかりとり上げたんです」若者は、苦々しく不満を口にした。

「儂の取り分だもんな。いずれにせよ、お前はまだ〈選択権をもつ年齢〉にはなっとらんだったんだぞ」

「それはそうです」と、フィデルマは同意した。「アルフー、この一年、お前の一族の中の年長者であるマードナットが、法によって、お前の保護者になっているのです」

「保護者？　奴隷監督でしょ？」と、若者が顔をしかめた。「俺、自分の土地だってのに、ぎりぎり生きてゆくだけのものしかあてがわれないで、ずっと働かされてきたんです。雇われている作男たちより酷《ひど》い扱いされて。食事とるのも、眠るのも、家畜小屋の中。お袋の身寄りだってのに、連中ときたら、農場の作男のほうがまだましっていうような仕打ちをしてるんです」

「そうした仕打ちについても、すでに承知しています」と、フィデルマは穏やかに応じた。

「儂らには、この若者に対して、法律上の義務なんぞ、何もありゃしません」と、マードナットが唸るような声で口をはさんだ。「ちゃんと、生きてゆけるだけのことは、してやっとります。こいつは、それをありがたく思うべきなんですわ」

「それについては、今は触れますまい」と、フィデルマは冷ややかに答えた。「マードナット、お前に対するアルフーの訴えの趣旨は、母親のものであった土地の幾分かは、自分にも相続の権利がある、というものでしたね？」

「こいつの母親の土地は、儂ら一族に戻されとります。こいつには、父親の財産の相続権があるだけでさ。ところが親父は外国人だもんで、この国には、息子に残せる土地なんぞ、全然もっちゃおらんだった。土地がほしけりゃ、親父の国へ行きゃいいんですわ」

フィデルマは、まだ椅子の背に身をもたせ、両手は前に置いたままの姿勢で坐っていたが、視線は今やマードナットにひたと向けられていた。穏和な表情は、意識的なものかもしれない。しかし、強くきらめく目には、かすかにヴェールがかかっていた。

「オカイラ[10]、すなわち〈小農〉が死亡した場合、その七分の一は、クラン〔氏族〕の維持のために、税として族長に納められることになっています。それは、すでに果たされているのですね？」

「納められております」記録をとっていた写書僧が顔を上げ、それに答えた。「その実施を証する書面が、族長であるアラグリンのエベルより、ここに提出されております、尼僧様」

「結構です。それでは、この法廷が下すべき裁定は、ごく明白です」

フィデルマは、ゆっくりとアルフーへ向きなおった。

「お前の母親スアナッハは、オカイラのただ一人の子供でした。父親の死亡により、スアナッハはその女性相続人となり、父親の所有していた土地から、生涯利益を受ける権利を得ました。このような相続人は、死後、その土地を夫や息子に遺すことはできないと定められております。こうした女性相続人が亡くなると、土地は一族の中のもっとも近い血縁者の所有となるのです」

マードナットが背筋を伸ばした。不機嫌な表情も初めて満足げな顔付きへと変わった。そして、勝ち誇った視線を、若者へ投げかけた。

「しかし」突然、フィデルマの声が氷のような響きを帯び、それが礼拝堂にさっとはしった。「もし夫が外国人であるなら——この裁判では、夫はブリトン人であるわけですが——、彼はクランの領地内に自分の土地をもってはおりますまい。となると、自分の息子に土地を遺せない、ということになってしまいます。このような事態に対して、法はいかに対処すべきかを、明確に定めております。その判決を初めて下されたのは、我らの偉大なる裁判官、ブリーグ・ブルウガッドでした。以来、その判決がかかる事例における判例となったのです。すなわち、このような状況であれば、母親には、ある条件の範囲内で、息子に土地を遺贈する権利が認められているのです。その条件とは、所有していた土地のうち、オカイラという身分を認められるに必要な最小限の財産、すなわち七カマル[11]の範囲内で、という条件です」

告訴した側もされた側も、判決の意味を把握しようとして、しばらく静まり返った。彼らの戸惑った顔を見て、フィデルマは助け舟を出してやった。

「お前に有利な判決ですよ、アルフー」と、彼女は若者に微笑みかけた。「お前は、もう成年に達しているのですから、お前の身寄りの者はお前の土地を不法に占有していることになります。その者は、七カマル分の土地を、お前に返還しなければなりません」

マードナットの顎が、だらりと落ちた。「でも……でも、土地は、七カマルもの値打ちがあるかどうかってほどのもんですぞ。こいつが七カマルもの土地かっさらっていこうもんなら、儂には何も残りゃしませんわ」

フィデルマの声は、学生に講義をする教師の口調となった。

「古代の律法『クリフ・ガブラッハ(12)』によれば、七カマルはオカイラに認められる所有財産権であり、当然アルフーにも与えられている権利です」と、彼女の声は、はっきりと礼拝堂内に響いた。「それのみではない。なんら縋るべき術《すべ》をもたぬアルフーは、この訴えを私の前にも ち出さざるを得なかったのです。そのような事態にいたるまで法を踏みにじってきた不法行為の咎で、お前は本法廷に一カマルの罰金を払わねばなりませぬ」

マードナットの顔色が、さっと蒼ざめた。その顔は、怒りの仮面と化した。

「そんな無法があってたまるか!」と、彼は唸り声を上げた。

だが、彼の怒りに答えるフィデルマの声は、冷静だった。

「無法などと、私に向かってお言いでない、マードナット。お前は、その若者の縁者です。したがって、その母親が亡くなったとき、お前には当然、その子を養育し保護する義務があった。

ところがお前は、子供の正当なる遺産を奪おうとしたのみならず、賃金を払うことなく自分のために働かせ、奴隷にも劣る状態で生きることを強いてきた。お前が正義とは何かを理解しているとは、とても思えません。徹底的に正義を行なおうとするならば、この若者に対してお前が行なってきた仕打ちに関して、私はさらなる弁償を支払うよう、命じなければならないはず。しかし今、私は正義を慈悲でもって和らげようとしているのです」

フィデルマの冷徹な言葉に溢れる軽侮の響きに、不機嫌な顔をした男は、まるで実際に打擲《ちょうちゃく》されたかのように、目をむいた。

彼は激しく息をのむと、言い放った。

「儂は、お頭《かしら》に、アラグリンのエベルに、この裁きのことを訴えますぞ。儂がこれでおとなしく引き下がるとは、思いなさるなよ」

「いかなる訴えも、全てキャシェルの王のもとなる裁判官の長《おさ》にさし出されることになっておる」と、ちょうど判決を筆記し終えた写書僧が、そっけなく言葉をはさんだ。彼は尖筆をおくと、訴えられた側の不機嫌な顔をしている男に、説明して聞かせ始めた。「ブレホンが一旦お下しなされた裁決に、お前などがとやかく言うことはできぬ。もし不服であれば、正規の手続きを踏んで、異議を申し立てることじゃ。それまでの間、ブラック・マーシュのマードナットよ、お前は裁定にしたがって、土地を明けわたし、縁者アルフーがそこに住めるよう、計らわねばならぬ。これより九日のうちにこれにしたがわねば、強制的に立ち退きを命じられることになろう。わかったかな？　また、今、カマルで支払いを科せられた科料は、つぎの満月がさし昇るまでに納付されねばならぬ」

マードナットは一言も発することなく背を向け、けわしい顔付きのまま、足取りも荒々しく小礼拝堂から出ていった。針金のような体つきに褐色の髪をもっさりと生やした小男が立ち上がり、おどおどとマードナットの脱出行《エクソダス》にしたがった。

アルフーは、判決がほとんど信じられないといった面持ちのまま、デスクの上に身をのりだし、片手を伸ばしてフィデルマの手を取ると、素早い動作でそれを上下に振り始めた。

「ありがとうございました、尼僧様。俺の人生を救ってくださったんです」

フィデルマは、若者の熱狂ぶりに、仄かな笑みを見せた。

「私は、法にしたがって裁いただけです。もし法が異なる判断を示すなら、裁きはお前に不利に終わっていたかもしれません。この法廷で問題を論じていたのは、私ではない。法律だったのです」

彼女は、摑まれていた手をそっと引き抜いた。若者は、フィデルマの言葉など、ほとんど理解してもいないらしい。ただ、満面に笑みを浮かべたまま後ろへ向きなおると、礼拝堂の後方へ急いだ。若い娘が立ち上がって、若者の腕に飛びこむように駆け寄ってきた。若い二人は固く手を取りあい、互いの顔を食い入るように見つめあっている。フィデルマは、その様子を、静かな視線で眺めやった。

だがすぐに、きびきびした態度に戻って、法廷の書記を務めている写書僧を振り向いた。

「確か、これが、我々の扱わねばならない最後の訴訟でしたね、修道士ドナーン？」

「さようで。今日のうちに裁判の記録を作成しまして、それが適切な形で公示されますように、手配いたしておきます」彼はちょっと言葉を切ると、軽く咳払いをして、やや声を落とした。「院長様が、何かお話しになろうと、扉のところでお待ちのご様子で」

修道士は、いささか気がかりな様子で、小礼拝堂の扉のほうを頭で示した。フィデルマも、そちらを振り向いた。なるほど、扉のところに、肩幅の広いカハル修道院長の姿が見える。フィデルマはさっと立ち上がり、そちらへ向かった。そして、すぐに気づいた、院長様は何かに気をとられておいでのご様子だ。

「何か、私にご用でしょうか、院長様？」

カハル僧院長は、筋肉質でがっしりした体格の中年の男性で、その振る舞いには軍人を思わせるところがあった。若いころ、戦士として訓練を受けたことがあったのだ。この地方の出身で、軍隊を退いた後、〝神の恵みあつきリス・ヴォールのカーハッハ(13)〟の薫陶を受け、今ではアイルランドでもっとも秀でた教師として、また修道院長として、名声高い人物なのである。武勲の誉れ高い族長の子息であったカハルは、全財産を自分のクランの貧しい人々に分かち与え、自《みずか》らは宗門の中で清貧の生活を送っていた。彼の高潔、率直な性格は、一方では敵も作った。かつて、魔術を行なったとの偽りの罪状で、この地方の族長マロッホトリドがカハルを逮捕したことがあったが、釈放されるやすぐに、彼は族長を許した。これが、カハルという人物なのだ。

フィデルマは、カハルの穏和で虚栄を知らぬ人柄が好きだった。彼女は、僧院長の地位にある人々の中に、しばしば傲慢という性質を見出してきたが、カハルは彼らとは小気味よいばかりに違っていた。カハルは、フィデルマが躊躇なく〝聖なる人〟と呼ぶことのできる、数少ない聖職者の一人であった。

「いかにも、あなたをお探ししていたのです、修道女フィデルマ殿」と、僧院長は面《おもて》に温和な微笑を浮かべて答えた。「法廷の審理は、全て終了しましたかな？」

僧院長の声は柔らかく、ほとんど優しげな口調ではあったが、彼がわざわざ自分を探しに小礼拝堂まで出向いてきたからには、何かいつもと違うことが起こったのであろうと、フィデルマには想像できた。

「私どもは、すでに最後の訴訟に判決を下しました、院長様。何か、問題でも？」

カハル僧院長は、ちょっと口ごもった。

「早馬の使者が二名、到着されましてな。一人は、外国人です。お二人は、あなたに用があって、キャシェルからみえたのです」

「兄上に、何かあったのでしょうか？」フィデルマは、はっと胸騒ぎを覚えて、この知らせに敏感に反応した。氷のような恐怖の指が、彼女をとらえた。兄王に、古代アイルランド五王国の中の最大王国モアンの玉座についたばかりの新王コルグーに、何か起こったのだろうか？

カハル僧院長は、少し慌て気味に、言葉を続けた。

「いや、兄君はご無事で、お健やかです」と、フィデルマを安心させた。「私のお伝えのしかたがまずかった。どうか、お許しを。ともかく、私の部屋へ。お二人が、お待ちになっておられます」

好奇心が募った。フィデルマはできるだけ落ち着こうと努めながら、自分より上背のある僧院長と並んで、広大な修道院の廊下を急いだ。

リス・ヴォールは、以前は世の中からとり残されたような土地にすぎず、単に〝大きな館〟とも呼ばれていた小村であった。それが眠りから目覚めたように急に世間の注目を浴びることになったのは、祝福された御名《みな》をもたれる聖職者カーハッハ[14]がラハンの町からここへ移ってきて、新たなる修道院を設立したときからである。ほんの一世代前のことであった。リス・ヴォールは、その後たちまちに神学研究における最高学府となり、今では諸外国からも大勢の学徒が蝟集《いしゅう》するようになっていた。アイルランドのほとんどの大修道院と同じく、このリス・ヴォール修道院も、ラテン語でいう〈コンホスピタエ〉であった。僧侶と尼僧が同じ建物の中に住み、キリストの教えにしたがいつつ共に暮らし、共に働き、彼らの間に誕生した子供たちを共に育ててゆくという、男女共同の信仰生活《コミュニティ》の場である。

二人が修道院の回廊《クロイスター》を進んでゆくと、すれ違う神学生や修道士、修道女たちは皆うやうやしく頭を下げながら脇へ寄って、僧院長に丁重に道を空けるのだった。ここで教育を受けようと、異国からアイルランド五王国にやって来ている若者や娘たちである。僧院長用の部屋に通じる戸口で、カハルは立ち止まり、扉を開いて、フィデルマを中へ招じ入れた。

大柄な、堂々とした体軀の人物が僧院長のデスクのかたわらに立っていた。フィデルマが入ってゆくと、彼は満面に笑みを浮かべて振り向いた。その銀髪からも、高齢であることは一目で見てとれる。だが今なお端正な容貌で、表情にも活気が溢れている。長衣《ローブ》の上には、高位の役職を示す金の鎖が輝いていた。たとえ外見がこれほど威厳ある姿でなくとも、この鎖が彼の高い身分を雄弁に物語ってくれている。

フィデルマは、彼が誰であるかに、即座に気づいた。

「ベッカン！　またお会いできて、なんと嬉しいこと！」

ブレホンの長《おさ》は、それに微笑で応えると、歩み寄ってフィデルマの手を取った。

「専門家として高く評価できるだけでなく、その人柄に愛情を抱くこともできる人物に会えるのは、儂にとって、大きな喜びでな」

フィデルマは軽い咳払いに気づいて、いぶかしげに後ろのほうへ視線を向けた。修道士の衣をまとい、褐色の手織りウールの法衣の袖の中で両手を組んで立っている人影が、目に入った。だが、剃髪の形は、アイルランド五王国の修道士が用いる〝聖ヨハネの剃髪〟[15]とは異なっていた。ローマ式の剃髪だった。顔には、生真面目な表情を浮かべている。しかし、フィデルマに頭を下げて挨拶をしたとき、その暗褐色の瞳には、喜びがきらめいていた。

「修道士エイダルフ！」(16) フィデルマは、息をはずませた。「あなたは、キャシェルで、兄上に付きしたがっておいでだと思っていましたわ」

「いかにも。でも、今のところキャシェルではたいして用もありませんので、ベッカンがあなたに会われるためにこちらへお出かけとうかがったとき、お供をしたいと願い出たのです」

「ベッカンが私にご用？」フィデルマは、僧院長の言葉をはっと思い出した。「何か、問題が？」

彼女は、さっと初老のブレホンの長を振り向いた。ブレホンの長がフィデルマに語りかけている間に、カハル僧院長は自分のデスクのほうへ行き、腰をおろしていた。

「いささか気がかりなニュースでしてな、尼僧殿」ベッカンは顔付きを改めて、語り始めた。だが彼は、即座に肩をすくめると、謝るように微笑んだ。「許してくだされ、兄君は首都キャシェルで穏やかに過ごしておいでのことを、まず最初に申し上げるべきであった。王は心からのご挨拶を、あなたにお送りになっておられる」

フィデルマは、兄の無事についてすでにカハル僧院長から説明を受けていることは、わざわざ口にはしなかった。

「気がかりなニュースといいますと……？」

ベッカンは考えをまとめようとするかのように、ちょっと言葉をきってから、ふたたび話を進めた。

「昨日の午後、キャシェルに、アラグリンの族長エベルのクランから使者が参りましてな」

その地名は、フィデルマがごく最近耳にしたものだった。確か、この午後に判決を下した最後の訴訟事件において出合った地名である。そう、訴訟を起こしてフィデルマの裁きを求めてきたアルフーとその非情な縁者は、エベルが族長として治めているこのアラグリンの人間だった。

「どうぞ、お続けになって」とフィデルマは、申し訳なげに先をうながした。彼女が思いめぐらしている様子を見てとって、ベッカンはしばし話を控えていたのである。

「使者の語るところによると、エベルが縁者の一人によって殺害されたとのこと。すでに犯行現場で、何者かが逮捕されているらしい。また、もう一人、死者がでているとか」

「それが私に、どう関わるのでしょう?」と、フィデルマは訊ねた。

ベッカンは、申し訳なさそうに、首を振った。

「儂は、兄君のご用で、ロス・アラハーへ赴く途中でしてな。これは急を要する任務なので、それをさし措いて儂がアラグリンへ出かけ、自分で適切な調査を行なうわけにはゆかぬ。だが、あなたの兄君であられる王は、アラグリンの事件も、速やかに調査されて正義が行なわれるようにと望んでおられる。アラグリンのエベルは、長年キャシェルに対してごく友好的でしたからな。そこで兄君は考えられた、もし……」

フィデルマには、その先は推測できた。

「……もし妹がアラグリンに出向けば、好都合と」フィデルマは溜め息をつきながら、ベッカンの言葉を引きとった。「私のこちらでの仕事はもう終わりましたので、明日はキャシェルで兄上にお目にかかれると思っておりました。ま、帰りが私の心づもりより一日か二日遅れようと、たいして違いはありますまい。ただ、よくわからないのですが。先ほどおっしゃいましたように、すでに容疑者が逮捕されているのでしたら、アラグリンで私は何を調べるのでしょう？　容疑者の罪状に、何か疑惑の余地でも？」

ベッカンは、はっきりと首を横に振った。

「儂の知る限りは、何も」と、彼は受けあった。「殺人者は、エベルの遺体のすぐそばに、短剣を手にし衣服を血に染めてひざまずいていたため、その場で捕らえられた、と聞いております。しかし兄君は……」

フィデルマは、微苦笑を浮かべた。

「わかります。エベルはキャシェルに友好的な人物でした。エベルのために、正義が行なわれなければならない。それも、公正に、ということですね」

「アラグリンには、ブレホンが一人もおりませんのでな」状況を説明しようと、カハル僧院長が言葉をはさんだ。「これは、どちらかといえば、正義が正しく行なわれることを確認するための手続きでしょう」

「正しく行なわれない、という懸念でもあるのでしょうか？」

カハル僧院長は、事態はそれほど単純明快ではないのだと示唆するかのように、両手を広げた。

「エベルは、思いやり深く寛大な人物だと誰もが褒める、人望のある族長でした。クランの者全員に人気があったことは、確かなようですな。ただ彼らには、正義の理念や法典の条文に厳密に拠ることなく容疑者を処罰してしまう、というきらいが無きにしもあらずでして」

フィデルマは、困惑の色の浮かぶ彼の目を、じっと見つめた。カハルは、リス・ヴォール近辺の丘陵地の出身だったので、この土地の人々のことをよく知っていた。フィデルマには、彼の懸念が理解できた。

彼女は軽く頷き、「私が裁判官を務めました今回の法廷でも、少なくとも一例、法を蔑《ないがし》ろにするアラグリンの男に出会いました」と、思い返すように答えた。「アラグリンの人たちについて、どうかもう少しお聞かせくださいまし、院長様」

「お話しできることは、たいしてないのだが。彼らはごく固く結束していて、外部の人間には、おおむね敵意を抱いております。エベルのクランのほとんどは、ラーと呼ばれているアラグリンの族長エベルの館《やかた》を中心として、その周辺の丘陵地に住んでおります。谷間《たにあい》を流れるアラグリン川に沿って、東へと延びている地帯です。肥沃な農地でしてな。エベルのクランの者たちは、自分たちだけの世界で暮らしていて、よそ者を信用しようとはしない。あなたがとり組まれる仕事は、なかなか骨が折れましょうなあ」

「このクランにはブレホンはおられない、とおっしゃいましたね？　キリスト教の神父は、どうなのでしょう？」

「おりますよ。ラーには、ゴルマーン神父がおります。あそこには、キル・ウールド、すなわち〝典礼の教会〟と呼ばれている礼拝堂がありましてな。神父は、アラグリンの人々の中で、もう二十年も暮らしております。ここ、リス・ヴォールで教育を受けた神父です。きっと、あなたのよき助力者となりましょう。ただ、キリスト教布教に関しては、あなたとは見解を異にするやもしれません。かなり独断的な見方をする神父ですのでな」

「どのように？」フィデルマは、興味をそそられた。

カハルは、穏やかに微笑した。

「ご自分で見てとられるのが、よろしいでしょう。私がなんらかの先入観をお与えしてはなりますまい」

「どうやらその神父は、ローマ教会の信奉者(17)のようですね？」と、フィデルマは溜め息をついた。

カハル僧院長の顔が、ちょっと翳った。

「実に鋭くていらっしゃる、尼僧殿。そうなのです。この神父は、我々アイルランド教会の流儀より、ローマ教会の在り方のほうが秀でている、と信じておるのですよ。この点に関して、ゴルマーン神父には、誰かの支援があるらしい。彼はアルド・ヴォール（現在のアードモア）にもローマ派の教会を建立したのですが、その見事さは、今やかなり評判になっております。どうも、裕福な支援者たちがいるらしい」

「にもかかわらず、キル・ウールドのような辺鄙《へんぴ》な土地の教会に住み続けている」と、フィデルマは指摘した。「奇妙ですね」

「不審があるかどうか、まだ確かでない事柄に、無理に謎を探そうとなさってはなりますまい」カハル僧院長は、顔に微笑を浮かべたままではあったが、そうたしなめた。「ゴルマーン神父は、アラグリンの人間でありますが、それと同時に、信仰はこうあるべきだという自分の解釈をもち、信念をもって布教を行なっている人物なのです」

ベッカンは、フィデルマが浮かべた憂鬱そうな表情を、面白げに見守った。

「キルデア[18]のフィデルマ、あなたの困ったところは、ご自分の専門において、優秀でありすぎる、という点ですな。何しろ、あなたの叡智は、今やアイルランド五王国中に響きわたっているほどだ」

「そのような評判、あまり嬉しくはありませんわ」と、彼女はつぶやいた。「私は、法に仕えているのです。自分の個人的評価を求めてのことではありません。私は、人々が正義に浴すことができるようにと、法に仕えているのです」

ベッカンは、彼女の苛立ちを、機嫌よく受け流した。

「だがあなたは、そうなさることによって、複雑な難事件を解決する能力をもった公正なる人物として、名を馳せられたのだ、フィデルマ。成功に、名声がついてきたのです。ま、その名声は、すんなりお受けになることですな。しかし……」

ブレホンの長は、すっとカハル僧院長を振り向いた。

「儂は、もう出かけねばならぬ。日が暮れる前に、アルド・ヴォールに着きたいのでな。ヴィーヴェ、ヴァレクェ（では、どうかご壮健に）、リス・ヴォールのカハル殿」

「ヴィーヴェ、ヴァーレ（ごきげんよう、お元気で）、ベッカン殿」と、修道院長も同じくラテン語で別れの挨拶に応えた。

ブレホンの長はフィデルマにちらっと微笑を投げかけ、エイダルフに軽く頷くと、誰も引き止める間《ま》もないうちに、もう立ち去っていた。

フィデルマは、いぶかしげにエイダルフを振り向いた。

「ベッカンと一緒に旅をお続けになるのではないのですか？　ここから、どちらにいらっしゃるの、エイダルフ？」

これまで、数々の冒険を彼女と共にしてきた暗褐色の目をした修道士は、それにさらりと答えた。

「あなたのお供をしてアラグリンに行こうかと、考えていたのです。おさし支えなければ、ですが。まだ訪れたことのない土地ですので、さぞ興味深かろうと思えましたので」

かなり配慮がうかがえるこの返事は、明らかに僧院長の怪訝《けげん》そうな関心を封じようとの、エイダルフの算段だ。それがわかるフィデルマの口許が、悪戯《いたずら》っぽい笑みに、かすかにほころんだ。

エイダルフは、南サクソン[19]の出身で、世襲職である行政長官の家柄に生れた。しかし、アイルランドから来た布教者フルサ[20]に導かれてキリスト教に改宗し、教育を受けるために、アイルランドの大きな学院へ送られた。初め彼はダロウ[21]修道院の付属学院で学び、次いでトゥアム[22]の名高い医学院で、さらに学業を続けた。だが、その後コロムキル[23]の率いるアイルランド派の教会を去り、ローマ教会へ入ったのであった（第二章訳註17参照）。やがて彼は、ローマ教会によって、カンタベリーの新しい大僧正テオドーレ[24]の秘書官を命じられた。その後テオドーレは、フィデルマの兄であるモアン王国の国王、キャシェルのコルグーへの使者として、彼をふたたびアイルランドへ立ち戻らせた。エイダルフはアイルランドの言語を流暢《りゅうちょう》にあやつれたので、アイルランド五王国のいずれにあっても、全く不自由なく暮らしてゆけたからだ。

「ご一緒にどうぞ。大歓迎ですわ、エイダルフ」フィデルマは、優しく応じた。そして、訊ねた。「馬は、おあり？」

「この旅のために、兄上が、ご親切に一頭お貸しくださいました」

当時の聖職者は、ふつうは馬に乗って旅をすることはなかった。修道女フィデルマが馬を所有しているのは、彼女の王妹という身分と、法廷で活躍するブレホンという地位に対する敬意なのである。

「それは、好都合。私どももすぐにも出立するほうがいいでしょう。そうすれば、日が暮れるまでに何時間か、旅ができますわ」

「明日の夜明けまで、お待ちになるほうがよろしくはありませんかな？」と、カハル僧院長が訊ねた。「日暮れまでにアラグリンにお着きになるのは、ご無理でしょう」

「たしか、途中に宿泊所《ホステル》があったはずですわね」とフィデルマは、修道院長の心配は気にしなかった。「エベルのクランの者たちが、法をもって事件を裁くことをせずに容疑者をいち早く処断する可能性があるのでしたら、一刻も早くアラグリンに到着する必要がありそうですわ」

カハルは、気がかりそうではあったものの、それに同意した。

「お考えのままに、フィデルマ。だが、夜の山中は、安全な場所で宿泊することをせずに歩き続けてよい場所ではありませんぞ」しかし僧院長は、自分が話しかけているのがただの尼僧ではなく、国王の妹であることを十二分に承知していた。彼女がこうと心を決めたのであれば、いかなる権威によってであろうと、彼にもこれ以上抗《あらが》うことはできないのだ。

「修道士の誰かに、旅に必要な食料と飲み物を用意させましょう。お二人の馬にも水を飲ませ、鞍を置かせてきます」

僧院長は立ち上がり、部屋を出ていった。

扉が閉まるや、フィデルマの生真面目な顔付きが、さっと変わった。彼女はくるっと振り向いて、サクソン人修道士の両手を取った。その緑がかった青い瞳には、生きいきとした愉快そうなきらめきが躍っている。初々しく人を魅了せずにはおかぬ顔立ちに浮かぶ、このごく自然で朗らかな表情を目にすれば、いたって謹厳な聖職者さえも、このように魅惑的なうら若い娘がどうして修道院での人生を選んだのだろうと、いぶからずにはいられないだろう。均斉のとれた、すらりとした長身のその姿は、回廊に囲まれた修道院という隔離世界での勤めよりも、外の世界で活動的な楽しみに満ちた役割を果たすにふさわしいのでは、と見えるのだ。

「エイダルフ！　故郷のサクソン人のお国へお帰りになることになって、もう出発なさったと聞いていましたけど？」

エイダルフの表情も、自分に再会できたことをこのように喜んでくれるフィデルマを前にして、いささか恥じらうような微笑へと変わった。

「もうしばらくは、滞在します。王があなたにリス・ヴォールからさらに足を延ばしてアラグリンへ赴かれるようにとお望みになり、そのご意向を伝えにベッカンがこちらをお訪ねになる、と耳にしました。そこで私は、この国についてもう少し知りたい、法が実践される実態も拝見したい、と王にお願いしたのです。お国での滞在を、もう少し延期する口実になってくれます」

「来てくださって、よかった。実をいうと、このリス・ヴォールで、少し気が滅入っていましたの。山のほうへ、香しい空気の中へと出かけてゆくのは、きっと心地よいことでしょうから。

それも、あれやこれや話しあえる人とご一緒であれば……」

　エイダルフは、笑いだした。明るく、気立ての良さがうかがえる笑いだった。

「そのお口ぶりの下から、本音がのぞいていますよ」と、エイダルフはちくりとからかった。

　笑いだしたのは、今度はフィデルマのほうだった。実はこのところ、いつもエイダルフと戦わせていた議論が懐かしくなっていたのだ。互いの異なる意見や人生観を論じあいつつ彼をからかうという楽しみが、恋しくなっていた。彼女が投げかける餌にいつも上機嫌で食いついてくる彼の受けとめ方が、思い出されてならなかった。彼らの議論はよく白熱したが、決して敵意をはらむものではなかった。たとえば自分たちの信仰の基《もとい》を築いた聖職者たちの精神をどう解釈すべきかといった問題を論じあったりしたものだった。二人でそれぞれの人生観を披瀝しあいながら、共に学びあっていたのだった。

　だがエイダルフは、急に真面目な顔付きになり、生きいきとした表情を浮かべているフィデルマの顔をじっと見つめた。

「私も、お留守中、ご一緒にお話しできないことを、残念に思っていました」と、彼は静かに告げた。

　二人は、無言で、じっと見つめあった。そのとき、扉がさっと開いて、カハル僧院長が入ってきた。ややきまり悪げに離れた二人に、僧院長は告げた。

「手配はすみました。食料も、すぐに準備できるはずです。実は、都合のいいことになりましたぞ。アラグリンから来ていた農夫が、ちょうど村へ戻ろうとしておりましてな。この男が、道案内をしてくれましょう」

フィデルマは、ためらい気味の視線を、僧院長に向けた。

「農夫？　若者のほうでしょうか、それとも、中年の男でしょうか？」と彼女は、懸念の色を見せて訊ねた。

カハル僧院長は、一瞬不思議そうに彼女を見つめたが、軽く肩をすくめて、問いに答えた。

「若い農夫ですよ。若い娘も、同行します。何か、支障がおありで？」

「それでしたら、問題ありません」フィデルマは、面白がっている気配をかすかにうかがわせながらも、真面目な顔付きで首を振った。「もし年長の農夫のほうでしたら、そうは言えないかもしれませんけど。実は、こういうわけですの」と彼女は、かなり戸惑っている僧院長に、事情を説明しておくことにした。「私は、中年の農夫に、不利な判決を下したばかりなのです――マードナットという名でしたわ。この男のほうでしたら、私との同道、ありがたがらないでしょうから」

カハル僧院長は、それでもまだ、釈然としない様子だった。

「だが、誰しも、法の裁きは受け入れましょうに」どうやら彼には、法による裁定が怨恨を残すこともあるという事態そのものが、想像もできないらしい。

「誰もが潔く判決を受け入れるとは限りませんわ、院長様。ともかく、エイダルフ修道士と私は、そろそろ出立したほうがよさそうです」

カハル僧院長には、二人の出発を残念がっている様子がうかがえた。

「フィデルマ、お目にかかるのも、これが最後かもしれませんな。少なくとも、当分の間は」

「まあ、どうしてですの？」フィデルマは不思議そうに訊ねた。

「私は、来週、聖地への巡礼の旅へ出かけますのでな。これは、長年の夢でした。修道士ネモンが、私の後任者として、院長となります」

「聖地へ？」フィデルマの声には、羨望の響きがあった。「私自身、いつか果たしたいと願っている旅ですわ。喜びに満ちた旅となりますように、リス・ヴォールのカハル様。旅路のいずこにも、常に主のご加護がありますように」

フィデルマは僧院長に手をさし伸べた。彼も、その手を固く握り返した。

「そして、主が、あなたの裁きに、常に霊感をお授けになられますように、キルデアのフィデルマ殿」と、僧院長もおごそかにそれに応えた。そして二人を代わるがわる見やり、片手を胸の高さに上げて、微笑みつつ祝福を与えてくれた。「旅路の終わりまで——平和と安全のあれかし」

第三章

修道院の石畳の中庭に出てきたフィデルマとエイダルフは、そこにアルフーという若者と、回廊《クロイスター》の陰に、待ち遠しげに坐っていた。その近くには、すでに鞍を置いた二頭の馬も見える。アルフーは修道女フィデルマの姿を見つけると、すぐに立ち上がって、やって来た。彼は今もやはり、主人に喜んでもらおうと熱心に待ち受けている仔犬を、フィデルマに連想させた。

「尼僧様、俺、アラグリンへの道案内がご必要だって言われました。お役に立てるの、とても嬉しいです。だって、尼僧様は俺の土地と名誉をとり戻してくださったお方ですもん」

フィデルマは、威厳をとりつくろった若者らしい彼の態度に、思わず浮かびそうになる微笑を抑えて、首を振った。

「すでに言いましたでしょう、お前の裁判における唯一の解決者は、法律なのだと。お前には、私に恩義を感じることなど、何もないのですよ」

フィデルマは、かたわらにやって来て目を伏せて立っている娘へと、視線を移した。金髪の、ほっそりとした可愛い娘だった。フィデルマの見るところ、やっと十六になったばかりといった年頃のようだ。

アルフーが、ちょっと恥ずかしげに、娘を紹介した。

「スコーです。俺、もう自分の土地をもっているんで、結婚するつもりなんです。家に帰ったらすぐ、俺たちの司祭さんのゴルマーン神父様に、そのこと、お願いしようと思ってます」

若い娘は、幸せそうに頬を染めた。

娘は、「もし裁判がうまくいかなくたって、あたし、あんたと結婚してたわ」と、やんわりと若者をなじった。そして、フィデルマへ向きなおった。「だから、ここまで、アルフーについてきたんです。尼僧様のお裁きがどうであろうと、あたしには、どうでもよかったんです。ほんとに、かまわなかったんです」

フィデルマは、娘を静かな視線で見守った。

「でも、判決はアルフーに有利なものでした。やっぱりよかったことね、スコー。お前は、土地をもっていない男ではなく、れっきとしたオカイラ〔小農〕と、結婚できるのですもの」

今度はフィデルマが、修道士エイダルフを二人に引きあわせた。そこへ、道中のための食料と飲み物を鞍袋《サドル・バッグ》に詰めて馬の背に載せていた修道士が、準備を終えた二頭の馬の轡《くつわ》を取って、彼らの前にひいてきた。

フィデルマは、アルフーとスコーがそれぞれ包みを抱え、黒リンボク《ブラック・ソーン》(1)の杖を手にしていることに気がついた。見まわしてみると、中庭にはこの二頭以外に馬は見当たらない。若い二人が、交通手段として、馬はおろか、ロバさえ伴っていないことは明らかだった。

アルフーは、フィデルマが眉をひそめたのに気づき、彼女が何を考えているかを正確に見てとった。

「俺たち、馬はもってないんです、尼僧様。アラグリンの農場には、何頭もいます。でも、もちろん、馬の旅はさせてもらえなかったんです。縁者のマードナットは……」やや口ごもって彼の口から出てきたその名前には、苦々しい響きが聞きとれた。「牛飼い頭《がしら》のエグディーと一緒に、もう出発しました。だから、俺たち、歩いて帰らなけりゃなんないんです……来たときと同じように」

フィデルマは、頭を軽く振った。

「心配せずとも大丈夫」と、彼女は明るく答えた。「私たちの馬は、強そうです。あなたがたの体重が加わったとて、何ほどのこともありませんよ。スコー、私の後ろにお乗り。アルフー、お前はブラザー・エイダルフの後ろに乗せておもらいなさい」

彼らが修道院の大きな門をくぐって外に出て、北のほうに間近くそびえている山脈を望みながら広い流れに沿った道に馬を進め始めたのは、午後も半ばにさしかかろうとするころであった。

アルフーが、エイダルフの後ろから肩越しに、そちらを指し示した。

「アラグリンは、あの山脈の後ろなんです」若者は、熱心に説明しようとした。「今夜は、あの山中のどっかで泊んなきゃ。でも、あした昼前には、アラグリンにお着きになれまさあ」

北に高くそびえる峰のほうへ向かうために、大きな川に架かる狭い木橋を渡りながら、フィデルマは二人に訊ねた。「今夜、どこに泊るつもりだったのです？」

「一マイルかそこら行くと、北のキャシェルに向かう道からそれて、山間《やまあい》を流れてる小川沿いに登って西へ向かう小道があるんです。その先が、アラグリンでさ」と、アルフーは答えた。

「びっしり繁った森の中を突っきっていく細い道ですけど、その道端に宿屋が一軒あるんで、そこに泊んなさることができます。夜になる前に、なんとか着けるはずでさ」

「そしたら、あしたの旅は、ずっと楽です」と、フィデルマの後ろから、スコーも言葉を補った。「大きな谷間《たにあい》の上手のほうで峠を越して谷へ下りていけば、もうアラグリンです。馬で、ほんの二、三時間ほど。するとすぐに、アラグリンのお頭のラー〔砦〕ですから」

エイダルフは少し振り向いて、訊ねてみた。

「我々がなぜアラグリンへ行こうとしているのか、お前たち、知っているのかな？」

修道士の後ろにまたがっている不安定な姿勢のアルフーは、ただ、肩をひょいとすくめた。

「はあ、僧院長様が、アラグリンからのニュースを教えてくださったんで」

「お前は、エベルを知っているのですか？」と、フィデルマは訊ねてみた。若者は、自分たちの族長の殺害に、さして驚愕しているようには見えなかったのだ。彼の関心の薄さに、フィデルマは興味を覚えた。

「知ってはいますけど」と、アルフーは認めた。「実をいうと、お袋、エベルの親戚なんで。でも、アラグリンの者はほとんどみんな、何かしら縁続きですもんね。お袋の農地は、ブラック・マーシュって呼ばれてる、えらく淋しい谷間《たにあい》にあるんです。お頭のラーから何マイルも離れてるとこだし、俺たちだって、お頭のラーになんぞ、全然用ないし。エベルのほうも、一度だって、お袋に会いにきたことなかったです。お袋が親父と結婚したこと、一族の者から認められてなかったんです。ゴルマーン神父様はときどき訪ねてきなすったけど、エベルは一度だって来やしなかった」

「お前はどうです、スコー？　エベルを知っているの？」

「あたしは孤児《みなしご》でした。マードナットの農場で、召使いとして育てられたんです。あたしには、お頭のラーに行くなんて、許されもしません。でも、マードナットのとこへ食事にきなさったり、一緒に狩をしなさったりってことがあったんで、見たことはあります。それに、何年か前に一度だけ、オー・フィジェンティ（第二章訳註8参照）との戦争だとかで、クラン〔氏族〕の男たちを集めにきなさったこともありました。マードナットとおんなしたちの人みたいでした。酔っ払って、口汚く罵って」

「親父のアルトガルは、その召集に応えて、オー・フィジェンティ軍との戦いに出かけたんです。そして、二度と戻ってくることができなかった」と、アルフーが腹立たしげに、つけ加えた。

「すると、二人とも、エベルについて私に教えてくれることは、あまりないのですね」

「でも、何をお知りになりたいんで？」アルフーは、好奇心をそそられたらしい。

「どういう人物であるのかを。酔っ払ったり、口汚く罵ったりするところを目にしたそうですけど、クランの者を率いる族長としては、有能だったのでしょう？」

「みんなは、褒めてました」と、アルフーは答えた。「みんなに好かれてたんだと思いますけど。でも、俺がマードナット相手に訴えを起こそうとしてゴルマーン神父様に相談したとき、直接エベルに訴えるよりリス・ヴォールに訴訟をもちこむほうがいいって、神父様は勧めてくださいました」

フィデルマには、これは神父の助言として少し奇妙に思えた。いかなる訴訟も、まずはクランの族長に訴え出るのが、第一歩なのだから。どんなに小規模なクランであろうと、その族長には初段階の裁決を行なう権利が認められているのだ。でも彼女は、アラグリンには法律上の助言を与えることができるブレホン〔裁判官〕が一人もいないのだと、カハル僧院長が言っていたことを思い出した。そうであれば、ゴルマーン神父の忠告はごく穏当なものであり、エベルに対する偏見を反映しているわけではないのであろう。

それでもフィデルマは、「ゴルマーン神父は、直接リス・ヴォールに訴えるほうがいいと忠告されたとき、その理由を告げられましたか？」と訊ねてみた。

「いえ、なんにも」

「二人ともクランの領内で育ちながら、自分たちの族長をほとんど見たこともないとは、奇妙ではないかな？」と、エイダルフが疑問を口にした。

　アルフーは、無邪気に笑いだした。

「アラグリンって、それほど狭い領土じゃないですよ。丘陵地だもんで、すぐ道に迷っちまうような土地です。ずっとあそこに住んでても、丘の反対側のお隣りさんに一生会わずじまいってことだってありまさあ。俺の農場は」若者は、その響きを味わうかのように、そこでちょっと言葉をきった。「俺の農場は、さっき言ったように、ごく淋しい谷間で、ほかにもう一軒あるだけです、マードナットの農場が」

　スコーが、ふーっと深い溜め息をついた。

「これからは、あたしらの暮らし、きっと変わるんですよね。あたし、これまで、マードナットの農場の台所のほか、ほとんどなんにも知らないんです」

「なぜ、マードナットの許から逃げ出さなかったのです？」と、フィデルマは訊ねてみた。

「あたし、成人になってすぐ、逃げ出したんです。でも、どこへ行きゃいいんでしょう？　すぐ、農場に連れ戻されちまいました」

　フィデルマは驚いて、眉を吊り上げた。

「無理やり連れ戻されたのですか？　一体どんな権利で、マードナットはお前を引き戻したのです？　お前は、〈非自由民〉[2]ではないのでしょう？」

「〈非自由民〉？」と、エイダルフが問いかけた。「奴隷のことですか？　アイルランド五王国に奴隷がいるとは、知りませんでした」

「いませんとも」フィデルマは、即座に否定した。「〈非自由民〉というのは、クランの中で公的な権利を与えられていない階級のことですわ」

「では、奴隷ではありませんか」

「そうではありません。囚人、戦争で捕らえられた人質、クランの危難の際に逃亡した卑怯者などのことです。また、裁判官によって弁償金③や科料支払いの判決を受けながら、それを払えない、あるいは払おうとしない法律違反者も、この階級に入れられますわ。この者たちは、公民権は剝奪されていますけど、社会から排除されているわけではないのです。社会的にみるなら、クランの福利のために仕えなければならない、という位置です。むろん、武器を携えることはできず、クラン内の公《おおやけ》の地位に選ばれることもできませんけれど」

エイダルフは顔をしかめた。

「私には、奴隷のように聞こえますけどねえ」

フィデルマは、もどかしげに、言葉を続けた。

「〈非自由民〉には、二種類ありましてね。一つは、土地を所有してはいないけれど、借りることはでき、その土地で働いて税を納める、という人々。もう一つは、どうしようもない者たちで、社会の秩序を乱してばかりいる連中。そのいずれに属する者たちも、働いて科せられた弁償金や科料を完納しさえすれば、〈自由民〉になることができるのです」

「もし完納できなければ？」エイダルフは、質問を続けた。

「その場合は、死ぬまで、権利をもたぬ〈非自由民〉の階級に留まることになります」

「すると、その子供たちも、奴隷ですか？」

「奴隷ではありませんったら！」フィデルマは、ふたたび相手をたしなめた。「それに、法律は、〝全ての死者は、その債務から解き放たれる〟と定めていますわ。子供たちは、ふたたび十分な権利をもった〈自由民〉となれるのです」

フィデルマは、エイダルフの口許に、面白がっているような微笑が浮かんでいるのに気づいた。では彼は、議論を煽ろうと、わざと〈悪魔の代弁者〉役を演じているのだろうか。故意に反対意見を述べて議論を活気づけようとするのは、彼に対してフィデルマがいつも用いていた手口だ。餌を投げて彼に食いつかせるために、フィデルマはよくこの戦術を使ってきた。どうやらエイダルフも、より微妙な諧謔を秘めた論争術の楽しみを身につけたようだ。彼女がそれについて触れようとしたとき、ちょうどスコーが口をはさんだ。

「あたし、〈非自由民〉なんかじゃありません」スコーの憤然とした抗議で、脇道に逸れた二人の会話は、ふたたび本道に引き戻された。スコーは、続けた。「マードナットは、孤児のあたしのために法律が決めてくれた、成人になるまでの後見人ってだけです。あたしに対して、無理強いする権利なんて、ないんです。ただ、あたし、どこにも行くとこがないもんだから。

一度、マードナットの農場を出たこと、ありました。でも、どこに行っても働き口が見つかんなくて、やっぱし戻ってくるほかなかったんです」

「これからは、違うさ」と、アルフーがはっきりと言いきった。

「でも、マードナットには、用心するがよいでしょう」と、フィデルマは忠告した。「私には、遺恨をもち続ける男のように見えますのでね」

アルフーは、そうなんですとばかりに、頷いた。

「そのこと、わかってます。気をつけることにします、尼僧様」

フィデルマとエイダルフが馬を進める道は、豊かな水が勢いよくほとばしる川幅も広やかな流れに別れを告げて、今や丘陵地の急勾配の坂道へと変わっていた。周りをとり巻く樹林から、丸い不毛の山頂がいくつか、高く抜きん出ている。その方向へと、登っていくのだ。丘陵の麓のほうには樹木が密生してはいるものの、はるか昔から人々の往き来があった山の交通路であるから、何世紀もの間に両側の木々は踏み広げられて、今では、晴天でさえあれば、かなり大型の荷車も通れるほどの広い道になっていた。

あたりは、ひっそりとしていた。静寂を破るものは、上り坂を進む馬たちの荒い息遣いだけだ。時おり、興奮した野犬の群れや、自分の領分への侵入者を威嚇《いかく》しようとする一匹狼の咆え声が聞こえるのみだ。

日はすでに西の稜線の下へと沈みつつあり、峰々の長い影が瞬《また》く間に広がってくる。日が沈むと、急にひんやりとしてきた。フィデルマは思い出した。そう、明日は聖なる御名《みな》をもたれるコンレード[4]を偲ぶ祭日だった。聖ブリジッドの修道院のために聖具類を作られた優れた金銀細工師でもあった聖人だ。忘れないで、コンレードの御名に蠟燭を捧げなければ。それからの連想で、フィデルマは、もうすでに暦は夏の最初の月に入っているのだと気づいた。夏の季節は、ルナサ[5]をもって終わりを告げるが、これは新しい信仰（キリスト教）がいくら禁じようとしても、いまだに人々に広く親しまれている異教の祭日の一つなのである。馬は慎重に登り続けている。だがエイダルフは、彼らの後方に連なる西の山の端《は》に最後の輝きを沈めつつある落日へ、気がかりそうな視線を投げかけ始めていた。

「間《ま》もなく、暗くなりそうだな」と、彼は心もとなげな声でつぶやいた。

「そう遠くじゃないです」と、アルフーは修道士に保証した。「右手に、道が曲がってるとこ、見えるでしょ。あそこでこの道から逸れて、行く手を横切ってる川に沿って狭い道に入って登っていくんでさ」

彼らはふたたび無言となって、馬一頭通るのがやっといった、明らかに人馬の往来はまれらしい狭い小道を辿り、樫や丈高い櫟《いちい》の木々が静まり返っている小暗い繁みの中の隘路《あいろ》を進んだ。さらに、一時間たった。夕闇は、刻々と深まりつつある。

「この道、確かなんだろうね？」エイダルフの質問は、これで何度目かだった。「旅籠《はたご》は、いっこう見えてこないが」

若者アルフーは、辛抱強く前方を指し示した。

「次の角を曲がったら、見えてきますって」アルフーはサクソン人の修道士に、そう受けあった。

もう、夕闇とはいえない。実のところ、両側に森が広がる小道はほとんど夜の帳《とばり》に包まれていて、アルフーの言うその曲がり角さえ、定かには見えないほどだ。空に雲が広がっているわけではないのだが、木々の繁みが夜空の薄明かりをさえぎっていた。天蓋となって頭上を覆う梢の間《あわい》に、明るい星がごくわずかきらめいているだけだ。その中で一際鮮やかに輝いている星に、フィデルマは気づいた。宵の明星だ。一行は、両側からのしかからんばかりに枝を伸ばしてくる黒々とした森の中の心細い山道を、さらに一時間ほど登り続けた。広い道から山の小道に分け入って以来、道行く人に出会うことは一度もなかった。フィデルマでさえ、これ以上の夜道の旅は賢明ではないかも、と秘かに感じ始めていた。多分、ここで止まって、焚き火を燃やし、それを頼りに野宿をするほうがいいのでは？

そう提案しようとしたちょうどそのとき、道が曲線を描いている箇所にさしかかった。突然、少し広い道が目の前に現れた。

それと同時に、明かりも見えた。

「ほら、あそこ！」と、満足げにアルフーが皆に告げた。「俺が言ったとおりでしょうが」

少し前方の道沿いに、フォーチャヤと呼ばれる芝生の空き地が続いている。柱が一本立っていて、ちかちかと炎のゆらめくランターンが吊されていた。芝地の奥には、建物も一棟見えた。酒場をかねる宿屋やブルデンと呼ばれる宿泊所《ホステル》は、目印として灯をともしたランターンを夜通し掲げるようにと法によって定められていることを、フィデルマは承知していた。

彼らは、馬を柱につないだ。フィデルマは、ランターンの下に、ラテン文字を彫りこんだ板が看板として吊り下げられているのに気がついた。宿泊所の名は、〈ブルデン・ナ・リアルティー〉となっていた——〝星空の宿〟という意味だ。彼女は、空を見上げた。もう木々の天蓋の下から抜け出したので、頭上には夜空が広がっていた。空一面にちりばめられた銀色にきらめく百万もの星が、フィデルマの目を奪った。宿泊所は、実にふさわしい名を付けられていた。

一行が馬を止めると、すぐに宿の扉がさっと開いて、初老の男が、客を迎えようと急いで出てきた。

「ようこそ、旅の方々」男ははりきった声で呼びかけてきた。「中へ、どうぞ。儂は、まず皆様の馬の面倒をみてやりますわ。さあ、入ってくだされ。外は、夜になると冷えますでな」

建物の中には、ほかに誰もいないようだった。部屋の片方の端には、炉があった。丸太が元気よく弾けながら燃えている。かなり大きな大鍋《コールドロン》が火の上に吊されていて、その中では香草入りのブロス（煮込みスープ）がぐつぐつと煮立っていた。芳香が、部屋中に満ちている。暖かく、心地よかった。数個のランターンの火影《ほかげ》が、室内のよく磨かれた樫や赤松材のテーブルの上に躍っている。

フィデルマは、部屋の片隅のテーブルに目を留めた。一見したところ、ごくありふれた岩のかけらと見えるものが、いくつも無造作に置かれている。彼女は眉をひそめながら、もっとよく見ようと屈みこみ、中の一個をとり上げた。重い金属のように、持ち重りがする。岩はいずれも、よく磨かれていた。誰かが、部屋に趣《おもむき》を添える装飾にしようと、並べたのであろうか。怪訝そうに軽く頭を振りながら、フィデルマは火のそばの大きなテーブルのほうへ近寄った。でも、腰をおろそうとはしなかった。馬上の数時間のあとでは、しばらく立ったままでいるのも快適だ。

そこへ、アルフーが、おずおずと近寄ってきた。

「すみません、尼僧様、前もってお話ししときゃよかったんですけど、俺もスコーも、宿のあるじに払うもの、何ももっとりませんので。俺たち、これで失礼して、森の中で野宿します。はなっから、そうするつもりでした。晴れてるし、冷えこみだって、宿の主人が言ってたほどじゃないですもん」

フィデルマは、首を横に振った。

「お前は、オカイラではありませんか」と彼女は、優しくたしなめた。「裁判で勝ったのです。お前は、今や、財産をもった男なのですよ。今夜の宿代と食事代を貸してあげないとしたら、私は不親切ということになってしまいますよ」

「でも……」と、アルフーは遠慮しようとした。

「この話は、これで決まり」とフィデルマは、それをきっぱりとさえぎった。「寝台のほうが、湿った地面より快適ですし、この煮立っているブロスは、思わず引き寄せられてしまいそうなほど、香草のいい香りがしているではありませんか」

そう言いながら、彼女は人気《ひとけ》のない宿泊所の中を、興味をもって、じっくりと見まわした。

「今夜、この道を通った旅人は、我々だけのようですね」と、炉のそばの椅子にくつろいで坐りながら、エイダルフが感想をもらした。

それについて、「これ、人の往き来の多い道じゃないんです」とアルフーが説明を加えた。

「でも、アラグリンの領内に入る、ただ一本の道です」

フィデルマは、即座にそれに興味を示した。

「もしそうなら、そしてこれがこの道筋の唯一の宿泊施設であるのなら、ここでお前の身内のマードナットと出会わないとは、奇妙だこと」

「出会わなくて、ほんとに良かった」と、テーブルの席に着きながら、スコーがつぶやくのが聞こえた。

「それにしても、マードナットと、その連れの……」

「エグディーです、マードナットの甥で牛飼いの」と、スコーが言葉を添えた。

「マードナットとエグディーは」と、フィデルマは先を続けた。「私たちより先に、リス・ヴォールを出発したのでしたね？　もしこれがアラグリンへ通じる唯一の道なら、二人ともかならずこの道を辿ったはずですのに」

「どうしてそう、マードナットにこだわられるのです？」エイダルフは、欠伸《あくび》をもらし、待ち遠しげにブロスのほうを見やりながら、そう訊ねた。

「疑問を解決しないまま放っておくのは、いやなのです」フィデルマは、やや苛立ちがのぞく声で、そう答えた。

そのとき、扉が開いて、先ほどの初老の男が入ってきた。部屋の明かりの中で見ると、肉付きのいい顔に灰色の髪、それにこの職業にいかにも似つかわしく、愛想のいい男だった。血色のいい丸顔には、絶えず微笑が浮かんでいる。

彼は、一行に、温かな挨拶を述べた。

「もう一度、ようこそお越しを。馬は厩舎《うまや》に入れて、世話をしときました。儂は、ブレッサルと申します。なんなりと、お申し付けを。ここは、皆様のお屋敷です」

「一夜のベッドをお願いしたいのです」と、フィデルマが告げた。

「よございますとも、尼僧様」

「それと、食事も」エイダルフが、ぐつぐつ煮えている大鍋の中味に、もう一度待ち遠しげな一瞥をくれながら、急いでつけ加えた。

「そうでしょうとも。それと、咽喉の渇きに素敵な蜂蜜酒《ミード》も、でしょうな？」と、あるじは気持ちよく応じた。「儂のミードは、この丘陵地一帯で一番の名酒、といわれとりますでな」

「すばらしい」と、エイダルフは同意した。「もちろん、それも頼む」

「食事は、旅の埃を流してからにしましょう」フィデルマの声が、ぴしりとそれをさえぎった。

毎晩、一日の中で一番大事な食事の前に入浴をするというアイルランドの習慣を、エイダルフも知ってはいた。だがこれは、彼が未だに馴染めないでいる日課だった。彼の故郷サクソンの人々の間では、毎日入浴の〝儀式〟を行なうという習慣はなかったのだ。ところがここアイルランドでは、夕べの食事の前に風呂に入らないというのは、社会的礼節に悖《もと》る振る舞いとみなされている。

「風呂のご用意は、いたしますとも。でも、少々お時間をいただかねば。なんせ、この二本の手のほか、働く者がおりませんでな」と、ブレッサルが弁解した。

「私は、水浴びでかまわない」とエイダルフは、素早く、それに答えた。「それに、アルフーだって、湯浴みでなくても気にしないだろう」

若者はいささか気がすすまぬ様子ながら、ただ肩をすくめてみせただけであった。

しかしフィデルマは、口をへの字に結んでいた。不賛成なのだ。身を清めるという儀式は正しく行なわれねばならない、というのが、彼女の主義なのである。

「ブレッサルがお湯を沸かしてくれるのを、スコーと私は手伝いましょう」と、彼女は手助けをかってでた。そしてエイダルフに非難の視線をちらっと投げかけて、「あなたは、お好きにどうぞ」と、つけ加えた。

ブレッサルは申し訳なさそうに両手を広げた。

「ご不便、おかけしますな。すみません、尼僧様。こちらへどうぞ。湯浴みの小屋へ、ご案内します。修道士様の水浴びには、宿の横を小川が流れとります。そこで水浴びなさるんなら、ランプをお持ちなさいまし」

アルフーは、「ランプ、俺が持ちます」と言って、それをとり上げた。自分たちの浴場がどこであるかを聞いて、何やら気がすすまない様子ではあったが。

エイダルフは、若者の肩を叩いて、元気づけた。

「行こうぜ、我が弟よ。冷たい水で、誰も病気にはならないさ」

一同がやっと食卓に着いたのは、一時間以上もたってからだった。熱い大鍋は、幾種類かの香草《ハーブ》でぴりっと風味をつけた韮《にら》入りのオートミールだった。続いて、鱒料理が出た。近くの川で捕れたもので、焼きたてのパンと蜂蜜の甘みの効いたミードが一緒に出された。ブレッサルは、料理にかけて、決して素人ではなかった。

彼は給仕をしながら、活気にとんだ会話を盛り上げ、このあたりの情報もあれこれと聞かせてくれた。だが、こうした辺鄙《へんぴ》な所に住んでいる彼は、アラグリンの族長の殺害については、まだ耳にしていなかったらしい。これを教えてやったのは、若いアルフーだった。アラグリンにおけるれっきとしたクランの構成員という新しい身分を、こうして確認してみたいのだろう。

「今夜、この道を通った旅人は、私たちだけなのですか?」会話の途切れ目をとらえて、フィデルマはそう訊ねてみた。

宿の主人は、情けない顔になった。

「この一週間、ここに泊んなさったのは、皆様がただけですわ。アラグリンへ向かうこっちの道は、あんまり人通りがありませんでな」

「ということは、ほかにも道があるのですね？」

「そうなんで。もう一本あります。谷に沿って、東のほうから南のリス・ヴォール、アルド・ヴォール、ドゥーン、ガルヴォーンなんかへ向かう道ですわ。うちの前の道は、北はキャシェル、南はリス・ヴォールに向かう大きな道路につながっとるだけでして。どうして、そんなこと、お訊きになりますんで、尼僧様？」主人の目が、好奇心にきらめいた。

アルフーは、眉をひそめた。

「俺、これがリス・ヴォールに向かうただ一つの道だって、聞かされたんだけどなあ」

「誰にかね？」と、あるじは反問した。

「アラグリンのゴルマーン神父様さ」

「ふーん、東の道のほうが、リス・ヴォールにずっと早く着くぞ。神父さん、知ってなさるはずだがな」

フィデルマは話題を変えることにして、脇に置かれているテーブルの上の数個の岩石を指さした。「かなり変わった蒐集品を部屋の飾りにしているのですね、ご主人？」

ブレッサルは、あっさりと否定した。

「儂のもんじゃありませんので。儂は、こんなもん、集めちゃおりませんや。弟のモルナは、坑夫でしてな。ここから西のほうに、〝鉱石の原っぱ〟ってとこがあります。そこにいくつか鉱山があって、モルナはそこで働いとりますが、仕事の合間に、こんな石塊《いしくれ》を拾っとるようで。儂はただ、それを預かってやっとるだけですわ」

フィデルマは、岩石に強く興味を覚えたらしく、それらをとり上げては、掌《てのひら》の上で転がしながら、しげしげと見つめている。

「とても興味深いこと」

「モルナは、もう何年も前から、こんなもんを集めとります。でも、ひどく興奮してここへやって来たのは、ほんの二、三日前でしたわ。金持ちになれるかもしれんものを見つけたぞとか言って、岩のかけらを一個、持ってきましたがね。岩塊《いわくれ》一個で、どうやって金持ちになれるもんやら。一晩、ここに泊って、翌朝出ていきよりましたよ」

「そのとき持ってきた石は、どれかしら？」と、フィデルマは訊ねた。蒐集品を見わたしながら、彼女は強い興味を示していた。

ブレッサルは、後頭部を掻きながら答えた。

「正直言って、今となっちゃあ、見分けられませんや」彼はそう言いつつ、一個、とり上げた。

「これだったような気はしますがなあ」

フィデルマはそれを受けとり、両手で裏返したりして、よく見てみた。しかし、そのような訓練を受けていない彼女の目には、ごくありきたりの花崗岩のかけらとしか見えない代物だった。彼女が石をあるじに返すと、彼はそれをふたたびテーブルの上に戻した。

「お休み前に、何かお持ちしときますかね？」ブレッサルは、ほかの三人を振り向いて、そう訊ねた。

アルフーとスコーは、すぐにひきあげることにしたが、エイダルフはしばらく炉の前で過ごしたいと言って、もう一杯ミードを所望した。フィデルマは腰をおろし、ブレッサルと話し始めた。宿泊所のあるじというものは、常に情報の宝庫なのだ。彼女は、話題をエベルへ向けた。ブレッサルは、エベルが領地を出てキャシェルへ赴く際に、ほんの五、六回、前の道を通ってゆくのを見かけたことがあるだけだった。したがって、族長について意見を披瀝するほどの知識はないのだが、それでも、毀誉褒貶《きよほうへん》両方の評価を耳にしてはいるという。ある者は彼を威張り散らす傲慢な男だと言い、また別の者は親切で寛大な人物だと褒め称える、とのことだ。

フィデルマがもうベッドにひきあげると言いだしたとき、まださほど遅い時刻になってはいなかった。ほとんど階上全体を占める大部屋が客の宿泊場所に当てられているのだが、ブレッサルは部屋の壁際のベッドを彼女に割り当ててくれた。隣りの寝床とは、カーテンで仕切られていた。小さな宿では、宿泊者に個室が用意されていることは、ほとんどなかったのだ。ベッドといっても、床に延べた藁の敷布団と粗い羊毛の毛布一枚、というものである。しかし、清潔で温かく、心地よかった。フィデルマには、それで十分だった。

彼女がはっと目を覚ましたのは、まだ藁布団に頭を預けたばかりとしか思えない寝入りばなだった。温かな手が、彼女の腕をぐっと摑んでいる。フィデルマは目を瞬《しばたた》き、それに抗《あらが》おうとした。だが相手は、「しーっ、私です」と囁いた。

エイダルフの声だった。

フィデルマは、まだ軽く目を瞬きながらも、じっと横たわったまま待った。

「宿の外に、武装した数人の人影が見えます」と、エイダルフは続けた。ごく抑えた低い声で、ほとんど聞きとれないほどだった。

窓の外に、ひそやかな灰色の薄明かりが広がっていた。窓に、カーテンは掛かっていないのだ。外をうかがうと、まだ夜空から立ち去りがたい風情で、小さな星が二つ、三つ、光っている。だが、夜明けは、そう遠くはなさそうだ。

「武装した男たちがいるからといって、どうしてそう心配なさるの？」エイダルフにならって、フィデルマも声をひそめながら、そう問いただした。

「十五分ほど前、馬の蹄の音で、目が覚めました」エイダルフは、静かに説明し始めた。「のぞいてみると、馬に乗った五、六人の人影が見えました。彼らはそっと馬を進めてきましたが、宿泊所にやって来るのではなかった。馬を森の茂みにつなぐと、木の間に身を隠しながら、宿の入り口を望める位置に陣どったのです」

フィデルマは、さっと起き上がった。もう、目もはっきりと覚めていた。

「おそらく。少なくとも、この宿泊所によからぬことを企んでいる連中と見えました。皆、弓を携えていましたから」

「無法者たち？」

「ブレッサルには、もう急を知らせました」

「まず、あの男を起こしました。彼は今、襲撃にそなえて、下で、戸口を守っています」

「前にも、襲われたことがあるのかしら？」

「ないでしょう。リス・ヴォールからキャシェルに向かう主要道路沿いに建つもっと繁盛している宿泊所なら、無法者の群れに襲われ略奪されることもありましょう。だが、このような辺鄙な場所に建つ宿泊所など、狙う者がいるとは思えませんが」

「若い人たちも、起きていますか？」

「若い人たち？　ああ、アルフーとスコーですね？　まだです。私は、まず、こちらへ……」

そのとき、外で、ひゅーっという奇妙な音が聞こえた。何か、焼ける臭いも。そして、空《くう》を切る二つ目の音が聞こえたかと思うと、それを耳がとらえる暇《いとま》もなく、窓から火矢が飛びこんできた。矢は、奥の壁に突き刺さった。麦藁を縛りつけた火矢だ。次いで、外から、命令を下す人声も聞こえてきた。

フィデルマは、ベッドから飛び起きた。

「二人を起こして！　襲撃です！」あとのほうの言葉は、必要なかった。もう一本、火矢が燃えながら飛んできて、床に突き刺さったのだ。彼女は突進し、燃え上がる炎をものともせず、まず第二の矢を摑み、さっと振り返るや、それを窓から放り出した。続いて、壁に刺さった第一の矢にも、そのあとを追わせた。間髪をいれず、フィデルマはベッドの仕切り用カーテンを引き下ろした。火がつくと危ない。ちょうどそこへ、エイダルフに起こされたアルフーがやって来て、手伝いに駆け寄ろうとした。

「ここにいて」と、フィデルマは命じた。「体を屈めて。でも、燃えている矢が飛んできたら、かならず火を消して！」

返事を待つことなく、彼女は身を翻し、一階の広間へと駆け下りた。

宿泊所のあるじブレッサルが、慌てて弓に弦を張ろうとしている。その不器用な手付きから見て、扱いなれていないことは一目でわかる。

普段は陽気な顔を怒りに引きつらせて、彼はフィデルマを振り仰いだ。

「無法者たちでさ！」と、彼は唸った。「このあたりの森じゃ、こんなこと、聞いたことなかったのに。なんとしても、奴らから宿泊所を守らにゃならん」

エイダルフも、階段を駆け下りてきた。

フィデルマは、彼に声をかけた。「連中を見たそうね。何人ぐらいいるようでした？」

「五、六人です」

フィデルマは、血が滲《にじ》みそうなほど強く、唇を噛んだ。どのようにして、この宿泊所を守ればよいだろう。

「ほかに武器は、ブレッサル？」と、エイダルフが主人に訊ねた。「我々は、身を守る道具を何も持っていないのだ」

宿泊所のあるじは、驚いて、彼を見つめた。聖職者が、身を守るために、武器を求めてなさる！

「さあ、早く！」エイダルフの鋭い声が飛んだ。

ブレッサルはぎくっとして、従順になった。

「剣が二振りと、この弓と。それだけでさ」

エイダルフは、弓に吟味の目を向けた。いい弓のようだ。櫟の木だ。見たところ、強く、しなやかそうだ。

「どの程度、弓を引ける？」

「あんまり、うまくは」と、ブレッサルは白状した。

「では、それは私に。お前は、剣を使うがいい」

ブレッサルは、ためらいを見せた。

「でも、修道士様でいなさるのに……」

足をとんと踏み鳴らして、それをさえぎったのは、フィデルマだった。

「弓を渡しなさい！」

エイダルフは、弓をあるじの手から奪うようにとり上げると、長年の修練が生む手際で、やすやすと弦を張ってのけた。

エイダルフが弦を試している間に、フィデルマはブレッサルに、「もう一本の剣を、私に」と命じた。キャシェルの数代前の王ファルバ・フランの王女として、ほとんど読み書きを覚えるより先に剣の扱いに慣れ親しんでいたことを、仰天している宿泊所のあるじに説明している暇など、今はない。

エイダルフは、テーブルに置かれていた矢を一摑みとり上げながら、あるじに訊ねた。

「ここに、裏口は？」

ブレッサルは、言葉もなく、ただ身振りで、建物の後ろのほうを指し示した。

エイダルフとフィデルマは、素早く目を見交わした。

「私は、裏手へ忍び出て、ぐるっと禿げ鷹どもの後部へまわりこみます」とエイダルフは、彼女の無言の問いに答えた。

「私も、一緒に」フィデルマは、即座に応じた。

エイダルフも、それに反対して時間を浪費することなど、しなかった。

フィデルマは、ブレッサルに視線を向けた。

「連れの若者たちが、二階で、飛びこんでくる火矢を消してくれるはず。お前も、ここで、同じことを。ただ、私たちが出ていったあと、裏口に閂《かんぬき》をかけることを、忘れないで」

ブレッサルは、何も答えはしなかった。いろんなことが、あまりにも目まぐるしく起こって、どうこう口をはさむ余裕さえなかったのだ。

エイダルフは弓と矢を手に、裏口へ向かった。ブレッサルがさし出した剣を握ってフィデルマもそのあとに続いた。ブレッサルは裏扉の閂をはずし、さっと外を眺め、二人に大丈夫だと合図をした。エイダルフは素早く裏庭を横切り、その先の林の中へ飛びこんだ。一瞬おいてフィデルマも、襲撃者が何者であるにせよ、彼らに宿泊所を完全に包囲するだけの知恵がなかったことを聖者がたに感謝しつつ、それにならった。

森の茂みに身を隠したエイダルフは、宿泊所の周囲を遠巻きに迂回しながら、建物の前を通っている道のほうへと、用心深く進み始めた。さらに何本かの矢が宿泊所の正面へ向けて放たれ、その中の一、二本が藁葺き屋根に射こまれたのが見えた。襲撃を速やかに撃退しなければ、建物はほどなく炎上しよう。

あたりの空気はまだ冷たかったが、今はもう、ずっと明るさをましていた。日が昇り始めたのだ。

フィデルマは、茂みに身を隠したまま、様子をうかがった。向こう側の森の下生えの中に、幾人かの人影がおぼろに認められた。彼女には、彼らが職業的な兵士ではないと、すぐに見てとれた。茂みに身を隠すのも下手《へた》だし、互いに大声で叫びあって、自分の位置を暴露している。宿泊所の主人や宿泊客から、まともに反撃を受けるなど、全く予期していないことは明らかだ。フィデルマは、疑念を覚えた。もし略奪が目的であるなら、どうして単純に押し入り、中にいる者たちから略奪しないのだろう？　彼らは、ただ建物を焼失させたいだけのように見えるではないか。

エイダルフは矢をつがえ、つぎの動きを待った。

フィデルマも、じっと目を凝らした。

火矢を宿泊所に射かけていた男たちの一人が、狙いをつけようと立ち上がった。早朝の光の中で、自《みずか》ら恰好の標的を提供している。フィデルマはエイダルフの腕に軽く触れ、身振りで男を示した。たとえ宿泊所を崩壊させようとしている連中であれ、誰一人殺したくはない。だがエイダルフにどのような射法をとるべきか指示するには、もう遅すぎた。

エイダルフは弓をかまえ、素早く、だが慎重に、狙いを定めた。フィデルマは、矢が男の肩に、それも弓手《ゆんで》の肩に、命中したのを見た。フィデルマでさえ、こうも見事に射ることはできまい。襲撃者は突然悲鳴をあげ、弓をとり落として、血が流れ出る肩をもう一方の手で押さえている。

一瞬、静まり返った。

続いて、この男に一体何が起こったのかを知ろうと、仲間が口々に粗暴な声で叫びだした。

本物の兵士であれば恥じ入るであろうほどの大きな音を立てながら、何人かが木立の中から飛び出して、負傷者の許へ向かおうとした。エイダルフは次の矢をつがえ、フィデルマに視線を向けて、無言で問いかけた。フィデルマは頷いた。

二人目の射手は、怪我人のかたわらへやって来ていた。

エイダルフは、狙いを定めて、第二の矢を放った。

注意深い狙いでもって、ふたたび彼の矢は、男の弓手の肩をとらえた。第二の射手は、痛みというより、むしろ驚きから、喚き声を上げ、猛烈な勢いで罵り始めた。

狼狽した第三の声が叫んだ。「襲撃されとるぞ！　退《ひ》こう！　逃げるぞ！」

男たちは騒然となった。馬までも興奮して、いなないている。二人の負傷者も呻きながら、それでも口汚く罵りつつ背を向けると、森の中をよろよろとひきあげ始めた。エイダルフは、第三の矢をつがえた。

馬に乗った数人の男たちは、一団となってあたりの茂みから出てくると、危険なばかりの速度で馬を駆り立てながら、前方の狭い小道へと向かった。エイダルフが言っていたとおり、せいぜい五、六人の集団である。フィデルマは、怪我をした二人の男も危うげに馬に乗っているのに気づいた。彼らは、エイダルフとフィデルマが忍んでいるすぐかたわらを突進していった。エイダルフが矢を放とうとしているのを、フィデルマは押しとどめた。

「行かせておやりなさい」と、彼女は命じた。「私たち、もう十分、幸運でしたもの」現に彼女は、彼らが職業的兵士であれば、こうもたやすく退却してはくれなかったろうと、聖人がたへ感謝の祈りを捧げていたのだった。

襲撃者の一団がかたわらをかすめ去ったとき、フィデルマは下から見上げて、騎馬隊の殿《しんがり》を行くのが赤い髭を生やした醜い容貌の粗暴そうな大男であることを、見届けていた。男は、馬の首に身を低く伏せていた。エイダルフは半ば弓をかまえかけていたが、標的がすでに遠ざかっていることに気づいて、肩をすくめ、弓を下ろした。

騎馬の一団は、たちまち行く手の森の中へ、姿を消した。

エイダルフは、腑に落ちぬ面持ちで、フィデルマを振り返った。

「どうして、連中を逃げるにまかせたのです?」と、彼は聞きたがった。

フィデルマは、たしなめるような微笑を見せて、それに答えた。

「私たち、運が良かったのですわ。もし彼らが本物の戦士でしたら、これほどたやすく窮地から逃れることはできなかったでしょうから。幸い、連中はただの卑怯者でした。でも、追いつめられたら、怯えた小さな動物と同じように、卑怯者でも大暴れをしますよ。それに、宿泊所の面倒もみてやらなければ。ご覧なさい、すでに屋根が燃え始めています」

フィデルマは振り向いて宿泊所へ急ぎながら、もう襲撃者たちは逃げ出したから、出てきてこちらに手を貸すようにと、ブレッサルに呼びかけた。

ブレッサルが梯子を持って出てきたので、彼らはただちに一列に並び、水の入ったバケツを順送りに手わたして、藁葺き屋根へと運び上げた。しばらくかかったものの、やがて火勢は衰え、水浸しとなった藁屋根はわずかに煙を上げるだけとなった。主人は感謝のしるしに大型細口びんをとり出して、杯にミードを注ぎ分け、「あのならず者どもから宿泊所を守ってくださって、なんとお礼を申し上げればよいやら」と言いながら、四人にその杯を配った。

「奴ら、何者ですか？」と、若いアルフーがまず訊ねた。「誰か一人でも、近くからご覧になられましたか、尼僧様？」

「ただ、ちらっとだけ」とフィデルマは白状した。

「少なくとも、あの中の二人は、当分肩を痛がることだろうよ」とエイダルフは、にやりと笑いながら、それにつけ加えた。

「ここいらは、この国の中でも、ごく貧しい地区なのに」とアルフーは、不審げに考えこんだ。「ならず者たちが、この宿泊所を略奪しようとするなんて、変だなあ」

「略奪？」フィデルマは、かすかに眉を吊り上げた。「私には、略奪というより、この宿を燃やしてしまおうとしていたように見えましたけど」

エイダルフも、ゆっくりと頷いた。

「そのとおりです。もし宿泊所や客から略奪しようというだけなら、こっそりやって来て、どっと押しこめばよかったはずですからね」

「きっと、ここを通りかかって、なんの計画もなしに、急に襲おうって気を起こしたのかも」

宿の主人はそう説明してはみたものの、その表情は確信に欠けていた。

　エイダルフは、首を横に振った。

「通りかかって、ということはないな。自分で言っていたではないか、この道はめったに人が通らない、アラグリンへ通じるだけだと？」

　ブレッサルは、溜め息をついた。

「何しろ、これまで一度も襲撃なんぞ受けたことないもんで」

「敵はいないのかい、ブレッサル？」とエイダルフは、さらに問い続けた。「お前をこの宿泊所から追い出したがっている者が、誰かいるのでは？」

「誰も」とブレッサルは、きっぱりと言いきった。「この宿をぶっ壊しちまってから手に入れたって、得する者なんか、誰もいませんや。この宿は、儂が一生かけて、ずっとやってきとるんでさ」

「では……」とエイダルフは続けようとしたが、フィデルマがそれをさっとさえぎった。

「きっと、たやすい獲物だと狙いをつけた、ただの強盗団だったのでしょう。でも、これで十分懲りたはずです」

　エイダルフが何か言いかけたが、フィデルマの目に気づいて、慌てて口を閉じた。

「皆様がいてくださって、ほんとに運がよかった」今の二人のやりとりには気づかずに、ブレッサルはフィデルマに同意した。「儂一人では、とても奴らをやっつけられませんでしたわ」

「では、私たちの一晩の断食《ファスト》は、これで終《ブレイク》りということにして、今日最初の食事にしましょう。そのあと、私たちは出発することにします」もう日が昇ってかなりになるのに気づいて、フィデルマはあるじにそう告げた。

朝食のあと、アルフーは、自分とスコーはここでお別れする、と言った。アルフーの農場に行くには、アラグリンの族長のラーまで行かずに、ここで別の道に逸れるのだ。それに、若い二人は、屋内の片付けや屋根の修理をしなければならないブレッサルに、手伝いを申し出ていたのだ。そこで、若者たちはここにもう一、二時間留まることになり、フィデルマとエイダルフだけがアラグリンへの旅を続けることになった。

前夜、二人はブレッサルから武器を借り受けたが、旅を続けるにはそれを携えてゆくほうがいい、と言い出したのは、ブレッサルのほうだった。

「見なさったとおり、儂が武器を持っとっても、なんの役にも立ちゃしませんや。それに、言いなさったじゃないですか、賊の一隊はアラグリンに向かう道を駆け去ったって。途中で奴らに出会いなすったとき、武器を持ってなさるほうがいいでしょうが」

エイダルフは、武器を受けとろうとした。しかしフィデルマは首を振って、それをブレッサルに押し戻した。

「私たちは、剣でもって生きているのではありません。聖マタイによれば、イエス様は聖ペテロに、〝剣の道を行く者は、剣によって滅ぶ(6)〟と仰せになられました。この世を歩くには、武器を持たぬほうがよいのです」

ブレッサルは、ちょっとからかうような微笑を浮かべた。「剣でもって生きようとする奴らをこの世で相手にするには、身を守れるほうがよかないですかね？」

先ほどエイダルフが襲撃者たちの身許について、自分の推量を口にしようとしたとき、フィデルマは無言の制止によって、彼にそれを思いとどまらせた。エイダルフがそのことについて思いきって訊ねてみたのは、アラグリンへの道をかなり進んでからのことであった。

「論理的にそれしかないと思える結論を私が指摘しかけたとき、どうしてそれをお止めになったのです？」

「皆が無法者と言っていたあの連中は、おそらくアラグリンからやって来たのだと思いませんか？」

彼は頷いてその問いに同意しながら、「マードナットを疑っておいでだったのでしょう？」と、訊いてみた。

だがフィデルマは、マードナット説を退けた。

「彼を疑う根拠は、何もないのですよ。それなのに、その疑惑を口にすれば、いたずらにアルフーとスコーを怖がらせるだけではありませんか。ほかの可能性だって、いろいろあります。ブレッサルは敵に心当たりはないと言っていましたけど、それが本当かどうかさえ、まだわかっていませんわ。あるいは、本当に、無法な暴れ者たちの仕業だったのかもしれないし。それとも、エベルの死に、なんらかの関わりのある襲撃だったのかもしれません」

エイダルフには、それ以外の可能性は、考えつかなかった。しかし、彼はまだ納得できないでいた。

「エベルの死に関わっている何者かが、あなたの調査を阻もうとした、と考えておいでなのですか？」エイダルフの声は、かなり疑わしげだった。

「私は、あなたのマードナット説以外にも、こういう可能性もある、ともちだしてみただけですよ、エイダルフ。でも、それがこの疑問の答えだとは、言っていませんわ。私たち、慎重に調べなければ。ともかく、証拠もなしに推測に飛びつくのは、危険なやり方です」

第四章

エイダルフとフィデルマは、こんもりと繁った森の小道に馬を静かに進めていた。暖かな朝の陽射しが、いかにも心地よい。やがて道は森を抜けて、丘陵の斜面に出た。その途端、目の前にすばらしい光景がさっと開けた。幅一マイルほどの谷間《たにあい》だ。その中を、銀色の川がきらめきながら流れている。小さな林がそこここに見えてはいるものの、この谷が長年にわたって農地としてよく人の手が入ってきた土地であることは、不毛の頂《いただき》の下に広がる麓の森林がかなり伐り広げられており、その密集して繁っている林と畑や草地との間には、黄色いハリエニシダ(1)の茂みがくっきりと境界線をなしている様子からも、すぐに見てとれる。

川は、谷間の緑の牧草地の中をリボンのようにゆるやかにうねりながら流れている。フィデルマが思わず息をのんだほど、美しい眺めであった。遠くのほうに、何か茶褐色の小さな点のようなものが、いくつか見えた。目を凝らしてみると、牝鹿たちの群れとそれを守っている堂堂とした茶色の牡鹿であった。枝のような大角を頭上に戴いている。何頭かの牝鹿の足許には、褐色の背に白い鹿の子模様を散らした可愛い仔鹿(2)たちも見える。谷のそこかしこには、牛が数頭ずつ群れを作り、草を喰《は》みながら、低い石垣で囲まれた畑の外側の長閑《のどか》な草地を、ゆっくりと移動している。緑豊かな谷は、実に魅惑的だった。肥沃な土地である。川も、その流れ具合から判断するに、鮭や鱒がふんだんに棲んでいそうだ。

エイダルフも、鞍から身をのりだすようにして、この光景を好ましげに見わたした。

「このアラグリンという土地、まるで楽園だ」彼はそうつぶやいた。

フィデルマは、苦笑気味に、口許をすぼめた。

「でも、まさにこの絵のように美しい楽園の中に、蛇がひそんでいるのですわ」彼女は、現実を彼に思い出させた。

「もしかしたら、この土地の豊かさが動機なのでは？　これほどの富をもった族長なら、狙われやすいに違いありませんよ」とエイダルフは、思いつきを口にした。

だが、フィデルマは賛成しなかった。

「もう今では、私たちアイルランド人の社会を十分知っておいでのでしょうに。族長が亡くなると、クラン〔氏族〕の主要な構成員であるデルフィニャ[3]と呼ばれる者たちが集まって、タニスト〔後継予定者〕を、つまり、すでに選出されている継承者《エア・エレクト》を族長として改めて承認しあい、同時に新族長のタニストを新たに選出する、という手順になります。ということは、族長の死に利害をもつのは、この継承予定者だけ。となると、彼はまず第一に疑われてしまう。ですから、あなたの説は、あり得ませんわ。何者かが族長の地位を狙って殺人を犯すなど、ほとんど不可能な話です」

「デルフィニャ？　どういう構成でしたっけ。忘れてしまいました」

「族長の三世代の家族です。新しい族長の就任を承認し、その上で、自分たちの中の一人をタニストとして選出する、という資格をもった人たちのことですわ」

「長男をタニストと決めておけば、ずっと簡単なのでは？」

「あなたがたサクソン人の継承制度は、知っていますわ。でも私たちは、長男だというだけで愚か者がタニストとなるより、もっともふさわしい人物が族長になるほうがいい、と考えるのです」フィデルマは、きっぱりと、そう述べた。

　そして谷を見わたし、一点を指さした。

「きっとあれが、族長のラー（第一章訳註1参照）でしょうね」

　エイダルフは、ラーとは〝砦〟や〝城塁〟を指す言葉であると、承知していた。しかし彼方に見える一群の建物は、新緑の若葉が輝く高い橅《ぶな》の木やまだ春の花をつけている櫟《いちい》などの木立に隠れて見えない箇所もあるにはあるが、砦で囲まれているようには見えない。しかし、それらの建物はかなりの広さにわたって建てられている。一見、大きな村と見まがうほどだ。エイダルフはこれまでにアイルランド五王国をかなり旅しており、多くの有力な族長たちが石造の城砦に住まっているのを見てきた。ところがこのラーは、農場の木造家屋や小屋の集まりとしか見えない。もっとも、さらに目を凝らしてみると、石造の建物も建ってはいた。一つは、明らかにキル・ウールドの礼拝堂だ。そのすぐかたわらに、大きな円形の石造建築が見える。こちらは族長の集会堂であろうと、エイダルフは推測した。

エイダルフの顔に、意外そうな表情が浮かんでいたのであろう。フィデルマが説明してくれた。「ここは農耕・牧畜地帯なの。アラグリンの人々のために、周辺の山々が砦となってくれていますわ。それに、小さな領地ですから、ほかのクランたちの脅威になるわけでもありませんしね。となると、敵に対して防御の砦を築く必要もなかったのでしょう。でも、族長の住まいなのですから、礼儀上、私たち、ここはやはりラーと呼ぶことにしましょう」

フィデルマは馬に軽く合図をすると、遠くに見えている川やアラグリンの族長のラーのほうへ向かうべく、谷底へ向かって山腹を下り始めた。

山道は、斜面に広々と開けてきた草原の中を通るなだらかな道へと変わった。道の片側に、彫刻がほどこされている花崗岩の十字架が一基、立っていた。高さ十八フィートもあろうか。エイダルフは馬を止め、それを称賛の目でじっくりと見つめた。

「これほどのもの、初めて見ました」その感想にこめられている深い讃嘆の思いを聞きとって、フィデルマは面白そうに彼を見やった。

確かに、王国広しといえど、これほど見事な高十字架《ハイ・クロス》(4)は、ほかにはあるまい。刻まれているのは、福音書の中のさまざまな情景で、鮮やかな彩色がほどこされている。エイダルフは、恩寵からの転落、巌を打つモーセ(5)、最後の審判、イエスの磔刑を始め、ほかにもいくつかの出来事が描きだされているのを見てとることができた。十字架の頂は、切妻屋根の教会の形をした柱頭装飾になっている。基部には、〝オロト・ド・オーン・ラスデルナード・イン・フロス〟(この十字架を建てしオーンのための祈りを)と、刻まれていた。

「このような小さな土地にしては、たいそう豪勢な境界標識ですね」と、エイダルフが感想を述べた。

「小さくても、豊かな土地なのですわ」フィデルマは、冷静に一言訂正を加えると、ふたたび馬に軽く合図をして、道を進み始めた。

彼らがラーの近くまでやって来たときには、もう正午になっていた。牛の群れを集めていた少年が仕事を中断し、口を開けて珍しげに二人が通り過ぎるのを見つめた。忙しげに鍬を振るって穀物畑に侵入しようとする柔毛《にこげ》の生えたマメグンバイナズナ(コショウソウなど)を掘り起こしていた男も、馬に乗った二人が通るのを、鍬の柄に寄りかかって怪訝そうに見守った。だが男の子とは違って、彼のほうは機嫌よく彼らに挨拶の声をかけ、そのお返しにフィデルマの祝福を与えられた。行く手の民家のほうから犬の鳴き声が聞こえたかと思うと、猟犬が数頭駆け出してきて、盛んに吠え立てた。だが、さして獰猛《どうもう》な感じではない。

流れの速い川には、かなり先のほうに、しっかりとした樫材の木橋が架かっていた。ラーは、その岸辺に建っているのだ。近づくにつれエイダルフは、川とラーの間に、かつては一群の建物をとり囲む大きな土塁が存在していたのだと気づいた。だが今では草や藪が生い茂ったただの土手となっていて、周囲の草原と見分けがつかない。土手の下の窪地では、羊が数匹、のんびり草を喰んでいる。しかしかなり以前には、この土塁がこれらの建物を防衛していたラーであることは見てとれる。現在は、小枝を編んだ垣が、ところどころに榛《はしばみ》の木を交えながら周りを囲んでいるだけだが、エイダルフの見るところ、それも侵入者を防ぐというよりは、近辺をうろついている狼や野生の豚に入りこまれないように、という目的のためであるようだ。小枝を網代《あじろ》に編んだ垣根には大きな門が設けられていて、扉は広く開いていた。

川に架かった厚板の木橋を渡ると、彼らの馬の蹄の音がうつろな反響を響かせた。二人は、門に続く短い道を、すぐに登り始めた。

すると、男が一人、門から現れた。中年過ぎの筋肉質の男性で、剣と盾を持ち、きちんと刈り揃えた銀糸交じりの真っ黒な顎髭を生やしている。彼は道に立ちはだかり、黒い目を凝らして、二人をじっと見定めた。しかし、敵意のうかがえる表情ではない。

「もし平和を胸にお越しなされたのであれば、ここに歓迎を見出されましょう」と彼は、儀礼にのっとった挨拶の言葉で、二人に呼びかけた。

「私どもは、神の祝福を携えて、ご当地に参りました」と、フィデルマも返礼の口上を述べた。

「こちらは、アラグリンの族長のラーでしょうか？」

「いかにも」

「では、族長にお目にかかりたいのですが」

「族長は、亡くなりました」男は、無表情にそう答えた。

「存じております。あとをお継ぎになるタニストにお会いしたく、うかがったのです」

戦士は、一瞬躊躇したあと、二人に告げた。「こちらへ、どうぞ。タニストは、集会堂におります」

彼は後ろを振り向くと、門を通り抜け、大きな円形の石造建築のほうへと向かった。建物の入り口は、まっすぐ門を向いていた。明らかに、そう計算されて建てられているのだろう。来訪者は、かならずこの建物に直面することになる。威厳を印象づけるべく、設計されているのだ。建物の重要性をさらに強調するかのように、かつては大木であったと思われる樫の木の柱が、正面入り口の脇に立っていた。上部は切りおとされているのに、それでも高さはゆうに十二フィートはあり、その頂を飾っているのは、複雑な彫刻がほどこされた十字架だった。エイダルフも、これがクランのトーテム、すなわち、人々の精神と物質両面の幸福と繁栄を象徴するクラン・バー〔生命の樹〕であると理解できるほどには、この国の習俗に通じていた。ときにはクランの間で諍《いさか》いが生じることもあるが、その際の最悪事態は、対立氏族に襲撃され、この聖なる樹を切り倒され燃やされてしまうことだ、と聞いたこともある。それによって、襲われたクランは士気を挫かれ、相手側の氏族が勝利を手にすることになる、というのだ。

かたわらに、馬をつなぐ杭が立っていた。フィデルマとエイダルフは鞍からひらりと下りて、手綱を杭の鉄輪に結んだ。ラーの中で作業をしていたり何かの用で動きまわったりしていた男たちが立ち止まり、なんとなく興味をもって、二人の聖職者を見守っている。

「旅人がアラグリンに見えることは、めったにありませんので」仲間の態度を説明する必要があると感じたらしく、戦士は彼らにそう告げた。「ここは、素朴な農村でありまして、外の世界にかかずらうことなんぞ、ほとんどないですからな」

別に、返事は必要なさそうだった。

複雑に建ち並んでいる建物が、このラーの豊かさを物語っていた。幾棟もの建物が大きな半円形を描いて、集会堂の石造建築をとり囲んでいた。厩舎《うまや》や納屋、水車、鳩小屋なども見受けられる。その向こうには、数軒の小さな木造の住居や使用人用の小屋もあり、ちょっとした村といっていい規模だ。そしてもちろん、族長とその家族の住まいも、その中にあるはず。フィデルマは、アラグリンのラーには十数家族が暮らしているに違いないと、頭の中で計算をしてみた。ひときわ印象的なのが、集会堂の隣りに建つ礼拝堂だった。目地塗りなしに積み上げた石材で造られた、すっきりとした建物だった。これがキル・ウールド、すなわち〝典礼の教会〟と呼ばれている、ゴルマーン神父の教会であろうと、フィデルマは察しをつけた。

中年の戦士は、建物の樫の扉に近づくと、その脇の壁の窪みから木槌をとり出し、吊り下げられている大きな厚板をそれで叩いた。うつろな音が響いた。来訪者が自分の到着を知らせるようにと、扉の外にバス・クランすなわち掌板《ハンド・ウッド》と呼ばれるものを吊り下げておくのが、族長の館《やかた》の習いなのである。戦士は中に入り、扉を閉ざした。

エイダルフは、フィデルマにちらっと視線を投げかけた。

「こうした儀礼は、もっと大規模なクランにおいてだけかと思っていました」と、彼は囁いた。

「いずれの族長も、自分の目には、偉大なのですわ」フィデルマの返事は、哲学者めいていた。

扉が開いて、中年の戦士がふたたび現れ、二人を身振りで招じ入れた。内部は、見事に均整のとれた大きな部屋で、磨かれた松と樫の羽目板が張り巡らされていた。羽目板に沿って壁にずらりと飾られている盾は、いずれもよく磨き上げられた青銅製で、華やかなエナメル細工がそれを彩っている。色鮮やかな壁掛け《タペストリー》も二、三枚、そこここの壁を飾っていた。床は、黒くすんだ、時代を感じさせる樫材だった。移動可能なテーブルと腰掛け《ベンチ》も数脚、そなえられている。部屋の一端は、高さ一フィートほどの壇になっていた。見事な彫刻がほどこされ、何かの獣の毛皮が掛けられている樫の椅子が一脚、その上に据えられている。その彫刻には、磨かれた青銅や、またところどころには銀が象嵌されていて、椅子をいっそう豪華に飾っていた。

外では陽光が燦々と輝いているというのに、この大広間には窓がなく、梁から吊された数個のランプが、ホール中に影をゆらめかせ、躍らせている。その効果は、部屋のもう一方の端の炉の中ではぜている薪の炎によって、いっそう強調されていた。

戦士がここで待つようにと言いおいて引き下がっていったため、フィデルマたちはふたたび二人だけになった。

彼らは、部屋に満ち溢れている富裕の気配にじっくりと目をくばりながら、静かに立ち続けた。この部屋が人に強い印象を与えようと意図されたものなら、エイダルフは確かに感銘を受けていた。フィデルマでさえ、この広間はキャシェルの兄王の王宮にあっても決して場違いではあるまいと、秘かに感じたほどだ。ほんの数分もたったであろうか、一段高い壇上の壁を飾っている壁掛けの陰から、小柄な人影が現れ、豪華な椅子の前に立った。おぼろな広間の明かりで見る限り、十九歳にはなるまいと思える若い女性であった。麦藁色のふっさりと豊かな長い髪、空色の瞳。魅力的な娘だ。それは、確かだ。しかしフィデルマには、その顔立ちは、気持ちよく付きあえる相手というには、いささかきつすぎるように思えた。瞳の青い色も、あまりにも冷たい。唇も、わずかながら薄すぎる。和らぐことを知らぬ厳しい性格という全体的な印象を、どうしても否めない。フィデルマは、こうしたこと全てを一瞥で見てとった。

娘が青い絹のドレスと、それによく合ったショールを羽織っていることにも、フィデルマは気づいた。染められた羊毛地のショールは、精巧な細工の黄金のブローチで留められている。両手は、前でしとやかに組まれていた。娘は問いかけるような表情で、二人をじっくりと見つめながら、立っている。

「私がアラグリンのタニストのクローンです。私に会いたいとのことですが?」

艶のあるソプラノではあったが、その声に歓迎の響きはなかった。

このようなうら若い娘が農村地帯のクランの族長であるという驚きを、フィデルマは押し隠した。だいたいにおいて地方の社会は、自分たちの社会生活の指導権を握る人間を承認するにあたって、かなり保守的なものなのだが。

「私の到着をお待ちだったのかと、思っておりました」と、フィデルマは答えた。彼女は、儀礼的な口調を保とうと努めた。

「私がなぜ、聖職者の到着を待ち受けていなければならないのでしょう?」と、娘は反問した。

「信仰に関することでしたら、ゴルマーン神父様が私たちの必要を全て満たしてくださっています」

フィデルマは、かすかな苛立ちの吐息がもれそうになるのを、ぐっと抑えた。

「私は、ドーリィーです。あなたがたの先の族長エベルの死に関して調査するよう依頼を受けて、こちらへ参ったのです」

クローンの無表情な顔が、一瞬ちらっとゆらいだが、すぐにまた感情をのぞかせぬ硬い顔付きに戻った。

「エベルは、私の父でした」と、彼女は静かに告げた。それが彼女がのぞかせた唯一の感情であった。「父は、殺害されました。母がキャシェルの王にドーリィーの派遣を願い出たのは、私の承諾なしに行なわれたことです。私は、この件を自分で処理する能力を、ちゃんともっております。それにしても、母の求めに応えてキャシェルの王が、このような若い、修道院の外の世界のことなどおそらく何もご存じないであろう方を寄こされるとは、意外でした」

フィデルマのすぐ後ろに立っていたエイダルフは、彼女の肩が強ばったのを見て、その怒りが今にも爆発しそうだと、緊張して待ち受けた。しかしフィデルマの声は、変わることなく静かだった。静かすぎた。

「キャシェルの王で、私の兄であるコルグーが……」フィデルマは、この意味を相手に浸透させようと、一瞬言葉をきった。「我が兄コルグー王が、私に、こちらへ赴き、この事件を私自身の手でとり上げるよう、求められたのです。私が未経験であろうとの心配も、無用。私は正規の学問所で教育を受けた上位弁護士アンルーです。また私が経験をつんできた年月は、アラグリンのタニスト、クローン、あなたをはるかに凌《しの》いでおりましょう」

アンルーの資格は、神学院であれ非宗教的学問所であれ、アイルランドの教育機関が授与する最高位の資格にわずか一階級下がるのみの、きわめて高位の称号なのである。

二人の女性は、無言のまま向かいあって立ち、相手を見つめあった。冷たい空色の瞳が、鋭い輝きをきらりと秘める緑色の瞳を、射通すように見つめた。二つの顔は、全く感情をうかがわせない仮面であった。その仮面の背後で、二人の心は、互いに相手の強さと弱さを、素早く推しはかっていた。

「わかりました」と、クローンがゆっくりと答えた。この短い言葉一つの中には、もろもろの感情がこもっていた。だがすぐに彼女は、もとの険しい表情に戻った。「そして、あなたのお名は、コルグー王のお妹御？」

「フィデルマです」

金髪の娘の冷たい視線は、今度はいぶかしげにエイダルフへ向けられた。

「この修道士殿は、外国の方とお見受けしますが」

「エイダルフ修道士と申され……」と、フィデルマは紹介しかけた。

「サクソン人ですか？」クローンは、驚いて問いかえした。

「修道士エイダルフは、カンタベリー大司教様がキャシェルの兄の王宮にお遣わしになった使者です。我が国の学問所で学ばれ、この国のことをよくご存じです。しかしこの度は、我々の法制度がどのように機能しているかを見てみたいと関心をもたれて、ご一緒にお見えになったのです」

完全にそのとおりというわけではなかったが、クローンには、これで十分であろう。

女性族長はエイダルフを不機嫌そうに見やり、礼儀上の最低限の挨拶として頷いてみせるとすぐ、フィデルマへ向きなおった。だが、二人に椅子を勧めようともせず、また自分も坐ろうとしなかった。

「この件は、ごく簡単なものです。私は、タニストとして、それを適切に処理いたしました。父は、刺殺されたのです。殺害者モーエンは、ナイフを手にして、父の遺体のかたわらにひざまずいていました。両手も衣服も、父の血にまみれたまま」

「同じころ、また別の死体も発見されたとか？」

「ええ。伯母のテイファです。少し遅れて、発見されました。やはり刺殺でした。モーエンは、伯母の住まいに暮らし、伯母に育てられたのです」

「わかりました。では私は、これから調査の出発点として、さまざまな事実を集めることにしましょう。ですが、まず最初に、旅の埃を落としたいと思います。どなたかに命じて、私どもを来客用の部屋に案内させてくださるでしょうね？ すでに昼過ぎですから、食事も必要です。沐浴のあと、食事をすませましたら、この件に関わる人たちへの質問を、始めます」

クローンの面《おもて》が、さっと赤らんだ。女あるじとしての義務(6)を、このように指摘されてしまうとは。フィデルマより低い身分の者がこれを口にしたのであれば、侮辱ととられかねないことであった。冷たい空色の目に、鋼のような閃きがはしった。一瞬エイダルフは、この若いタニストが拒絶するのでは、と感じた。しかし彼女は、肩をすくめ、脇テーブルに歩み寄り、そこに載っていた振鈴《ハンド・ベル》をとり上げて、音高くそれを打ち振った。

しばらく、気まずい沈黙が続いた。やがて、横手の戸口に、初老の女が現れた。昔は金髪であったらしい髪は、もう白髪になりかけている。やや背が屈み、顔はやつれ、以前は一日のほとんどを屋外で過ごして日に焼けていたことを思わせる肌は、今は黄ばんでいる。瞳の色は淡く、疑い深そうな表情が浮かんでいる。彼女は怯えた猫のようにおどおどと、視線を四方に投げかけた。年齢のわりには、頑強そうだ。かつては、厳しい農作業に明け暮れしてきた女なのだろう。無骨な両手の厚くなった皮膚も、長年の重労働を物語っていた。

「ディグナット、お世話をしてさし上げなさい、この……お客様がたに。シスター・フィデルマは、お父様の殺害事件の調査に、おいでになったのです。部屋と、湯浴みの用意と、食事を、ご所望です」

ディグナットと呼ばれた女は、フィデルマとエイダルフのほうへ、ちらっと視線を向けた。ほんの一瞬、女の目に驚きと恐れの色がうかがえたと、フィデルマには思えた。だがすぐに、その表情は瞼の帳《とばり》に隠されてしまった。

「よろしければ、こちらへ……」ディグナットはほとんど無表情に、二人をうながした。

クローンは、彼らに背を向けた。冷笑的な態度が、のぞいていた。それでも彼女は、族長の座である重厚な椅子の後ろの壁掛けのほうへ向かいながら、「用意がおできになったら、ことの次第を、私がご説明します」と告げた。

ディグナットは、二人を小さな脇扉へ導き、中庭を横切り、来客用の宿泊棟へと案内してくれた。集会堂の裏手に建つ簡素な木造平屋で、中は大きな一部屋という構造になっていた。だが、磨かれた松材の間仕切りで、就寝用の小部屋数室に区切られている。小部屋には、それぞれ麦藁の敷布団が用意されており、磨かれ彫刻をほどこした丸太が、枕として添えられていた。掛布団用の麻のシーツと数枚の羊毛の毛布も揃っていた。老女が二人に用意してくれた寝所は、満足のゆく快適なものであった。小部屋の前には、建物の長さ一杯に空間が設けられていて、テーブルと数脚のベンチがそなえられている。おそらく、宿泊者たちの居間として使われているのであろう。暖炉もあるが、火はまだくべられていなかった。ディグナットがそのことに触れたが、フィデルマは、穏やかな天候なので火は必要ないと、辞退した。

来客棟の一番奥のほうにもう一つ扉があり、そこが浴室と厠《かわや》になっていた。扉には、小さな鉄の十字架が留めてある。フィデルマの察するところ、これはゴルマーン神父の考えたことであろう。というのは、ローマの流儀にしたがう聖職者の中には、厠をフィアルチャッハ、つまり〝帳の家〟と呼び、この帳に囲われた部屋には悪魔がひそむと信じて、厠に入る前にはかならず胸に十字を切る人々がいるからである。

馬の世話も頼みたいとフィデルマが告げると、ディグナットは、厩舎の頭《かしら》のメンマに言いつけて、馬の体を洗い、飼い葉を与えるようにしておくと、受けあってくれた。

申し分ない宿舎だと言うフィデルマの言葉を聞いて、ディグナットは引き下がろうとした。だがフィデルマは、彼女にもう少しここに留まるようにと呼びかけた。老女は、見るからに気がすすまぬ様子であった。

フィデルマは、「この館に、長く仕えているのでしょうね?」と訊ねて、会話の糸口とした。

老女の顔に、猜疑の色が濃くなった。相変わらず、目を伏せたままだ。しかし、返答を拒否したわけではなかった。

「アラグリンのお頭のご家族にお仕えして、ちょうど二十年になりますです」堅苦しい返事だった。「クローンのお母様の召使いとして、こちらへ上がりましたんです」

「モーエンを知っていましたか? エベルを殺したと訴えられている男のことを?」

一瞬、恐怖が老女の顔にちらっと浮かんだと、フィデルマには見えた。

「アラグリンのラーでは、誰だってモーエンを知っとります」と、ディグナットは答えた。「なんで、知らぬ者がおりましょう？　ここには、ほんの十数家族が住んどりますだけで、それもたいていは縁続きになっとりますんで」

「では、モーエンも、皆の縁者なのですね？」

女中頭の老女は激しく身を震わせ、祈るかのように片膝をわずかに屈めた。「とんでもない！　あの男は捨て児でした。どこの女の腹から転がり出たものやら、どんな男がその女を孕《はら》ませたものやら、誰が知りましょう。テイファ様がお見つけになったのです――誤れる道にお進みなすったあの方の御魂に、安らぎのあらんことを。その日が、あの方の悪運の始まりだったんでございます」

「モーエンが、どうしてテイファを、また族長のエベルを殺害したのか、わかっているのですか？」

「そんなこと、もちろん、神様だけがご存じのこと。そうでございましょうが、尼僧様？　でも、もうご免なすって……」彼女は、突然、戸口へ向かった。「私には、仕事がございますんで。湯浴みをなさっておいでの間に、メンマに馬の世話を言いつけときます。そしてお食事をお運びする手配も、しておきます」

フィデルマは、立ちつくしたまま、老女が扉を閉めて慌ただしく出ていった戸口を、しばらく見つめ続けていた。

エイダルフが、もの問いたげに彼女を見た。

「何を気にしておいでなのです、フィデルマ?」

フィデルマは、思いに耽りながら、椅子に腰をおろした。

「多分、なんでもありますまい。あのディグナットという女は何かを恐れていると、はっきり感じはしたのですけれど」

第五章

午前中の旅の埃を流し昼食をとった二人がふたたび集会堂の広間に戻ってみると、すでにそれを知らされていたクローンが待ちうけていた。彼女が腰掛けているのは、族長の権威の座である壇上の椅子だった。二脚の椅子も準備されていたが、こちらは、一段下がった床の上である。

クローンは、フィデルマとエイダルフが入ってくると、しぶしぶ立ち上がった。これは、フィデルマがキャシェル王の妹であるために払わねばならぬ敬意の、ささやかな、それも不承不承の表現であった。

「ご気分、よくおなりですか?」クローンは、用意されている椅子を身振りで指し示しながら、そう訊ねた。

「お蔭さまで」とフィデルマは腰をおろしながら、それに答えた。実際には、いささか苛立っていた。坐っているクローンを下から振り仰ぐような位置に坐らせられるとは、不快であった。フィデルマのドーリィー〔法廷弁護士〕という身分、とりわけアンルー〔上位弁護士〕という資格は、諸王国の王とも、同じ高さの床で話をすることができるものなのだから。小氏族の族長相手であれば、なおさらのこと。それどころかアイルランド諸王国の王すべての上に立つ大王《ハイ・キング》(1)とさえ、招じられれば椅子に坐って自由に話すことができるのである。フィデルマは、相手が彼女の地位を見下すような態度を示す場合には、礼儀が正しく守られることを常に厳しく求めた。しかし今は、自分の正当なる地位を主張してみても、いたずらに敵意を煽ることになるだけだろう。それよりも、この事件に関するもろもろの事実を集めることのほうが大事だ。この状況を、おとなしく受け入れることにしよう。

エイダルフも、興味をもってこの若い女性タニスト〔後継予定者〕を見つめながら、フィデルマにならってその隣りの椅子に腰をおろした。

「では、あなたの父上エベルの死に関して、あなたが承知しておられる事実をうかがいましょう」フィデルマはそう言いつつ、椅子の背に身を預けた。

クローンは両手を組み、わずかに身をのりだすように坐りなおし、視線をフィデルマとエイダルフの間のやや後方の一点に固定した。

「事実は、簡単です」まるでこの話題にうんざりしているかのような口調で、クローンは口をきった。「モーエンが、私の父を殺したのです」

彼女がそれ以上言葉を続けようとしないのを見てとると、フィデルマは、「その行為を、ご自分で目撃されたのですか?」と鋭く問いかけて、先をうながした。

クローンは煩《わずら》わしげに眉根を寄せて、彼女を見下ろした。

「もちろん、見てはいません。あなたは事実をお求めになった。だから、それを申し上げただけです」

フィデルマは、かすかな笑みを薄くひき締めた口許に漂わせた。

「あなたがこの出来事をどのようにして知ったのか、その次第を、ただし自分で実際に見聞したことだけを、話してもらわねばなりません。これは、正義のためにも、必要なことです」

「おっしゃっておいでのこと、よくわかりませんが」

フィデルマは、苛立ちの色を押し隠した。

「エベルが殺害されたと知ったのは、どの時点でした？」

「夜、眠っているところを起こされて……」

「何日前の夜です？」

「六日前のことです。正確に、とおっしゃるのでしたら、日の出の直前でした」

フィデルマは、若い娘の声にひそむ冷笑を、無視した。

「事態をできるだけ正確に把握することこそ、この事件に関わりをもつ全ての人々にとって、大事なことなのです」氷のような丁重さだった。「お続けなさい。六日前の夜、あなたは起こされた。誰にです？」

フィデルマのごく穏やかな声の中に辛辣な厳しい響きを感じとって、クローンは目を見張った。どうやら、おどしつけてやれる相手ではなさそうだ。クローンは一瞬ためらったが、この意志と意志の小競りあいにおいてフィデルマに屈したらしく、肩をすくめて答えた。

「わかりました。六日前の夜、夜明けの少し前に、起こされました。起こしにきたのは、父の護衛隊の指揮官、ダバーンでした。彼は……」

「その男が実際にどう告げたかという点だけに、話を限定するように」フィデルマは彼女をさえぎり、鋭い警告を与えた。

クローンは固く食いしばった歯の間から押し出すような声で、話を続けた。「彼は、恐ろしいことがエベルの身に起こった、と告げました。エベルがモーエンに殺されたと」

「それは、正確に、彼が口にした言葉ですか？」とエイダルフは、質《ただ》さずにはいられなかった。だがクローンは、不機嫌な顔をちらっと彼に向けただけで、ふたたびフィデルマに向きなおった。エイダルフなどには、答えてやるには及ばない、ということらしい。

「私はダバーンに、何が起こったのかと訊ねました。モーエンが父を刺し殺し、その場で捕えられた、という返事でした」

「それで、どうしました？」

「起き上がり、モーエンをどうしたかとダバーンに訊ねました。モーエンは捕らえられ、厩舎《うまや》に入れられた、とのことでした。あの夜以来、ずっとそこに閉じこめてあります」

「それから？」

「ダバーンに、テイファを連れてくるようにと、命じました」

「テイファ？　あなたの伯母御ですね？　なぜそのような命令を？」フィデルマはすでにクローンからもディグナットからも、テイファがモーエンを赤子のころから育ててきたことは、聞いている。しかしフィデルマは、この件に関する事実を丹念に辿ってゆきたいと考えていた。

「モーエンが荒れ狂っていると聞かされましたので。あれを扱える人間は、テイファただ一人ですから……でしたから」

「テイファが育ての親だったからですか？」と、フィデルマは訊ねた。

「テイファは、モーエンが赤子のころから、面倒をみてきたのです」

「ところで、モーエンは今いくつなのです？」と、エイダルフが質問した。

クローンは、今度もエイダルフを無視しようとした。しかしフィデルマは問いかけるように眉を上げて、告げた。

「これは、重要な質問です」

「二十一歳です」

「もう、成人なのですか？」フィデルマは驚いた。クローンやディグナットの口振りからは、ほんの子供であるかのように聞こえたのだが。「扱いにくい人間なのですか？」と、フィデルマは探りを入れた。

「それは、ご自分で判断なさるのでは？」意地悪い口調で、返事が返ってきた。

フィデルマは頭を下げて、その点を認めた。

「そのとおりです。そこであなたは、テイファならモーエンを静められようと考えたのですね。そのあと、どうなりました？」

「ダバーンが見つけ……」クローンはあてつけがましく言いかえた。「ダバーンは二、三分で戻ってきて、私に報告しました。テイファの死体を発見したと。伯母もまた、刺し殺されたのです。モーエンは明らかにテイファをまず殺害し、そのあとで……」

フィデルマは片手を上げて、それを中断させた。

「何が起こったのかを判断する裁判官は、私です。今のは、あなたの推測です。私どもは、法が定めるところにしたがって、ことを進めましょう」

クローンは、苛立たしげに鼻を鳴らした。

「私の〝推測〟とやらは、正確です」

「それは、やがてわかってきましょう。テイファの死の報告を受けてから、どうしました？」

「母を起こしに行き、事件を知らせました」

「お母様？」フィデルマは興味をそそられて、身をのりだした。「エベルの夫人ですか？」

「もちろん」

「わかりました。それで、お母様はその時点まで、ご夫君の死をご存じなかったのですね？」

「今、申し上げました」

「しかし、事件は夜明け前に起こっているのです。お父様は、どこで発見されたのです？」

「父の寝室です」

フィデルマは冷静に状況を見てとった。

「では、お母様は、エベルとご一緒ではなかった？」

「母は、自分の寝室におりました」

「なるほど」フィデルマは穏やかに答えた。この点に、ここで立ち入るのは止めておくことにした。「それから、何が起こりました？」

クローンは、ほとんど無関心に肩をすくめた。

「事件に関わることは、ほとんど何も。先ほど言いましたように、モーエンはしっかりと閉じこめられています。私に無断で、母はクリーターンという兵士をキャシェルに送って、悲劇を伝えさせました。明らかに母は、娘がタニストの役割を果たすより、ブレホン〔裁判官〕を派遣してもらって調査を依頼するほうがいい、と考えたのです。母は、私がタニストになることを望んでいなかったのです」

フィデルマは、娘の声に、かすかに苦々しげな響きを聞きとった。

「クリーターンは、王がどなたかを当地に遣わしてくださるとの返事を携えて、二日前に戻ってきました。そこで私どもは、習わしにしたがって、父の遺体を歴代族長の墓地に葬りました。テイファもです。私が〈選出された継承者《エア・エレクト》〉として、法に則《のっと》り、これを執り行ないました。私で十分、正義を行なうことができましたわ。このような煩わしいこと、なさるまでもありませんでしたのにね」

「そうはいきませんね、タニスト」フィデルマの声は穏やかではあったが、厳しさを秘めていた。「こちらのクランのデルフィニャがたが集まって正式に認めるまでは、あなたは族長ではありません。その集会は、族長の死から二十七日たって初めて、開かれることになっています。したがって、この事件の調査を権威をもって行なう人間として、資格をもったブレホンが必要なのです」

若いタニストは、答えようとしなかった。

フィデルマは、相手の応答を待った末に、口を開いた。「あなたが述べたことから、さまざまな事実が明らかになったようです。ところで、お父様の遺体は、ダバーン自身が最初に発見したのですか？」

クローンは首を横に振った。

「断末魔の呻きを耳にして父の寝室に飛びこみ、殺人を行なっているモーエンを発見したのは、メンマでした」

「ほう、メンマですか。そのメンマというのは、何者です？」そう訊ねながらフィデルマは、前にこの名前を耳にしたのはどこであったかと、思いをめぐらせた。

「父の……」と言いさして、クローンは言い直した。「私の厩舎の頭《かしら》です」

フィデルマは思い出した。ディグナットが口にした名前だ。

「あなたの知る限りでは……」と、一瞬おいたあと、フィデルマは続けた。「この件に関する事実は、全て単純明瞭というのですね？ それらについて、気がかりや不可解を感じたことは、ありませんか？」

「不可解なことなど、何もありません。事実は、はっきりしています」

「では、モーエンがエベルとテイファの二人を殺害した理由を、どう説明します？」

返事は、躊躇なく返ってきた。

「理にかなった動機など、ありはしません。そもそも論理など、モーエンの世界とは無縁なのですから」その声は、刺々しかった。

フィデルマは、その言葉の意味を推しはかろうと試みた。

「私の理解するところ、テイファはモーエンを赤子のころから育ててきたのでしたね。当然、彼はおおいにテイファに感謝しなければならないはず。それなのにあなたは、彼のこのたびの行動に論理など通用しないと言われる。では、どういう動機からなのでしょう？ 何か動機があるはずです」

「モーエンのような暗く、どんよりと淀んだ心の中をどんな思いがかすめたかなど、誰にわかりましょう？」というのが、タニストの返答であった。

フィデルマは、クローンがこのような表現を用いた理由を探ってみようかと、一瞬考えた。しかし、モーエンに会う前に先入観をもってはなるまい。その前に、もう一人会うべき人間がいる。エベル殺害の凶行現場を目撃したという男だ。

「では、これからメンマに会うことにします」フィデルマはクローンにそう告げた。

「そのようなお手間、私が省いてさし上げます」クローンは、ぴしりと答えた。「メンマとダバーンから話は聞いていますので、私は細かい点まで承知しています」

フィデルマは、硬い微笑を浮かべた。

「それは、ドーリィーのやり方ではありません。私自身で直接事実を集めることが、重要なのです」

「あなたの重要な仕事とは、モーエンが受けるべき法的な処罰を宣告なさることです。それも、即刻」

「では、あなたの胸には、モーエンの犯行という点に、なんら疑念はないのですね？」

「メンマが、モーエンの凶行現場を目撃したと言っているのですから、モーエンがやったのです」

「それを、今は問いますまい」と言うと、フィデルマは立ち上がった。エイダルフも、それにならった。二人は、扉へと向かった。

「モーエンのこと、どうなさるおつもりです？」と、クローンは戸惑って、返事を求めた。自分の面前で立ち上がり、許可も待たずに立ち去ろうとする人間は、これまで誰一人いなかったのだ。

「どうなさる、ですか？」フィデルマは足を止め、振り向いて、タニストを一瞬じっと見つめた。「今のところは、何も。まず私どもは、証人全員に会い、その上で法の定める公聴会を開き、モーエンにも言い開きの機会を与えます」

突然、クローンの笑い声がはじけて、二人を驚かせた。幾分、ヒステリックな笑いだった。それが少しおさまるのを辛抱強く待って、フィデルマは訊ねた。「どこへ行けば、そのメンマとやらを見つけられるか、教えてもらえるでしょうね？」

「この時間なら、来客棟のすぐ先の厩舎にいるでしょうよ」まだ忍び笑いをもらしながら、クローンはそう答えた。

二人が集会堂から出ていきかけたそのとき、クローンはどうにか浮かれた態度を抑えて、もう少し待ってほしいと、呼びかけてきた。真剣な様子になっていた。

「この件に、できるだけ早く判決を下されるのが、賢明でしょう。父は、クランの人々から慕われていました。親切で、寛大だと。私のクランの領民の中には、この犯行を裁くのに、〝弁償〟という伝統的な法（第三章訳註3参照）では不適当だ、それより、新しい信仰（キリスト教）の精神である〝懲罰〟主義のほうが適切だ、と考える者たちが大勢おります。〝目には目を、歯には歯を、烙《や》き傷には烙き傷をもって応えよ〟（『旧約聖書』「出エジプト記」第二十一章二十四節）です。もしモーエンが速やかに裁かれないと、正義が厳格に行なわれるよう進んで手をさし伸べようとする者たちが現れかねませんよ」

「正義？」さっと振り向いて若いタニストを見つめたフィデルマの声は、氷のように冷ややかだった。「暴徒の報復行為のことですか？　では、このクランの族長後継者として――あなたがデルフィニャによって、その公《おおやけ》の地位を確認されたらの話ですが――、このことを、私の命令として皆に伝えることです――もし何人《なんぴと》なりと、法によって裁かれ判決を下される前にモーエンに手を下そうとするならば、はっきりと言っておきます、いかなる社会的地位を占めている人間であろうと、今度はその者が裁かれることになると」

クローンは、激しく息をのんだ。彼女にとって、修道士や尼僧からこのように冷たい怒りの炸裂を浴びせられるなど、初めての経験だった。

フィデルマは、相手の敵意に満ちた青い目を、同じように冷たい凝視で見返した。

「もう一つだけ、訊ねたいことがあります」と、彼女はつけ加えた。「キリスト教の名において〝懲らしめ〟の思想を説いたのは、誰なのです？」

タニストは、顎をぐいっと突き出した。

「すでに申しました、信仰上必要とされる求めに応えてくださる方は、ここには、ただお一人おいでになるだけです」

「ゴルマーン神父ですね？」

「ゴルマーン神父様です」クローンは、はっきりと認めた。

「ゴルマーン神父は、アイルランド五王国の法の精神から逸脱しているようです」と、フィデルマは静かに意見をもらした。「それで、その温厚なるキリスト教の弁護者には、どこへ行けば会えるでしょう？　彼の教会ですか？」

「ゴルマーン神父様は、離れた地区の農場をいくつかお訪ねになるため、出かけておいでです。明日には、お戻りでしょう」

「ぜひ、会いたいものです」フィデルマはそう答えながら、厳しい面持ちで広間を立ち去った。


メンマは、藪の茂みのような赤髭を生やした、粗暴そうな醜男《ぶおとこ》だった。二人が訪れたとき、彼は厩舎の前の木の切り株に腰をおろして、鉈鎌の刃を砥石で研いでいたが、手を止めて、近づいてくる二人を見上げた。狡猾そうな表情だった。彼はのろのろと立ち上がった。

エイダルフは、フィデルマが鋭く息をのんだ気配に気づき、驚いて彼女を見た。彼女は、メンマの狐のような顔に、ひどく興味をひかれた様子で視線を向けている。二人は、男の前で歩みを止めた。エイダルフは、男が放つ鼻をつく強烈な悪臭に気づいた。彼は嫌悪感を覚えつつ、男のもつれた汚い髪や髭を見つめ、わずかに位置をずらした。微風に乗って、悪臭が漂ってくるのだ。

メンマは、ときどき赤髭を引っ張りながら、フィデルマの前に立っている。

「私が、エベルの殺害について調査するよう、キャシェルの王に求められてこちらへやって来たドーリィーであることを、知っていますか？」

メンマはゆっくりと頷いた。

「そう聞いとります、尼僧様。こっちに来なすったことは、すぐに知れわたりましたわ」

「お前がエベルの遺体を発見したと聞きましたが？」

男は目を瞬《しばた》いた。答えるまでに、暇がかかった。

「へえ、さようで」

「アラグリンのラー〔砦〕で、どういう仕事をしているのです？」

「お頭の厩《うまや》の頭ですわ」

「長いこと、お仕えしていたのですか？」

「クローンは、儂がお仕えした四人目のお頭でさ」

「四人目？　確かに、長年のご奉公ですね」

「小僧っ子のころ、オーンの厩に来ました。向こうの高い山地からこっちのほうへ延びとる道の端に、クランの領地だってことを示す高十字架《ハイ・クロス》が立っとりましょうが。それに名前を残されとるお人ですわ」

「我々も、あれは見たよ」と、エイダルフが頷いた。

「そのあとが、オーンの息子のエーリャでしたわ。オー・フィジェンティの奴らとの戦《いくさ》で亡くなんなすったお頭で」メンマは、エイダルフの言葉が聞こえなかったかのように、先を続けた。

「そして今度は、エベルが向こうの世界に行っちまった。で、今は、エベルの娘のクローンに仕えとりますわい」

フィデルマは待ってみたが、それ以上の反応はなかった。彼女は、溜め息をそっと押し殺した。

「では、エベルを発見したときの状況を話してもらいましょう」

メンマの色の薄い瞳もやっと焦点が合ったらしく、初めて戸惑いの色をのぞかせた。

「状況ですかね、尼僧様？」

この男、鈍いのだろうかと、フィデルマはいぶかった。

「そうです」苛立つまいと努めながら、彼女は答えた。「いつ、どのようにして、エベルの遺体を発見したか、についてです」

「いつ？」彼は平板な顔をぎゅっとしかめた。「エベルが殺された夜ですわ」

エイダルフ修道士が、おかしがっている表情を隠そうと、顔を背けた。

フィデルマは、自分が相手にしているのがどういう人間かを悟って、内心で呻き声をあげた。

メンマは、鈍いのだ。愚鈍とまではいかなくとも、かなり頭の働きが遅いのだ。それともこの男、故意にそう装《よそお》っているのだろうか？

「それで、殺された夜というのは、いつだったのです？」フィデルマは、彼から上手に答えを引き出そうと努めた。

「ああ、それなら、今から六日前の夜でさ」

「それで、時刻は？　エベルの遺体を見つけたのは、何時でした？」

「朝日がさし始めるちょっと前で」

「夜明け前に、族長の私的な一画で、何をしていたのです？」

メンマは節くれだった大きな手で、頭髪をかきむしった。

「エベルの馬を草場に出してやり、牛の乳搾りを監督するのが儂の仕事なんですわ。お頭の食卓用の牛の面倒みるのもな。それで、起きだして、厩のほうへ行ったんで。ちょうど、エベルの部屋んとこを通ったとき……」

フィデルマが、つと身をのりだした。

「自分の小屋から厩舎へ向かうには、エベルの住まいのそばを通らなければならない、ということですか？」

メンマは、なぜそんな質問をされるのかわからないかのように、びっくりした顔でフィデルマを見つめた。

「そんなこと、誰でも知っとることですがな」

フィデルマは、軽く微笑もうと努めた。

「辛抱してください、メンマ。私はよそ者ですから、そうしたことがわかりませんのでね。エベルの住まいを、ここから指し示すことができますか？」

「ここからじゃ駄目だが、あっちからなら」

メンマは鉈鎌をとり上げ、鎌の先でその場所を指してみせた。

「では、あそこから」

メンマは、しぶしぶ案内し始めた。彼は、厩舎から来客棟の後ろをまわって、集会堂の花崗岩の壁沿いに進み、建物の間のよく踏み固められた通路へと、彼らを導いた。エベルの住居区画は、どうやら集会堂をはさんで来客棟とは反対側に建っているらしい。メンマは、ふたたび鉈鎌の刃先で前方を指し示した。石造の集会堂と礼拝堂の間には、集会堂を囲むような形で幾棟かの木造建築が建っている。メンマが指したのは、その中の一つであった。

「あれが、エベルの住まいですわ。儂が入っていった扉のほかにも、もう一つ、内側からお頭の住まいと集会堂をつないどる戸がありましてな」

「お前の小屋は、どちらです？」

メンマは、またもや鉈鎌を使った。なるほど、厩舎へ行くためには、メンマは石造の礼拝堂の脇をまわり、エベルの住まいを通ってゆくほかないのだ。フィデルマにも、それが納得できた。もっとも、本当にメンマの証言の確かさに疑いをもっていたわけではなかった。ただ、地理的な配置を、自分の頭にしっかり刻んでおきたかったのだ。

「ここでは、誰が乳搾りをやっているのです？」フィデルマは、ゆっくりと厩舎のほうへ戻ってゆきながら、そう訊ねた。アイルランドでは、男が搾乳に関わりあうのは、ごく珍しいことだ。フィデルマは、エイダルフがこの点に気づいたろうかといぶかった。ほとんどの牧畜社会では、人々は夜明けとともに起きだす。そして朝一番の仕事は、厩舎頭であれば、馬を牧草地に出してやること、女たちであれば、牝牛の搾乳なのだ。したがって、族長の厩舎係りの男が馬の放牧だけでなく搾乳の監督まで兼ねるというのは、奇妙な話なのである。

「いつもは、女どもが搾っとりましたわ」メンマは、気にも留めずに、そう答えた。

「では、どうしてお前がそれを監督しなければならないのです？」

「二、三週間前までは、女どもの仕事でしたがな」と、メンマは顔をしかめた。「ここんとこ、谷から牛が何頭か盗まれたもんで、エベルが儂に、毎朝牛の数を調べろって言いなさったんで」

「家畜の盗難は、あまりないことなのですね。盗賊は、もう捕まりました？」

メンマは、藪のような顎髭をさすりながら、その質問をゆっくり考えた。

「アラグリンのクランで盗みを働こうなんて奴は、これまで誰もいませんでしたわ。儂らが住んどるのは、外の世界からずっと離れとる土地ですもんな。ダバーンが何日もかかって探しまわったが、上のほうの草原で、足跡を見失ってしまったようで」

「どうして？」

「おそろしくたくさんの家畜の足跡がついとりましたからな」

フィデルマは、もどかしさに苛立った。メンマから情報を引き出すのは、歯を引き抜くのと同じくらい厄介だ。「続けて。それは、朝日がさし始める直前だった。お前は搾乳を監督しに行こうとして、エベルの住まいにさしかかった。それから、どうなりました？」

「そのとき、呻き声のような音が聞こえたんですわ」

「呻き声が？」

「エベルが病気かと思って、何か助けがいるかって、大声で呼んでみましたよ」

「それで、何が起こりました？」

「なんにも。答えはなく、ただ呻き声が続いとりました」

「それで、どうしました？」

「中に入っていって、寝室でお頭を見つけたんで」

「呻いていたのは、エベルだったのですか？」

「いいや。人殺しでしたわ。モーエンだった」

「エベルの遺体も、すぐに目にしたのですか？」

「すぐじゃなかった。モーエンがナイフを摑んだまま、ベッドのかたわらにひざまずいとったもんで」

「日の出前だったとのことでしたね。どうしてエベルの寝室の内部が見てとれたのです？」

「ランプがついとりました。その明かりで、モーエンがはっきり見えましたわい。ベッドに屈みこんどった。奴が握っとるナイフも見えましたわ」

メンマは言葉をきった。彼はその情景を思い出したらしく、厭《いと》わしげに顔をしかめた。

「ランプの明かりで、ナイフに何か染《し》みがついとるのが見えました。その染みは、奴の顔にも服にもついとった。そのときですわ、エベルの裸の死体がベッドに横たわっとるのに気づいたのは。そこで、その染みが血だとわかったんでさ」

「モーエンは、何かお前に言いましたか?」

メンマは、鼻を鳴らした。「言う? 奴に、何が言えますかね?」

「お前は、モーエンがエベルを殺したと報告したのでしたね?」

「奴がやったことは、はっきりしとりましょうが? でも、そう伝えたのは、儂じゃありませんや。儂はすぐさま、ダバーンを探しに行ったんですわ」

「ダバーンは、どこにいました?」

「ダバーンは、集会堂の広間にいましたよ。そして儂に自分の仕事を続けろ、牛や馬の面倒をみろって言いました。動物は、人間の気紛れに合わせることはできんですもんな」

「その間、モーエンは一人残されていたのですか?」

「もちろんでさ」

「モーエンが逃げ出すかもしれないとは、考えなかったのですか?」

「逃げるって、どこへ?」

フィデルマは、話を先に進めることにした。

「そのあと、どうなりました?」

「儂が馬や牛を小屋から出しとったら、ダバーンとクリーターンがモーエンを連れてきました」

「クリーターン？　ああ、確かキャシェルへ馬で駆けつけた兵士でしたね？」

「ダバーンの部下の一人ですわ」と、メンマは頷いた。

「それから？」

「二人はモーエンを厩に連れてって、クリーターンが足枷《あしかせ》をはめました。このアラグリンじゃ、人を閉じこめとける場所は、ほかにないもんで、厩を牢屋代わりにしたんですわ」

「モーエンは、殺害について、なんの説明も弁解もしなかったのですか？　あるいは、殺害を認めたのですか？」

メンマは戸惑った素振《そぶ》りを見せた。

「奴に、どうして何か言えますかね？　さっき言ったように、誰が見たって、何が起こったかは、はっきりしとりますわい」

フィデルマは驚いて、エイダルフと目を見交わした。

「それで、モーエンはどうしました？　牢に入れられることに、反抗していましたか？」

「クリーターンが足枷を掛けようとしたときには、暴れたりめそめそ泣いたりしよりましたよ。それからダバーンが、このことをクローンに知らせに行きましたんで」

「わかりました。お前はモーエンが閉じこめられて以来、彼とは全く接触していないのですね？」

メンマは、肩をすくめた。

「厩に行くとき、あいつを見ることはありましたけどな。でも、クリーターンが番をしとりました。モーエンの見張りは、クリーターンとダバーンの役目でしたからな」

フィデルマは、考えこみながら、頷いた。

「ご苦労でした、メンマ。さらにお前に訊ねたいことが出てくるかもしれませんが、今のところは、まずダバーンと話すことにします」

メンマが、厩舎の入り口のほうを身振りで示した。見ると、彼らの到着を門のところで迎えた中年の戦士が、年下の男と話をしていた。

「ダバーンとクリーターンなら、あそこにいますわ」

彼はそれで立ち去ろうとしたが、フィデルマが引き止めた。

「もう一つだけ。お前は馬の面倒をみるために、いつも日の出前に起きだす、と言っていましたね？」

「いつもでさ。ほかの連中は、たいてい、日が出てから起きますけどな」

「今朝も、馬の世話のために、夜明け前に起きたのですか？」

メンマは顔をしかめた。

フィデルマは、苛立ちをなんとか抑えつけた。

「今朝も、馬の世話をしましたか？」彼女は鋭い語調で繰り返した。

「もう言うたでしょうが。日の出の最初の光が射す前に、馬の世話をしたと」

「昨夜は、何時に床に就きました？」

メンマは、思い出そうとして、頭を振った。

「遅く……だったと思いますわ」

「思う？」

「遅くまで飲んどりましたんでな」

「誰かと一緒に？」

厩頭は、首を振った。

男が立ち去ると、フィデルマは、ひどく戸惑って自分をじっと見つめているエイダルフを、ちらりと見やった。

「メンマの今朝の行動が、一週間前の殺人と、どう関わるのです？」と、エイダルフは聞きたがった。

だがフィデルマは、逆に、「あの男に、見覚えありません？」と訊ねた。

エイダルフは、眉を寄せた。

「見覚えって、誰に？　メンマにですか？」

「ええ、もちろん！」フィデルマには、おっとりしたエイダルフがじれったかった。

「いいえ。見覚えているはずなのですか？」

「メンマは、今朝がた宿泊所《ホステル》を襲った連中の中にいましたわ。私には確信があります」

エイダルフは、驚きのあまり、ほうっと口を開けてしまった。「確かですか？」と訊ねそうになったが、それは思いとどまった。そのような質問をすれば、腹立たしげにぴしりと言い返されるのがおちだと、彼は十分に承知していた。フィデルマは、確信がなければ、決してこのようなことは言わないのだ。

「では、あの男は、嘘をついていたことになる」

「まさにそのとおり。彼があの男だったと、私には誓えます。襲撃者たちが、私どものすぐかたわらを駆け去ったこと、覚えておいででしょう？　とりわけ醜い容貌で、藪のような赤髭を生やした男がその中にいたのを、私ははっきり見ましたわ。彼のほうは、私にまた出会っても、気づかないと思いますが。でも、あれはメンマでした」

「このラーの不可解な謎は、それだけではありませんね。皆、モーエンを有罪と信じこんでいる。彼がなぜエベルやテイファという女を殺害したのか、それを調べようとする者が誰一人いないというのは、どうしたわけでしょう？」

フィデルマは、彼の観察眼の確かさに、満足げに頷いた。

「さあ、これから、メンマの言い分とモーエンの話がどう合致するか、調べてみることにしましょう」

彼らは、厩舎の扉の前に立っている二人の兵士のほうへと向かった。年下のほうは、まだほんの若者といった年齢の、汚れた金髪に、どちらかというと無骨な顔立ちをした男で、戸口の柱に寄りかかって立っていた。円形の盾をだらしなく肩から掛け、農民たちが持っているような短剣を左の腰に下げている。二人とも振り向いて、フィデルマとエイダルフが近づいてくるのを見守った。若いほうの兵士は、だらしない姿勢をただそうともせず、好奇心をあらわに見せて、フィデルマに目を据えている。彼らの間に、沈黙が落ちた。

「ほんとにブレホンでいなさるんで？」若者がまず口にしたのが、この質問だった。いつも咽喉の痛みに悩んでいるような声だ。

フィデルマは、彼を無視して注意を中年の戦士へ向けることで、若者の無作法な挨拶に応えた。

「お前の名はダバーンで、族長の護衛隊の指揮官だと聞きましたが？」

がっしりした体格の戦士は、落ち着かなげに身じろぎをした。

「はあ、そうです。こちらはクリーターンで、護衛隊の一員です。クリーターンは……」

「アラグリンのチャンピオンでさ！」若者の口調は、自慢げだった。

「チャンピオン？　なんのです？」こうして若者の相手はしたものの、フィデルマは彼の尊大さに不快を覚えていた。そのことを見てとれたのは、エイダルフだけであった。

クリーターンは、フィデルマの質問に、挫けはしなかった。

「なんでもござれ、でさ、尼僧様。剣であれ、槍であれ、弓であれ。王に報告するためにキャシェルに送られたのも、俺でした。きっと、王は俺に目を留められたに違いないな。つまり、国王護衛隊に採用したいと思われたはずですぜ」

「キャシェルの王は、お前の大いなる野心をご存じなのですか？」と、フィデルマは訊ねた。

彼女の表情は、なんの変化も見せていない。若者の生意気な態度を、彼女が面白がっているのか、不愉快に感じているのかは、見極めがたい。だが、エイダルフは判断した、フィデルマはこの若者に軽侮を覚えているのだ。

だがクリーターンには、彼女の声にひそむ皮肉が、読みとれなかった。

「王さまには、まだ話していませんけどね。でも、俺の評判を耳にされたら、きっと採用してくださるはずでさ」

ダバーンは、部下の自惚れた口調に困惑しているようだ。フィデルマは、それにも気づいた。

「ダバーン、少し話を」フィデルマは、若者の不満げな顔を無視して、ダバーンを脇へ呼んだ。

「私がドーリィーであると、知っていましょうね？」

「そのことは、聞いとります」と、護衛隊の隊長は頷いた。「こちらにおいでになったことは、今ではラーの全員が、承知しとります」

「結構。では、これからモーエンに会いたいと思います」

戦士は、親指で、肩越しに厩舎の閉ざされている扉を指した。

「あそこに、います」

「そう聞きました。お前にも、テイファの遺体の発見者として、訊きたいことがありますが、今はまず、モーエンのほうにとりかかりましょう。モーエンは、お前に監禁されて以来、何か言っておりますか?」

ダバーンの戸惑った表情に、フィデルマのほうが困惑した。

彼は、「あいつに、どうしてそんなことができます?」と問い返してきた。

フィデルマは問いただそうとしたが、今はこの点を追及するよりモーエンに会うほうが先決、と考え直した。

「扉を開けて」と、フィデルマは命じた。

ダバーンは、自惚れ屋の部下に、彼女の命令にしたがうよう合図をした。

厩舎の中は、薄暗く、湿っぽく、空気も淀んでいた。

「ランプを取ってきます」と、ダバーンは弁解気味に説明した。「我々には、囚人を閉じこめておく場所がないもんで、ここで飼っとったエベルの馬を全部草地に連れ出しました。そしてここを、牢屋にしたわけで」

フィデルマは、暗がりの中をのぞきこみ、非難の表情を浮かべながら、あたりの臭いを嗅いだ。

「これよりましな拘束場所が、ほかにあるはずでしょうに。ここは、悪臭もひどいし、暗がりというのも惨めすぎます。どうして囚人に明かりを残しておいてやらなかったのです？」

背後で、若い兵士クリーターンが、声を忍ばせようともせず、笑いだした。

「ユーモアがおありなんだ、尼僧様は。こりゃ、傑作だ！」

ダバーンは若者に外の持ち場へ戻れとぶっきらぼうに命じると、足許を探りながら、暗い奥のほうへと入っていった。フィデルマとエイダルフは薄暗がりに視力を調節して、何かの上に屈みこんでいる彼のおぼろな姿をとらえた。続いて火打石を打ちあわせる硬質な音が響き、すぐに火花が灯心に燃え移り、炎がゆらいだ。戦士は、ランプを手に戻ってくると、洞窟めいた厩舎の奥へと二人を招き、その隅を指し示した。

「ほれ、そこにいます。あれが、モーエンです」

フィデルマは、前へ進み出た。

ダバーンは、悪臭漂う厩舎の内部に明かりが届くようにと、ランプをできるだけ高く掲げてくれた。向こうの隅に、一見、襤褸《ぼろ》の塊めいたものが見える。汚れて、異臭を放つ、粗い手織りの羊毛の塊だ。突然、襤褸の山が捩れ、鎖がぶつかりあう音がした。フィデルマは、激しく息をのんだ。布の塊と見えたものは、実は人間がまとっていた服だったのだ。小屋の屋根を支えている柱の一本に、男が左足をつながれている。その蓬髪の頭が、ぎくっとした硬い動きで振り向き、フィデルマのほうへ向けられた。蓬髪の主《ぬし》は、何かを聞きとろうとするかのように、頭をわずかに片側へ傾けている。奇妙な、哀れっぽくすすり泣くような声が、男から聞こえてきた。

「こいつです、これがモーエンですわ」フィデルマの肩のあたりで、ダバーンの声がうつろに響いた。

第六章

このグロテスクな姿を目にして、フィデルマは全身にさっと戦慄がはしるのを抑えきれなかった。

「おお、神よ、なんということか！　これは、一体、どういうことです？　私は、動物でさえ、このような状態で捕らえておくことなど、決してしない。ましてや人間を！　たとえ殺人の容疑者であろうと」

彼女は歩み寄り、うずくまっている姿の上に屈みこむと、その肩に触れようとした。その瞬間、突如生じた事態に、フィデルマは全くそなえていなかった。その人物は、彼女に触れられた途端、苦悩に満ちた叫びをあげてぱっと跳ね起き、怯えた動物のように四つん這いになって、足首にとりつけられた鎖の長さ一杯まで、呻きつつ逃げ出したのである。だがすぐに、伸びきった鎖にぐいっと引き止められ、倒れてしまった。馬小屋の汚い敷き藁の上に、長長と。と同時に、殴打から身を守ろうとするかのように、両手で頭をかばった。その姿勢で、一、二分ほどじっとしていただろうか、やがてごそごそと身を起こし、彼らのほうへ向きなおった。フィデルマとエイダルフは、全く心の準備ができていなかった。そこに何を見出すかに。

瞳がなかったのだ。大きく見開かれた、ただの白い球体があるだけであった。

「なんと、これは！　悪魔なら失せよ！」エイダルフが、祈るかのように膝をわずかに屈め、片手をさし上げて、押し殺した声で、そう呻いた。

「そう、悪魔の再来ですわ、修道士殿」ダバーンが、暗い声で同意した。

その人間と思《おぼ》しきものは、男だった。あまりにも汚い。全身汚物にまみれ、蓬髪はからまりあって、顔立ちを見てとることさえ難しい。ただ、フィデルマの印象では、まだ中年にはなっていないようだ。そして、思い出した。クローンが言っていたではないか、モーエンは二十一だと。口は、よだれを垂らしながらだらしなく開いている空洞でしかなかった。そこから恐ろしい呻きのような耳障りな音が、絶えずもれている。だが、何にもましてフィデルマとエイダルフの視線を釘付けにしたのは、その目だった。哀れなどんよりとした白い眼球には、どこにも瞳が見当たらなかった。

「これが、エベルとテイファを殺したと咎められているモーエンですか？」フィデルマは、呆然としたまま、そうつぶやいた。

「いかにも、こいつです」

「モーエンか」と、エイダルフが陰鬱な顔でつぶやいた。「なるほど！　この名は、確か〝唖者〟という意味だった」

「そのとおりですわ、修道士殿」と、ダバーンが認めた。「レディー・テイファが見つけて家に連れ帰られたときから、この有様で」

「それに、視力も?」フィデルマは、目の前にうずくまっている姿に、恐れを帯びた憐憫の目を向けたまま、そう訊ねた。

「それに耳もですわ」と、ダバーンは硬い表情でつけ加えた。

「そして、このように哀れな男が、二人の健やかな人間を殺したと責められているのですか?」フィデルマは、信じかねるかのように囁いた。

エイダルフは、嫌悪の目で、その姿を見つめた。

「モーエンという男がこのような状態だということを、どうして前もって教えてくれなかったんだ?」

戦士は、驚いた様子を見せた。

「でも、モーエンのことは誰だって知っとることです。自分は、思ってもみませんでした、そんな……」

フィデルマが、戦士の抗弁を押しとどめた。

「いいのです。私がこのことを聞かされていなかったのは、お前の責任ではありません。でも、私は全てをはっきり理解しておきたいのです。こう理解していいのですね、この盲目で聾唖の者が、殺人者として告発されている男だと――エベルと……」

彼女の言葉がとぎれた。男が、恐る恐る近づいてきたのだ。動物のように頭をもたげ、鼻孔をひくつかせている。匂いを嗅いでいるのだ。フィデルマは、四つん這いで自分に近寄ってくる男を、じっと見下ろした。

「後ろに下がりなさるほうがいいです、尼僧殿。こいつは相手を見ることも聞くこともできませんが、匂いを嗅ぐことはできますんで」と、ダバーンが警告した。

遅すぎた。突如、冷たく汚い手が、フィデルマの足へと伸びてきたのだ。彼女は、ぎくっと身を引いた。

モーエンも、はっと動きを止めた。

ダバーンは彼に近寄ると、片手にランプを下げたまま、この哀れな男を殴ろうと、もう一方の手を振り上げた。

フィデルマはその動作に気づき、手を伸ばして、それを制した。

そして、「殴ってはなりません」と命じた。「自分が殴られようとしているのが見てとれぬ者を殴ることは、なりません」

実際、この制止があってよかった。ちょうどそのとき、モーエンは両手を胸の前へともたげ、何やら奇妙な動きでそれをひらひらさせ始めたのだ。

フィデルマは、悲しげに首を振った。

「自分は、こいつのことは気に留めんことにしとります、尼僧殿」とダバーンは、低くつぶやいた。「神に呪われた奴なんでさあ」

「せめて、この男を洗ってやることぐらい、できなかったのですか？」と、フィデルマは返事を求めた。

ダバーンは、驚きもあらわに、問い返した。

「なんのために？」

「彼も、人間です」

ダバーンは、冷笑的に顔を歪めた。

「まさか、本当にそう思ってはいなさらんでしょうな」

「ダバーン、法律に照らせば、お前はすでに、〝障害ある者を嘲笑してはならぬ〟という法を犯しているのですよ」

ダバーンは抗弁しようと口を開きかけたが、フィデルマは厳しく言葉を続けた。「今度私がこの男に会うときまでに、身ぎれいにしてやっておきなさい。ここに閉じこめておくのは、しかたありますまい。でも、食べ物、飲み物を与え、清潔にしてやりなさい。主の創り給うた人間の一人がこのように虐《しいた》げられているのを、私は見たくありません。たとえどのような罪に問われている者であろうと」

そう言うと、彼女は踵《きびす》を返し、厩舎《うまや》から出ていった。エイダルフは、一瞬ためらった。彼女の後ろ姿を見つめている中年の戦士の面《おもて》を、腹立たしげな感情が過《よぎ》るのに気づいたのだ。

小屋の外では、フィデルマが、怒りを抑えようとするかのように深く息を吸いながら立っていた。もう一人の兵士クリーターンの姿は、どこにもなかった。二人はちょっとためらったあと、エベルの住まいのほうへと、ゆっくり歩き始めた。

エイダルフが、「ダバーンを叱るのは、酷《こく》ですよ」と、宥《なだ》め役をかってでようとした。「それに、忘れないでください、あなたの言葉を借りるなら、〝哀れな男〟であるあの者は、自分の族長エベルを殺害しているのですよ」

フィデルマの緑の瞳が、突然怒りの炎をきらめかせて、思わずたじろぐほどの激しさで、エイダルフに向けられた。

「全ては、モーエンの有罪が立証されてからです。彼だって、人間。法の前で、あの男も、ほかの全ての人々と同様の権利をもっています。立証されてもいないのに、動物にも劣る扱いをしていい理由など、どこにもありません」

「全くです」とエイダルフは、同意した。「あの男は、あのような扱いをされるべきではありません。ではありますが……」

「あの男には、有罪か否かの判決が下される前に、自分自身を弁護する権利があります」

エイダルフは片方の肩を軽くすくめた。雄弁な身振りであった。

「聾啞で、視力ももたぬ男ですよ、フィデルマ。たとえどのような自己弁護の材料をもっているにせよ、そのような人間と、一体どうやって意思の疎通をはかるというのです?」

「もし弁解すべきことがあるのなら、それは私が見つけ出します。ともかく、彼は公平な裁判なしに断罪されてはなりません。アイルランド五王国のドーリィー〔法廷弁護士〕として、誓って言っておきます、私は絶対にそれを守ってみせます」

ぎごちない沈黙が少し続いたあとで、エイダルフは訊ねてみた。「障害者を嘲笑した人間を罰する法律が、本当にあるのですか？」

「私は、法律を勝手にこしらえ上げることなど、決してしません」フィデルマは、まだ苛立ちの残る硬い声で答えた。「障害者を侮辱した人間には、重い罰金が科せられます。それが神経を病む者であろうが肢体に支障ある者であろうが、誰であろうと」

「信じがたいことです、フィデルマ。あなたのお国で学問を修めたにもかかわらず、私は未だに自分の国の文化の囚人なのですね。我々サクソンの社会では、〝人間とは惨めな生き物である、神はしばしば人間に短く残酷な生を生きるべくお定めになる〟と認識しています。したがって、〝自然を冒瀆する形で生れた者は、厳しい道を生きねばならぬ〟というのが、物事の神聖なる秩序とされているのです」

フィデルマは驚いて、彼をまじまじと見つめた。

「あなたは、私たちアイルランド社会の中で、あなたがたのものとは異なる考え方を見てきたはずですわ、エイダルフ。まさか、サクソン人のやり方が唯一の道だとは、思っていらっしゃらないでしょうね？」

「いかなる道であれ、ほんのかりそめのものです。人の生には、突然、変化が訪れます。まわりには、いたるところに、疫病、飢餓、苦難が、あるいは個人的、社会的な敵からの暴虐が、氾濫している。我々は、天にまします大いなる父のはかりがたい意志に、我が身を捧げるほかない。天にこそ、我々の安らぎの全てが存在するのですから」

フィデルマは、首を横に振った。

「そういう哲学を論じるのは、あとにまわしましょう、エイダルフ。私たちの法律や、生活を律する考え方の特質は、あなたのお国サクソンではそのまま受け入れておいでの人の世のさまざまな悲惨事を、社会の問題としてとり組もうとするところにあるのですけれど。でも今は、その議論を続けるより、まず解決すべき問題を抱えていますわ。それも非常に難しい問題を。それには、あなたの助けが必要なの、エイダルフ。さまざまな証拠を集めた結果、それがあの気の毒な男の有罪を立証した場合、つぎには、彼が法律に応える能力をもっているかどうかを、判断せねばなりません。あのような障害をもった人間に、財産差押えを行なうことは無理です（第三章訳註3、〝償いによる処罰〟）。となると、法的後見人を相手にしなければならない。そこで、誰がこの哀れな男モーエンの法的後見人であるかを、まず見つけなければなりません。ああ……」フィデルマは言葉を切ると、額《ひたい》をさすった。「『ドゥ・ブレハブ・ガイラ』(1)に記されている文章を思い出さなければ……」

「それ、なんです？」

「扶養に関する判決についての小さな文書なの。障害をもった者の庇護に関して、近親者の義務が定められていますわ。初めのほうに、盲人と聾唖者の庇護について述べられていますわ」

エイダルフは、殺人のような大罪でさえも、犠牲者やその家族に対する〝弁償〟という形で対応するアイルランドの律法に、常に戸惑いを覚えていた。彼の母国、南サクソンでは、盗人はもちろん、盗みを目論んだり盗人を匿《かくま》ったりした者にさえ、死刑の判決が出る。殺人者、反逆者、魔女、逃亡奴隷、無法者、あるいは彼らの逃走援助者――こうした罪人は、絞首刑、断頭の刑、投礫刑、火刑、溺死刑などに処せられたし、これより軽い罪を犯した者にも、両手や両足の切断、鼻、耳、上唇、舌などの切除といった、さまざまな身体毀損《きそん》の刑が加えられる。ときには、両目をえぐる、頭皮や体の皮膚を剝ぐ、去勢する、烙印を押す、引きずりまわす、などの刑さえ、加えられるのだ。サクソンの司教たちが、罪人に長期間後悔させられるとの理由から、死刑よりも身体毀損の刑罰を好んでいるという事実も、エイダルフは承知していた。ところが、ここアイルランドでは、至極もっともな〝報復的な処罰〟という考え方を退け、悪事を犯した者になんらかの有意義な仕事をさせて犠牲者に償わせる、というやり方をとるのだ……まあ、慈悲の精神に富むとはいえよう。しかしエイダルフは、これが本当に適切なる正義なのであろうかと、しばしば疑念を感じていた。

二人がちょうど灰色の花崗岩でできた集会堂のあたりへさしかかったときだった。呼び声を耳にして、彼らは足を止めた。

急いであとを追ってきたのは、ダバーンだった。目にはまだ敵意の気配がわずかながら残ってはいるものの、顔付きは先ほどよりは抑制されている。

「ご指示を実行するよう、クリーターンに命じておきました、尼僧殿。モーエンは尼僧殿の……」彼は適切な表現を懸命に探して、言葉を続けた。「よしとお思いになるような状態になりましょうて」

「お前がそうしてくれるだろうと、信じていましたよ、ダバーン」と、フィデルマは穏やかに答えた。

中年の戦士は眉を寄せて、この言葉の背後に何かひそんでいるのだろうかといぶかった。しかし今の彼は、先ほどフィデルマの手厳しい指摘によって面目を潰されたにもかかわらず、従順だった。彼女の指示にはしたがうようにと、命じられているに違いない。

「クローンから、アラグリンのラー〔砦〕にご滞在中、ほかのご指示にもしたがうようにと、命じられとります」

「結構。では、これからエベルの住まいへ行き、メンマがどこでエベルの遺体や哀れなモーエンを見つけたのか、それを調べることにします」

「それなら、自分がご案内します」ダバーンはそう申し出て、彼らの先に立った。エベルの住まいは、先ほどメンマが指し示した建物である。ラーの中のほとんどの木造建築と同様、これも平屋であった。

扉をくぐって中に入ると、そこは一目で客間とわかる部屋だった。族長は、集会堂の広間を使わないときには、ここで個人的に客をもてなしたり食事に招いたりしていたのだ。壁掛け《タペストリー》の後ろには、もう一つ扉があり、この部屋と広間はその扉でつながっているのだと、ダバーンが説明してくれた。暖炉には、大型の大鍋《コールドロン》が吊されており、テーブルと数脚の椅子もそなわっている。壁には、今は亡き族長の武器が、狩猟の勝利品の鹿の角とともに、ずらりと掛けられていた。何枚もの敷物や壁掛けも、この部屋に温かみを添えている。羽目板をめぐらせた壁の一つには、さらに別の扉がついていた。その先は、明らかに寝室だ。入ってみると、寝具は大きな藁布団と何枚かの毛布という、ごく簡素なものだった。フィデルマは、寝具についている血痕に気づいたが、そのことには触れなかった。かたわらには、小型のテーブルが置かれ、オイル・ランプが載っていた。

「メンマが入ってきたとき灯っていたのは、このランプですね？」

「さようで」と、ダバーンはすぐに答えた。「この部屋は、あの……悲劇のときのままにしてあります。自分がメンマと一緒にここに入ってきたとき、ランプはまだ灯っとりました。モーエンがひざまずいとったのは、そこのとこです。ベッドのすぐ脇で」と、彼は手で指し示した。

「モーエンは、出ていこうとしましたか？」

「いいえ、全然」

「お前たちが戻ってくる前にも、逃げ出そうとはしていなかったのですね」

「逃げ出す？　目も見えず、耳も聞こえず、ものも言えない男が、ですか？」とダバーンは、素っ気なく笑った。

「でも、目も見えず、耳も聞こえず、ものも言えないにもかかわらず、モーエンはここに入りこみ、エベルを殺害できた、とお前は言っている」とフィデルマは、部屋を見まわしながら、考えこんだ。だがダバーンが口を開く前に、彼女は戦士に命じた。「何が起こったかを、お前が見たままに、話してもらいましょう」

「あの晩、自分は、護衛隊の隊長として、見張りの任務に就いとりました」

「ここは、ほかの土地からかけ離れた所に位置しているラーです。見張りを立てる必要はないのでは？　谷をとり囲む山脈《やまなみ》が、自然の防御壁となってくれるでしょうから」

ダバーンは、憂鬱そうに頷いた。

「ところが、二、三週間前に、この谷に家畜盗人どもが現れましてな。それでエベルが、見張り番を立てろと、自分に命じられたんですわ」

「なるほど、わかりました。そこで、エベルが殺害された夜、お前は見張りに立っていたというのですね？」

ダバーンは、悔しそうな顔をした。

「実を言うと、日の出が近づいたころ、集会堂の入り口の内側にある座席に腰掛けて、ぐっすり眠りこんじまっとったんです。メンマは自分をゆり起こさねばならなかったようで。そして、エベルの死体を見つけた、モーエンが犯人だと言いました。自分はすぐさま、メンマと一緒にここに来て、メンマの報告どおり、ベッドに大の字に倒れてなさるエベルの死体を目にしました。あたり一面、血だらけで。今も、ご覧になれましょうが。もう乾いてはいますがね。モーエンは、今自分が示した所で、エベルの上に屈みこんどりました。まだナイフを手にしとりましたが、それにも血がついとりました。服も血まみれでした」

「モーエンは、何をしていたのです？」

「ただ体を前後にゆすって、独り言のように唸っとりました」

「ランプが灯っていたので、そうした状況がはっきり見てとれたわけですね？　それから、どうしました？」とフィデルマは、先をうながした。

「メンマに、自分の仕事をするように命じてから、自分はクリーターンを呼びに行きました。でも彼は、見張り役を交代するために、こっちへやって来るところでした。そこで二人でモーエンを厩舎に連れていって、足枷《あしかせ》を掛け、自分はクローンに報告しに行きましたんで」

「まあ、クローンに、ですか？　どうしてエベルの夫人に最初に報告しなかったのです？　そのほうが、当然の手続きだったのでは？」

「クローンが、タニスト〔後継予定者〕、つまり〝すでに選出されている相続人《エア・エレクト》〟だからですわ。エベルが亡くなった今じゃ、クローンがアラグリンのつぎの女性族長ということになります。まずクローンに報告するのが、当然なやり方ですわ」

　フィデルマは、公式な手続きについてのダバーンの解釈に、無言の同意を示した。

「それで、そのあとは？」

「我々が足枷を掛けようとしたときモーエンは暴れたり叫んだりしたもんで、そのことも報告しました。するとクローンに、テイファを連れてくるようにと命じられました。そこで、テイファの部屋へ行ってみたら……」

「彼女が死んでいるのを発見した？」

「そのとおりで」

「テイファは、アラグリンのラーの中で、モーエンを静めることのできるただ一人の人間だった、と聞きました――〝静める〟という言葉が、正しい表現だとしたら、ですが」

「いかにも。テイファは、あの男を赤子のときから世話してなさったから」

「また、エベルの姉でもあった？」

「はあ」

「モーエンはテイファ自身の子供ではなかった、というのですか？」フィデルマは、この人間関係に戸惑いを覚えていた。

だが、ダバーンの答えに、ためらいは見られなかった。

「あの赤ん坊がどこから来たものやら、誰も知らんのです。でも、テイファの子でないことは、確かですわ。身ごもってなさりゃ、赤子の生れる何週間も前から、皆の目に留まったはずです。ところが、テイファには、そんな気配は見えなかった。ここは狭い土地ですからな。あいつは、捨て子だったんです」

「ここは狭い土地ですから、その子を産み落としたのが誰であるか、わかるのではありませんか？」

「わからんのです。でも、このアラグリンの谷の誰の子でもなかった。それだけは、確かでさ」

「ほかに、話してくれることはありませんか？　どのような事情で、そして、なぜ、テイファはその子を養子にすることになったのでしょう？　その子を見つけたのは、誰だったのです？」

ダバーンは、指で鼻の脇をこすった。

「自分の知っとるのは、テイファは一人で狩に出かけ、数日して赤子を抱いて戻ってこられた、ということだけで。ただ、山に行きなすって、生れたての赤ん坊と一緒に帰ってみえたってことだけですわ」

「テイファは誰かに説明したのですか、赤子を見つけたときの様子を？」

「そりゃあ、もちろん。テイファは、森の中で捨てられていた赤子を見つけたんだと言いなすった。そして、はっきり皆に言われたんでさ、この子は自分の子供にすると。その事件のすぐあと、自分はアラグリンを出て、キャシェルの王様にお仕えして、つぎからつぎへと戦場で戦っとりました。ほんの三年前に戻ってきたばかりですわ。赤子は、大きくなるにつれ障害をもっとることがはっきりしてきた、と聞きました。ところがテイファは、子供を見捨てようとはしなさらんだったそうで。あのご婦人は、一度も結婚されず、自分のお子をもたれたこともない。心の温かな方だもんで、きっと代わりのお子が欲しかったんでしょうな。やがて子供とテイファは、何か不思議なやり方で、互いにわかりあえるようになっていったようです。どういうふうにしてだか、わかりませんがね」

「お前がアラグリンを離れていたのは、どのくらいの期間でした？」

「十七年近くですわ。でも、エベルに仕えるために、こっちに戻ってきました。さっき言ったとおり、三年前のことです」

「わかりました。このラーに、モーエンについて、もっとよく知っている人間が、誰かいますか？」

ダバーンは、肩をすくめた。

「おそらくゴルマーン神父様は、テイファが亡くなった今なら明かせるというようなことを、何か知ってなさるのかも。でも神父様は、まだ一日二日、戻ってはこられんでしょう」

「エベルの未亡人は、どうです？」

「レディ・クラナットで？」と、ダバーンは苦い顔をした。「どうですかね。クラナットとエベルの結婚は、テイファがモーエンを連れ帰ってここで育て始めなすってから一年ほどたってからですもんな。自分はここに戻ってきてから、気づきました、クラナットとテイファの間には、義理の姉と妹なら感じあうような親しさはないなと」

エイダルフが熱心に身をのりだした。

「クラナットはテイファが好きでなかった、というのかね？」

ダバーンは、感情を傷つけられた気配を見せた。

「サクソン人がはっきりした物言いを誇りとすることは、知っとりますがね。自分は、もう十分、自分の考えを述べたつもりですぜ」

「はっきり話してくれましたとも」と、フィデルマは急いでとりなした。「クラナットとテイファはうまくいっていなかった、ということですね？」

「よくはありませんでしたな」と、ダバーンは同意した。

「そうした状態は、どのくらい続いていたのでしょうね？」

「聞いた話では、クローンが十三歳になるころから、不仲になったようで。二人は何かのことで言い争って、それ以来互いに口をきかなくなったそうですわ。確かに自分も、二、三週間前、二人の激しい言いあいを目撃しとります」

「何についての争いでした？」

「それは、自分があれこれ言うべきことではありません」どうやらダバーンは、自分が噂話をしている、と感じたらしい。フィデルマは、彼の気持ちのゆれをとらえた。

「ここまで話してくれたのですもの、全て聞かせてくれるほうがいいのでは？」

「テイファが怒ってクラナットを怒鳴りつけとられて、クラナットが泣いてなさったってことだけです。それ以上は、ほんとに何も知らんのです」

「そのとき、何か耳にしたはずでしょう？　そこから、口論の原因を推測できたのでは？」

「いいや、何も聞いとりません。そうだ、モーエンの名前が聞こえました。エベルの名も。テイファが、離婚とかなんとか、声を高めとられましたな」

「テイファがクラナットに、自分の弟との離婚を迫っていた、ということかしら？」

「おそらく。でも、わかりませんな。クラナットは、礼拝堂に駆けこみなさったもんで。多分、ゴルマーン神父様に慰めてもらいに、でしょうな」

フィデルマは、それ以上は何も言わずに、立ったまま、寝室をじっくりと見まわした。そのあと、間仕切りの扉を通って客間へ戻り、そちらのほうも同様に、探索の視線で見わたした。

「このモーエンという男、視力も聴力も話す能力ももたぬ人間にしては、ラーの中をやすやすと動きまわっていたように見えますね」

エイダルフが眉をひそめて、彼女のそばへやって来た。

「どういう意味です、フィデルマ？」

「この二つの部屋をよく見てご覧なさい、エイダルフ。モーエンは、まずこの建物までやって来なければならなかった。それから、中へ入りこんで、エベルの寝室への道を探り当て、寝室に入り、ナイフを手に取り、標的を見つけ、その狙う相手のエベルが自分に気づく前に彼を殺害しなければならなかった。それには、ひそやかな動作と技が必要です。モーエンのように不利な条件を負った人間にできることとは、とても思えないの」

ダバーンは、それをちらっと聞きつけた。それには不賛成のようだ。

「事実を否定されるんですかね？」と、彼は詰問口調となった。

「私は、事実を確認しようとしているだけです」

「事実は簡単明瞭でしょうが。モーエンは、殺人の現場で見つかっとるんですからな」

「そうとは言えませんね」と、フィデルマは彼の言葉を訂正した。「モーエンは、エベルの遺体のかたわらで発見されたのです。実際に殺害している現場を見つけられたのではありませんよ」

ダバーンは頭をのけぞらせて、荒々しい笑いをはじけさせた。

「全く、それがブレホン〔裁判官〕の論法ってもんですかね、尼僧殿？　もし咽喉を引き裂かれた羊を発見して、その死骸のそばに口のまわりを血だらけにした狼がおったら、こりゃあこの狼の仕業だと考えますわな。それが理屈じゃありませんかね？」

「理にかなった考え方ですね」と、彼女は同意した。「でも、それだけでは、狼の仕業だという確固たる証拠とはなりません」

ダバーンは、承服しかねて、頭を振った。

「一体、何を探そうと……」

「私は、真実を探し出そうと努めているのです」フィデルマは、ぴしりと彼の言葉をさえぎった。「それが、私の唯一の目的です」

「ほう、真実をね。それなら、ラーの中の人間は皆、知ってますぜ。モーエンは、限られた場所の中でなら、それほど苦労なしに歩きまわれるんでさ」

「そんなことが、どうしてできるのだろう？」エイダルフは、興味をそそられた。

「多分、何か特別な記憶力をもっとるんでしょうな。それに、匂いでも、道がわかるらしいですわ」

「匂い？」エイダルフは信じかねる口調で、問い返した。

「厩舎で、モーエンが、知らない人間がいるって嗅ぎつけたのを、見なすったでしょうが。あの男は、まるで動物みたいに、嗅覚を発達させとるんです。もしラーの中のどこかに放ったらかしにしても、あいつは、どう行けばいいのか、ちゃんとわかるんですわ。そのことは、誰でも知っとります」

「ほほう、それでは、モーエンがここへ来る道を知り得たというのも、別に驚くべきことではないのだね？」

「いっこうに」

エイダルフはフィデルマを見て、肩をすくめた。

「まあ、これに不審な点はなさそうですね」

フィデルマは答えなかった。まだ納得していないようだ。

「モーエンがエベルを刺したというナイフは、どこかしら？」

「まだ、自分が持っとります」

「ナイフは、特定されているのですか？」

「特定？」

ダバーンの声には、戸惑いがあった。

フィデルマは、忍耐強く、彼に答えた。

「ナイフの持ち主は、見つかったのですか？」

ダバーンは、肩をすくめた。

「エベル自身の狩猟ナイフの一つじゃないですかな」と彼は、盾だの剣やナイフの蒐集品だのが飾られている一方の壁を指した。その中に、明らかにナイフが入っていない鞘のみのものが、一本あった。「自分は、ナイフが一つ欠けとるのに気づいたもんで、モーエンがそれを取ったんだと考えました」

フィデルマは、ダバーンが指した壁のほうへ、確かめに行った。それから部屋を横切って正面入り口へ行き、扉を背にして立ち、ちょっと考えこんだ。だがすぐ、邪魔になる家具類を避けながら、ナイフ掛けのほうへ向かった。いろいろと障害物があるので、それらを避けねばならず、まっすぐには進めない。やっとナイフ掛けのところに辿りつくと、今度は向きを変え、テーブルと椅子をまわって、寝室の扉へと進んだ。

フィデルマはそこで立ち止まり、そこから考えこむように部屋を眺めわたした。

「その凶器を、すぐに見せてもらえますか？」

ダバーンは頷いた。

「結構。では、案内してください。テイファが発見された場所と、それがどのような様子であったかを、見に行きましょう」

第七章

ダバーンは、二人を、エベルの住まいから厩舎《うまや》の後ろの通路へと案内した。穀類用の乾燥小屋の隣りに倉庫が幾棟か建っていたが、通路はそれらの間を曲がったり周囲をまわったりしながら、さらに奥へと延びていた。彼らは泉のある中庭へ出て、それを横切り、編み枝造りの壁のこぢんまりとした簡素な建物へと向かった。

「テイファは自分の小屋《キャビン》をもっとられました」とダバーンが、歩きながら説明を加えた。「族長のほかの家族とは離れたとこに」

「テイファは一度も結婚しなかった、と言っていたのではなかったかな?」と、エイダルフが訊ねた。

「はあ、言いましたが」と、ダバーンは答えた。「それが、何か?」

エイダルフは微笑して、事情に通じているところを披露した。

「族長の未婚の姉妹が、族長の住まいの周辺ではなく、離れた場所に住むというのは、珍しいことのようだが」

「でもテイファは、ちゃんと族長のラー〔砦〕の中に住んどられますが」エイダルフが何を言おうとしているのか、よくわからぬままに、ダバーンはそう答えた。

南サクソンの国では、未婚の女性は男性家長の所有物とみなされ、結婚して初めて家族の屋敷の外で暮らすことを許される。だがエイダルフは、ここで、はっと気がついた。こうした女性の在り方は、このアイルランド五王国では、全く通用しないのだ。

「エイダルフ修道士は、テイファがもしラーの中でも族長の住まいのある一画で暮らしていたら、もっと贅沢な家屋に住めるだろうに、ここはラーのはずれで、小屋もかなり質素なのでは、と言っているのです」と、フィデルマは言葉を添えてやった。

ダバーンは軽く顔をしかめると、無造作に答えた。

「テイファ自身で決めなすったことで。確か、モーエンを養子にすると決心されたすぐあとでしたな」

テイファの小屋は、一見、ほんの小さな規模に見えたが、中へ入ってみると、内部は三部屋に分かれていた。大きな部屋は、明らかにテイファと彼女が面倒をみている子供が、調理の場所、食堂、居間として使っていたらしい。この程度の広さの家では、このような部屋はチャハ・イマーカラーマ、すなわち〝談笑の間《ま》〟と呼ばれており、家族や友人たちの集いの場となる。そこから二つの扉がそれぞれの寝室に通じていた。モーエンが使っていた部屋は、一目でわかった。窓がなく、入り口の扉からの明かりで見ると、質素な敷布団が置かれているだけだ。ほかに家具は見当たらない。

フィデルマは踵《きびす》を返して部屋を出かけたが、そのとき、モーエンの寝室の扉の陰にある何かが、彼女の目をとらえた。

「蠟燭かランプはないかしら？」と、彼女は訊ねた。

ダバーンは、脇テーブルから火打石と火口《ほくち》をとり上げた。すぐに、ちりちりと音を立てながら、長い獣脂蠟燭《タロー・キャンドル》の灯がともった。

それを受けとると、彼女はふたたびモーエンの寝室に引き返し、扉の後ろへまわった。そこには、訓練されていない目には単に皮紐で束ねられた薪の束としか見えないものが、うずたかく積み上げられていた。

「エイダルフ、こちらへいらして」と、フィデルマは彼に呼びかけた。「これ、なんだと思います？」

エイダルフが近寄ってきた。ダバーンもついてきて、エイダルフの肩越しにのぞいたものの、彼にはただの木切れの束としか見えないようだ。

「薪の焚きつけを置いとくにしちゃ、妙なとこですな」というのが、彼の感想だった。

エイダルフはさらに近づくと、その中の一束をとり上げた。木片は、十八インチほどの不規則な長さに切ってある。ほとんどは榛《はしばみ》で、中には櫟《いちい》の木片も交じっていた。エイダルフは、それらをじっくりと調べ始めた。紐を解いて、木片の長さにも注目している。やがて彼は、フィデルマのところへ戻ってきた。何かわかったらしく、顔には笑みが浮かんでいた。

「めったにありませんね、大図書館以外で、これほど見事な品にお目にかかれるなんて」

ダバーンが、びっくりした顔になった。

「なんのことを言っとられるんですかね、この修道士殿は？」

フィデルマは、教師が賢い生徒にだけちらっと見せる〝よくできました〟という微笑をエイダルフに投げかけながら、ダバーンに答えてやった。

「エイダルフ修道士は、お前が焚きつけだと言ったこの品が、実は〈詩人の木簡〉[1]として知られているものだと、指摘しておいでなのです。これは、昔の書物です。ご覧なさい。古代のオガム文字[2]が刻まれているでしょう？」

ダバーンは興味をそそられて、それをよく眺めてみた。むろん、彼には古代の書記法についての知識など、全くないのだが。

エイダルフは、彼に訊いてみた。「テイファは、学問を修めて[3]おられたのかな？」

戦士はびっくりして、首を振った。「学者だって様子、見せなすったこと、ないと思いますがね。ただ、芸術だの詩だのには、よく通じておいでだった。だから、昔の文字だって、知っとられたかもしれん。となると、そんな〝本〟がここにあったって、いっこうおかしくはありませんな」

「それにしても」と、フィデルマは思い返してみた。「これほど見事な蒐集を、修道院の図書館以外で見たのは、私もこれが初めてですわ」

エイダルフはふたたび〈詩人の木簡〉を注意深く束ねると、ほかの〝書物〟の上に戻した。その間にフィデルマは、一足先に大きな部屋へ引き返し、そこからもう一つの寝室へ向かっていた。この寝室には、モーエンの部屋と違って、装飾品や手のこんだ造りの家具類もそなわっていた。先々代の族長の娘であり、そのつぎに族長となった男の姉であれば、疑いもなく享受できたであろう贅沢を、この部屋の雰囲気は幾分か偲ばせている。こちらの部屋では明かりは必要ないので、フィデルマは蠟燭を吹き消して、ダバーンを振り向いた。

「では、エベルの死をクローンに報告し、そのあとモーエンをなだめるためにテイファを連れてくるようにクローンに命じられて、お前はまっすぐここへやって来たのですね？」

「はあ。ここに来てみたら、扉が少し開いとりました」

「開いていた？」

「ほんの少し、開いたままでした——で、何かおかしいと感じたんで」

「なぜです？　扉が開いていても、何かおかしいということにはならないのでは？」

「はあ、テイファは扉をきちんと閉めとくようにと、やかましかったんですわ」

「モーエンが出ていかないように？」と、エイダルフが訊ねた。

「ちょっと違いますな。モーエンは動きまわってもかまわなかったんです。ただ、自分のいる場所とほかの場所との境目がはっきりわかるようにと、いつでも扉は全部閉めてあったんですわ。そうすりゃ、モーエンも知らずに境目から出てってしまうってことにならないですむ」

「わかりました。その先を。扉が開いていた。そして……？」

「小屋は、暗かったです。で、テイファの名を呼びました。でも、返事がなかった。それで扉を押し開けて、戸口から中を眺めてみました。そのときには、もう夜明けが近くなっとりました——あたりがぼんやり見えるような時刻になっとったんです。で、その場から、丸めて置いてある布の塊が——というか、そうと思えたものが、床の上に見えました。もっとよく見てみると、死体だった。テイファの死体でした」

「どこでした？　指さしてみて」

ダバーンは、もう灰が冷えきっている炉の前の一点を指し示した。

フィデルマは、この小屋に足を踏み入れた途端に、木が燃えたいがらっぽい臭いに気づいていた。

「部屋を見まわすと、蠟燭が見つかったんで、灯をともすことができました。実は、さっき使った、あの蠟燭ですわ。死体は、確かにテイファでした。服には、一面血がついとった。胸をむごたらしく刺されてなすった。心臓のあたりを、何回も」

フィデルマは、床に屈みこんだ。血の跡だろう、どす黒い染《し》みが見てとれた。だが、そのすぐそばに、小さな焼け焦げた跡も、残っている。暖炉の火にしては、なんだかふっと鼻につくと先ほど感じたが、その臭いの元は、これだったのだ。だがそのそばに、さらにもう一つ、別の染みもある。血痕ではない。指で触れてみると、わずかに湿っている。指先を嗅いでみてわかった。オイルだった。

「ここに、何かなかったかしら?」と、フィデルマは訊ねた。

「割れたオイル・ランプが」ダバーンはちょっと思い返してみて、そう答えた。「誰かが、もう片付けたんでしょうな」

「刺されて倒れたときにテイファがそのランプを持っていたのではないか、と感じませんでしたか?」

「あまり気に留めてなかったですが。でも、そううかがってみれば、ランプを手にしたテイファが、刺されて倒れたときにそれをとり落としなさった、ということは考えられますな。ランプは床に落ちて、ちょっと燃えかけたが、ありがたいことに燃え広がることなく、すぐに消されたに違いないですな」

フィデルマは考えこみながら、床の焦げ跡をじっと見つめた。

「もし消火されていなければ、小屋は全焼して、大変なことになっていたでしょうね。ほれ、まだ燃えていない油も残っているのですもの」彼女は、証拠の油が歴然と残る指先をさし出してみせた。「どういうわけで、火は消えてしまったのかしら?」

「ま、自分が来たときには、もう消えとりました」と、ダバーンは肩をすくめた。

フィデルマは立ち上がろうとして、ふと炉の中に燃え残っていた木片に目を留めた。別に、変わったところはない——いくつかの刻み目がついているほかは。三インチほどの長さの棒の木片である。フィデルマは灰の中からそれを拾いあげ、注意深く調べてみた。

「なんです？」と、エイダルフが問いかけた。

「オガム文字を刻んだ木片です。でもほとんど燃えつきています」

何かの加減で、この棒の木片だけが、一かけ燃え残ったのだ。おそらく燃える火から、たまたま転がり落ちたのだろう。文字がいくつか残っていたが、意味は読みとれない。両端に燃えた跡の残る短い木片の上に、フィデルマは辛うじて〝……ベルが会いたがって……〟という文字を判読した。でも、それだけだった。どうしてテイファは、特にこの一本を焼却したがったのだろう？　フィデルマは深く考えこみながら、この木片を自分の小 鞄《マルスピウム》の中に収めて、立ち上がった。

そして小屋の中を最後にもう一度、ぐるりと見わたした。エベルの部屋同様、きちんと片付いていた。とり散らかされた様子は、どこにもない。窃盗目的でなかったことは、確かだ。

「ダバーン、お前は、エベルの夫人がテイファとうまくいっていなかった、と言っていましたね。テイファのほうは、弟と親密だったのかしら？」

「エベルと、ですかね？」ダバーンには、明言を避けたい様子が見えた。「テイファはエベルの姉さんですし、我々は皆、この小さなラーに住んどるんで」

「お前は言っていましたね、テイファとエベルの妻のクラナットとの間には、敵意や衝突があったと。エベルとの間には、そうしたものはなかったのですか？」

ダバーンはより強い力の前に屈伏したことを示すかのように、両手を広げた。

「そのう……なんというか……二人の間には、姉と弟にしては、距離があったようで。自分にも妹がおりますが、自分は妹を可愛がっとります。嫁にやって、子供らが生れてからも、妹とはよく一緒に食事をするし、妹の子供らを狩に連れていったりもしとります。テイファは、エベルとそんな温かな関係は決してもってなさらんだった。もしかしたら、モーエンを養子になすったことで、気まずくなられたんでしょうかな。でも、確かなことは、知りませんので」

「そろそろ、そのクラナットという婦人と話してみるころあいのようですね」と、フィデルマはつぶやいた。

「テイファとエベルの娘のクローンとの関係は、どうだったのだろう?」と、エイダルフが言葉をはさんだ。

「お互い、丁寧でしたな。荒い言葉の交わされることなんぞ、一度もなかった。それだけですわ」

「ところで、モーエンは、このラーで、おおむね、どういう扱いを受けていたのです?」とフィデルマも、さらに問いを続けた。

「たいていの人間は、まあまあ受け入れてやっとりました。哀れんどりましたよ。モーエンのことは、テイファがラーに連れてきなすったときからずっと、知っとりますから。テイファは、ここの人間みんなから、大変尊敬されておいででしたからな。エベルも、ときには子供の相手をしなさった。でも、クラナットはそうじゃなかったですな。モーエンが近づくことさえ、拒んでなさった。ゴルマーン神父様も、あの子が自分の教会に入ってくるのを禁じとられました。クローンは、全く無関心ってとこですかな」

「サクソン人の社会では、彼は誕生と同時に、殺されていたでしょうね」エイダルフはつい、そう口にしてしまった。

フィデルマが眉をひそめた。

「全く、ご立派なキリスト教徒らしい態度だこと」

エイダルフは赤面した。フィデルマも、自分の言葉の鋭さに、ちくりと後悔を覚えた。エイダルフがそうした態度をとる人間でないことを、もちろんよく知っているはずなのに。

「肉体的な障害(4)をもった人間は、公職には就けないかもしれません。王や族長になることも、できないかも。でも、そうした人たちも、やはり氏族社会の一員です」フィデルマは、エイダルフに丁寧に説明して聞かせた。「ほかの全ての権利は、彼らも享受できます。ただ本人が法律的に何ができるか、どれだけ責任をとれるかは、障害の程度によって違ってきますけれど。たとえどのような病《やまい》をもっていようと、心身が健全でさえあれば、完全に法的能力をもっているとみなされますわ。でも聾唖者であれば、そのような障害を負った者に〝弁償〟を求めることはできませんから、その場合、告訴する側は、法的後見人を相手として訴えを起こすことになるのです」

「すると、モーエンは、人々に侮られるような立場の人間ではないのですね？」とエイダルフは、驚嘆したようにそう訊ねた。

「もちろんですとも。重い病を患う者、肢体が不自由な者、視力がない者、聾啞の者などのいずれであれ、そうした障害をもつ人間を嘲笑したり侮辱したりすれば、法によって、重い〝弁償〟を科せられます。もしモーエンがそのような目にあったら、今説明しましたように、ティファが代わって訴え出ることができたはずなのです」

「今回、アイルランド五王国の法律について、かなり勉強させていただいたような気がします」エイダルフは、反省の面持ちで、そう答えた。

「そういう法律は、ここのゴルマーン神父様が自分らに教えてなさる法律とは違いますがねえ」と、ダバーンが冷淡に口をはさんだ。

フィデルマは興味を覚えて、彼を振り向いた。

「そのこと、話してもらえますか？」

「ゴルマーン神父様は、ご自分の教会で、ローマのやり方を説いてなさいます。〝悔悛主義〟とか言っとられますが」

このアイルランド五王国にも、ローマから新しい考え方が伝わってきており、アイルランドの親ローマ派の聖職者の中には、(5)そうした新しい考えで、五王国の信仰のみならず、法律までも変えようとしている人々がいることを、フィデルマは知っていた。ローマ流の教会法という新しい法制度は、今やアイルランド古来の民法や刑法の中にも、根づき始めているのだ。

フィデルマは、リス・ヴォールのカハル僧院長の言葉を思い出した。ゴルマーン神父はローマ教会の熱心な唱道者であり、親ローマ陣営の支持者たちからの寄金によって、アルド・ヴォールにも別の教会を建立している、とのことだった。アイルランド五王国において、聖職者間の葛藤はますます対立を激化させつつあった。オスウィー[6]が治めるノーサンブリア王国（英国北部の古王国）内のウィトビア修道院において開催された二年前の宗教会議[7]は、フィデルマが初めてエイダルフと出会った場所であったが、この会議はローマ教会とケルト（アイルランド）教会の対立を、いっそう深める結果となっていた。オスウィー王は、会議において、ローマ教会とアイルランド五王国のケルト教会双方に、それぞれの信条を論じあうように命じた。それにしたがって、両陣営の間で優れた議論が戦わされた。だが、結局オスウィー王はローマ教会に軍配を上げたのであった。これは、アイルランド五王国にローマ教会の権威が確立されることを望んでいる聖職者たちを後援することになった。アルド・マハの大司教で、アイルランド五王国の首座大司教でもあるオルトーン[8]がローマ教会に好意的であることは、よく知られている。しかし、全ての聖職者がオルトーンの権威にしたがっているわけではなかった。新しい信仰（キリスト教）の解釈をめぐって、彼らはいたるところで二派に分かれて論争を続けていた。

「そして、ゴルマーン神父ですが、彼はテイファがモーエンの面倒をみていることについて、非難していた、というのですね？」

「はあ、そうです」

「また、お前は、テイファにはモーエンと意思を通じあうことができた、と感じていたのでしたね。ほかに、そういうことができる者は？」

ダバーンは首を振った。

「いや、自分の知る限り、あの男と思いを伝えあえる人間は、ほかには誰もいませんな。ただテイファだけでしたわ」

「それで、テイファはどうやってモーエンと意思を伝えあえたのでしょう？」

「本当に、わかりませんな」

「お前が言ったように、ここは小さな世界でしょ？　テイファがどういう方法を使っていたのか、知っている者がかならずいるはずではないのかしら？」

ダバーンは、片方の肩をちょっと上げてから下ろすことで、はっきりと自分の考えを表現した。

そのとき、フィデルマは、はっと気づいた。どうしてそれにもっと早く気づかなかったのだろう！　フィデルマは自分に対して舌打ちをしたい思いだった。その思いつきに、彼女の胸は凍りついた。

「お前の話によると、モーエンには、自分が何をしたと思われているのか、あるいは自分がなぜ捕らえられているのかがわかっていない、ということになるではありませんか？」

ダバーンは、二、三秒、彼女をじっと見つめていたが、すぐに苦々しげな低い笑いをもらした。

「もちろん、わかっとるはずですわ。テイファとエベルを殺したばかりだったんですからな。自分が捕まって足枷《あしかせ》を掛けられている理由を、あいつ、ほかにどう考えるってんです?」

「そう、もしモーエンがテイファとエベルを本当に殺害したのなら、そうでしょう」と、フィデルマは同意した。「でも、もし彼がやっていなかったとしたら? 彼には、なぜ、誰が、自分を拘束しているのか、わかっていないということになります。もし誰も彼と意思を伝えあうことができないのであれば、自分が何をやったと皆に考えられているのか、モーエンにどうしてわかるでしょう? 彼は、お前と交信しようとする素振《そぶ》りを見せたのでは?」

ダバーンはフィデルマの言うことを真剣に受けとめずに、まだ笑いを浮かべたまま、それに答えた。

「多分、そうしようとしていたのかもしれませんな。つまり、あいつの動物のようなやり方で」

「どのような?」

「モーエンは、ずっと、自分たちの手を摑もうとしとりました。そして、何か注意を引こうとするように、両手を動かし続けとりましたな。だがあいつ、自分をわかってくれるのはテイファだけだってことは、知っとるはずなんだが」

「そのとおりです」とフィデルマは、厳めしく答えた。「モーエンはテイファがまだ生きていると思っているのだ、テイファと話ができるように、誰かにテイファを連れてきてもらいたがっているのだとは、考えてみなかったのですか？」

ダバーンは頭を振った。

「どう言いなさろうと、あいつはテイファを殺したんですわ」

「ダバーン、お前は本当に頑固だこと」

「尼僧殿も、同じくらい頑固に見えますぜ」

「あいつと意思を伝えあえるものかどうか、試してみたらどうです？」妥協策として、そう提案したのは、エイダルフだった。

「いい提案ね、エイダルフ」フィデルマはそれに賛成し、すぐに二人に先立って、テイファの小屋をあとに、歩きだした。

モーエンはまだ厩舎で足枷を掛けられていたが、大きな違いが見てとれた。厩舎の仕切りの一つから、敷き藁などがきれいにとり除かれていた。片隅には藁布団が敷かれており、そのかたわらには水差しの水と室内便器もそなえられている。モーエンは、踝《くるぶし》に足枷をつけられたままではあるものの、藁布団の上に足を組んで坐っていた。

一目でフィデルマは、自分の指示が実行されていることを見てとった。彼はさっぱりと洗ってもらっていたし、髪や髭も切りそろえられ梳《くしけず》られている。じっと見開かれている白い目と、頭を絶えず傾けている点を除けば、ほかの人間となんら変わるところはない。事実、フィデルマは悲しい思いで感じた——この若者、なんときれいな子なのだろうと。

彼らが入っていくと、彼の鼻孔がかすかに震えた。顔が彼らのほうへ向けられた。目が見えないとは、とても信じられない。

「さて」とダバーンが冷笑的に問いかけた。「どうやって、この男と交信なさいますかね、尼僧殿？」

フィデルマは、彼を黙殺した。

彼女はエイダルフに後ろへ下がっているようにと身振りで示すと、若者のほうへ近寄り、その前に立ち止まった。

モーエンはぎくっと身を退《ひ》くと、またもや頭をかばうように、片手を上へあげた。

フィデルマは振り返って、険しい視線をダバーンへ投げかけた。

「この痛ましい若者がどのような扱いをずっと受けてきたかが、よくわかること」

ダバーンは顔を赤らめた。

「いや、自分じゃないです！」と、彼は答えた。「でも、思い出してください、こいつは人を殺しとるんですよ——二度も！」

「たとえそうでも、殴っていい理由にはなりません。口がきけないからといって、お前は動物を殴りつけますか？」

彼女はふたたびモーエンのほうへ向きなおり、手を伸べて、頭を抱えこむように上にさし上げられている彼の手を取り、それを優しく下げてやった。

まるで電流に触れたかのようだった。その面《おもて》に切望の色が現れた。鼻孔が震えた。フィデルマの匂いを嗅ぎとろうとしているかに見える。

フィデルマは、そっとモーエンの横に腰をおろした。

ダバーンが剣に手をかけながら、さっと進み出た。

「そんなことをなさっては……」と、彼は反対しようとした。

しかしエイダルフは手を伸ばし、彼を押しとどめた。エイダルフの手は、ダバーンがびっくりしたほど、力強かった。

「待ちなさい」エイダルフは静かに彼を制した。

モーエンが片手を伸ばした。指先が探るように彼女の顔の上を滑っている。フィデルマは静かに坐ったまま、モーエンが自分の顔に触れるに任せた。やがて彼女は自分の胸の十字架を持ち上げ、彼の掌《てのひら》の上に載せた。すると、顔にぱっと熱心な微笑を浮かべて、モーエンは頷いた。

「理解したのですよ」と、彼女は二人に説明した。「モーエンは、私が聖職者だと、わかったのです」

だが、ダバーンは、嘲るように鼻を鳴らした。

「動物だって、優しさは感じとれますわ」

そのとき、モーエンが手を伸ばし、彼女の手を取った。彼女は眉をひそめた。

「この男、何をしとるんです？」

「私の手を軽く叩いている、というか何か図形を描いているみたいな……」とフィデルマは、眉をひそめたまま、つぶやいた。「不思議ね。何かを意味しているみたい。でも、一体どういう意味なのかしら？」

フィデルマはもどかしげにふっと溜め息をつくと、今度は自分でモーエンの手を取り、指先で、ラテン語の文字をいくつか、彼の掌に書いてみた。

彼女は文字を書きながら、「私はフィデルマです」と、それを声に出した。

モーエンは、フィデルマの指先を感じとりながら、顔をしかめている。

そして呻きをもらすと、首を振り、ふたたび彼女の手を取って、軽く叩いたり線を引いたりという、先ほどの奇妙な動作を繰り返すのだった。

「明らかに、これには何か意味があるはずなのに」とフィデルマは、もどかしさを口にした。

「テイファが彼と交信していた手段は、きっとこれだったに違いないわ。でも、なんと言っているのかしら？」

「もしかしたら、テイファとモーエンだけにわかる、二人の間の暗号だったのでは？」と、エイダルフは言ってみた。

「おそらく」

フィデルマは、自分の掌の上で素早く動くモーエンの指を止めさせた。

モーエンは、フィデルマが自分の交信を判読できなかったとわかったらしい。彼は両手を膝に戻した。顔は引きつれて、惨めさそのものの仮面へと変わった。そして、長い深い溜め息をついた。ほとんど絶望の溜め息だった。

フィデルマは彼の悲しみに胸をつかれ、手を伸ばして彼の頰に触れた。頰は、濡れていた。鼻の両脇を、涙がこぼれているのだ。

「お前がどれほど失望しているかが、私にはよくわかっています。そのことを伝えることができたら、どんなにいいでしょうね、モーエン」フィデルマは、静かに語りかけた。「私たち、話しあうことができたらねえ。ここで何が起こったかを、私は知ることができるでしょうに」

フィデルマは彼の手を取り、握りしめた。

モーエンは、頭を下げたように見えた。フィデルマの感情を受けとめたかに見えた。

フィデルマはそっと立ち上がり、エイダルフとダバーンのほうへ戻ってきた。

中年の戦士は考えこんだ様子になっていた。そして、ひっそりと坐っている不運な男の姿を、驚きの目で見つめた。

「これまでに、テイファがあの男を落ち着かせるところは、まあ何度も見てきましたがね、ほかの人間がそうしたのを見たのは、これが初めてですわ」

フィデルマは後ろにエイダルフとダバーンをしたがえて、厩舎を出た。

「おそらく、ほかの者は誰一人、モーエンを人間として扱わなかったからでしょう」人間としての感受性をもった者がこのように酷《むご》く扱われてきたことに対する怒りをどうにか抑えて、フィデルマはそう述べるにとどめた。

厩舎の入り口には、若い兵士クリーターンが立っていた。

砂色の髪をした自惚れやの若者は、にやっと作り笑いを浮かべて、彼らを迎えた。

「あいつ、もうキャシェルの王様の前にだって出せますぜ」と、彼はモーエンを指して言った。

フィデルマの彼へ向けた視線は冷たかった。このような男に、わざわざ答えてやるまでもない。

その後ろ姿に向かって、若者は嘲るようにつけ加えた。「ま、少なくとも、縛り首になるときには、あいつも身ぎれいな恰好をしてるってわけでさ」

フィデルマが、怒りもあらわに、さっと振り返った。

「縛り首？　たとえ有罪だとしても、絞首の刑を受けるなどと、誰が言ったのです？」

「もちろん、ゴルマーン神父様でさ」若者は、恥じ入ってもいなかった。「神父様は、命には命をもって報いよ、と言ってなさいますぜ」

フィデルマの顔付きが厳しくなった。

「プラウタスは『ロバ物語』[9]の中で、見事に言っておられる――〝ルプス　エスト　ホモ　ホミニ〟（人間こそ狼）と！」フィデルマはラテン語で、そうつけ加えた。

クリーターンは、顔をしかめた。

「俺、ラテン語やギリシャ語、習ったことないもんで」

「ひたすら報復を求めるお前の哲学をたとえ認めるとしても、報いを受けて死を宣告されるべき命はモーエンの命であると、お前にはそれほどはっきりと言いきれるのですか？」

一瞬クリーターンは、フィデルマの言う意味が十分理解できなかったようだが、すぐに平然と顔に笑みを浮かべた。

「俺、モーエンが人殺しだって、ちゃんと知ってまさあ。その点、これっぽっちも疑いありませんや」

「疑いない？　どうして、そう言いきれるのです？」

「この目で見たんでさ」

フィデルマは、何者かに予期せぬ一撃を受けたかのように、たじろいだ。エイダルフが、素早く進み出た。

「モーエンが実際にエベルを殺害するところを目撃した、と言うのか？」彼は兵士に返事を迫った。

クリーターンは小賢《こざか》しく、にやりと笑った。

「じかに見たわけじゃないけど」彼は一応そう白状したものの、人差し指で鼻の脇を軽く叩きながら、すぐに続けた。「でも、見たも同然ですぜ」

「何を言おうとしているのです?」というフィデルマの声は、きつかった。「何事かを確かだと言えるのは、自分の目ではっきりと目撃したことだけです」

クリーターンは、今や自分が彼女の注意を十分に引きつけていると見て、ふたたび生意気になった。

「モーエンがエベルの住まいへ入っていくとこを、ちゃんと見ましたもんね」

フィデルマは驚きを覚えて、ほんのわずか目を見張った。遺体が発見される前にエベルの住まいの間近にクリーターンがいたことなど、メンマもダバーンも、一言も言っていなかった。

「もう少し詳しく、説明してもらいましょう」とフィデルマは、きびきびとした態度になって、質問を始めた。「モーエンがエベルの住まいへ入っていくのを見たというのは、いつです?」

「メンマが二人を見つけたあの朝でさ。ダバーンと見張りの役を交代しに行く三十分ほど前のことで」

フィデルマは問いかけるように、ダバーンをちらっと見やった。年長の戦士は、明らかにびっくりしている。彼がこの話を今初めて耳にしたことは、確かなようだ。

「そのように朝早く、どうして出歩いていたのです?」フィデルマは、穏やかに、そう訊ねた。若者はためらいを見せた。そこで、彼女はさらに言葉を続けた。「信用できる証人だと認めてもらいたいのであれば、お前は、はっきりと説明する必要があります」

「もし、どうしてもって言いなさるんなら」と、クリーターンは顔を赤らめ、声も弁解的になった。「あの晩……ある所に出かけとったんです」

「ある所？」

突然、ダバーンが野卑な声で、大笑いを始めた。

「こいつは、女郎屋のクリードナのとこに行っとったに違いないです。ここから川沿いに二、三マイルほどのとこですわ」

クリーターンの悔しげな顔が、それが真相だと物語っていた。

「ラーに日の出前に戻っとる必要があったんで、ちょうど集会堂の入り口のとこまでやって来たら、すぐ内側の腰掛け《ベンチ》に、ダバーンが長々と寝そべって、ぐっすり寝こんどりました」ダバーンは顔を赤らめたが、口をはさもうとはしなかった。「そのとき、見たんでさ、あの野郎が建物の陰を壁沿いにこっそり歩いとるのを。もちろん、奴はこっちに気づきゃしませんでしたがね」

「モーエンは、一人だったのですか？」

クリーターンは顔をしかめた。

「はあ、目も見えず、口もきけず、耳も聞こえないってのに、あいつは一人ですやすと動きまわれるってこと、みんな知ってまさあ。奴は、なんだか気味悪い第六感みたいなものをもっとるらしくて、一つの建物から別の建物にどう移っていきゃいいのか、わかるみたいですぜ」

「なるほど。モーエンは一人だったのですね？」

「はあ、そのとおりで」と、若い兵士は答えた。

「そして、彼がエベルの住まいに入っていくのを見た？」

「見ましたよ」

「どうやって？」

クリーターンは、目をせわしなく瞬《また》かせて、質問を繰り返した。「どうやって？」質問の意味が摑めないらしい。

「お前は集会堂の入り口の所にいた、と言いましたね？ すると、エベルの住まいの戸口を見るには、二十フィートか三十フィート、移動しなければならないはずでしょう？ 暗闇であればもちろん、明かりがあってさえも」

「ああ、そのことか。実は、あいつがこっそり歩いてるのを見て、何してるんだって思ったんでさ。だから、奴がそばを通り過ぎていったとき、あとをつけたんですわ」

「そして、モーエンがエベルの住まいへ入っていくのを見たのですね？ 彼は、どうやって入っていきました？」

「扉からでさ」若者は、小賢しかった。

「私が訊ねているのは、モーエンは人目を忍ぶように入っていったのか、それとも扉を叩いて自分が来ていることを知らせようとしていたか、ということです。どうでした？」

「ああ、そうっとでしたよ、もちろん。まだ、暗い時刻でした」

「暗い建物の中にモーエンが入っていくのを、お前は目撃した。お前は、いい視力をもっているようですね。そのあと、どうしたのです？」

「ダバーンと交代する前に体を洗っときたかったもんでね。もともと、兵舎に戻ろうとしてたんでさ」と、クリーターンはにやりと笑った。「で、予定どおり、兵舎へ向かいました。俺、巻きこまれるのはいやだったんで、何も言わないことにしたんだけど、テイファが……」

彼は急に言葉をきった。目に、迷いが浮かんだ。

「テイファが……なんなのです？」と、フィデルマは先をうながした。「テイファが、どうしたのです？」

「俺、集会堂のとこへ戻って、厩舎を通り過ぎて、水車小屋のすぐそばの兵舎へと向かったんだけど、テイファの小屋も、そのそばなんですわ。ちょうどそこを通りかかったとき、テイファがランプを手に、出てきなさった。モーエンを探しとられたんでさ。でも、初めは薪を探してなさるんかと思った。扉のそばに屈んで、木切れを拾い上げてなさるのが見えたもんでね。そのとき、テイファも俺に気づいて、モーエンを見なかったかって、訊ねられました」

フィデルマは、考えこんでいるようだった。

「モーエンならどこで見つかるだろうと、テイファに教えたのですか？」

「いいや。あいつを探すのに狩り出されるなんて、ご免ですもんね。だから、見なかったと答えて、そのまま通り過ぎましたよ。それから体を洗って、服を着替えて、そのあとダバーンを探しに行ったんでさ。そしたら、ダバーンに、何が起こったか聞かされたってわけです」そう語り終えたところで、クリーターンは得意気に笑みを浮かべた。「これでおわかりでしょうが。モーエンは、エベルとテイファを殺したんでさ」

エイダルフは思い返しながら、頷いた。

そして、「これは、決定的なようだな」と兵士の話を認めて、ちらっとフィデルマに視線をはしらせた。

だがフィデルマは、「私がすっかり理解したかどうかを、確認させてもらいます」と言って、質問を続けた。「お前は、モーエンがエベルの住まいに入るところを見かけた。内部は、暗かった。朝日が昇る前だったから。では、お前はどうやって、モーエンが入ったと、見てとれたのです？」

「答えは簡単でさ。俺の目は、闇にも慣れとりますんでね。現に、クリードナのとこから暗闇の中を馬を走らせて帰ってきたんですもんね」

「では、ちょうどテイファの小屋の前を通りかかったとき、モーエンを探そうとしてランプを手に戸口に立っていたテイファに出会った、というのですね。そして、多分三十分ほどして、お前がダバーンを探しあてたとき、彼から、メンマがエベルとモーエンを見つけたと聞かされた。そのとき、どうして、自分が見たことを話さなかったのです？」

「そんな必要ありませんや。ほかに、もう証人はいたんだから」

「テイファも死んでいた、と知ったのは、いつです？」

クリーターンは、はっきり覚えていた。

「モーエンをなんとかしてもらうために、ダバーンがテイファを探しに行って、そのあとでさ」

「ありがとう、クリーターン。お前の話は、大変役に立ちました」

フィデルマはゆっくりした足取りで、来客棟のほうへと歩き始めた。エイダルフは急いでそのあとを追い、彼女と並んで歩きだした。

その二人に、ダバーンが後ろから呼びかけた。「今日はもう、自分にご用はありませんか、尼僧殿？」

フィデルマは振り返って、何か思いにふけったまま、それに答えた。「モーエンがこの事件に使ったと思われている狩猟用ナイフ、やはり見ておきたいですね」

「すぐ、持参します」と、戦士はそれに答えた。

来客棟に戻ってくると、エイダルフは、今にもフィデルマから何か意見が聞けるものと、待ち受けた。しかし彼女は、黙《もだ》したままだった。彼は、催促してみることにした。

「証拠は、ごく明白だと思いますね。複数の目撃証人、ナイフを手にしたままで見つかったモーエン。もうこれ以上、調査する必要はなさそうです。モーエンは可哀そうな人間ではありますが、この犯行に関しては、有罪ですね」

フィデルマは、奥に憤りを秘めた緑の目で、エイダルフの褐色の目をひたと見据えた。

「その逆です、エイダルフ。証拠は、はっきり示しています。モーエンは、訴えられている二つの殺人を、犯してはおりません」

第八章

ダバーンを使者として、エベルの未亡人クラナットに面談したいとの意向を伝えさせると、「三十分ほど後に、集会堂の広間でフィデルマとエイダルフにお目にかかる」との返事が返ってきた。

二人が入っていったときには、すでにクローンは自分の公的な席である例の椅子に腰掛けていた。二人の椅子は、さいぜんどおり、彼女の前の一段下がった場所に置かれている。今回はクローンの公的な座席の横にもう一脚椅子が用意されていることに、フィデルマは気づいた。フィデルマとエイダルフが自分たち用の椅子に歩み寄ったのとほとんど同時に、背筋をまっすぐに伸ばし、かすかな笑みさえうかがえぬ硬い表情をした婦人が入ってきた。彼女は二人のほうへは一瞥もくれず、軽く頷きかけることすらしないで、まっすぐに自分の席へ向かい、娘の隣りの椅子に腰をおろした。

五十近い年齢にしては、今なお美貌の婦人であった。体型も美しく保たれている。楕円形の顔や色白の繊細な肌には、どこかしら貴族的な気品が漂う。金髪には一筋の白髪も見られず、それが肩の下までふわりと流れていた。美しい手だ。すんなりと伸びた指も、たおやかだ。爪は丁寧に丸みをつけて切られており、鮮やかな爪紅《つまべに》もさされていることに、フィデルマは気づいた。眉は液果《ベリー》の黒い果汁でくっきりとひき、頰にはほんのりと紅が刷《は》かれてアクセントとなっている。ニワトコの若枝から採った樹液で作るルアンを用いているらしい。香水に関しても、決してつましさの美徳を奉じている女性ではないことに、フィデルマは気づいた。薔薇の香りが、彼女のまわりに濃く漂っている。椅子に坐った姿にも、なかなか王者然とした風格がそなわっていた。

彼女は、金糸の房で縁飾りをほどこした深紅の絹のドレスをまとっていた。両の腕には銀や白銅の腕輪をはめ、首にも黄金の首飾りが輝いている。財産をもった女性に違いない。またその挙止振る舞いから見ても、単にアラグリンの族長の妻という以上の身分をもっていそうだ。

フィデルマは、クラナットがせめて視線を上げるといった動作でもして、こちらに注意を向けるかと、しばらく立ったまま待ってみた。

やっとこの沈黙を破ったのは、クローンのほうだった。だが彼女も立ち上がろうとせず、そのままの姿勢で、こう母親に声をかけた。

「お母様、こちらはドーリィー〔法廷弁護士〕のフィデルマ。モーエンに判決を言いわたすため、当地へ来られた方です」

そのとき初めて、クラナットは面《おもて》を上げた。フィデルマの視線の先にあるのは、娘のクローンそっくりの冷たく青い瞳であった。

「母です」と、クローンが紹介を続けた。「デイシ[1]のクラナットです」

フィデルマは、仮面のような無表情を保っていた。しかし、今のクローンの紹介によって、クラナットがどうしてこのような態度をとっているのかが、やっとわかった。伝説によれば、大王《ハイ・キング》コーマック・マク・アルト[2]の時代に、デイシ一族はタラ（大王の王城の地）周辺の父祖の地から放逐されたという。ある者は海を渡ってブリトンの地へ逃れ、ほかの者たちはモアン王国に移住したが、そこでさらに二つに分裂し、北デイシと南デイシの二つのクラン〔氏族〕を形成することになった。クローンは母親を〝デイシの〟と紹介した。ということは、クラナットはデイシ氏族の王女なのであろう。たとえそうであっても、フィデルマに対して挨拶どころか会釈さえしようとしないクラナットの態度は、許されるものではない。苛立ちがフィデルマの頬に赤みをさした。フィデルマは、自分の身分と社会的地位に対する侮辱を、一度は咎めだてせずにすませてやった。だが、調査の主導権をしっかり摑んでおくためには、この二度目の無礼をこのまま許しておくわけにはゆかぬ。

フィデルマは、椅子に腰をおろす代わりに、クローンとクラナットが坐っている壇上まで静かに階《きざはし》を登っていった。

「エイダルフ、私の椅子をこちらへ」フィデルマの指示が、冷厳に響いた。

クラナットとクローンの面に広がった驚愕の色が、二人とも未だかつて自分たちの権威にこのように盾突かれた経験がなかったことを、如実に物語っていた。

フィデルマは、礼節が故なく蔑《ないがし》ろにされたときには、相手に厳しくそれを守らせようとする。そのことを承知しているエイダルフは、面白がって、つい笑みを浮かべそうになるのを押し隠しながら、さっと椅子を抱えると、指示されたところへそれを運んだ。フィデルマがふつうは特権だの儀礼だのにいっこうに頓着しない人間であることを、エイダルフはよく知っている。ただ人々が礼節を蔑ろにして自分の権威を不当に押しつけようとするときには、彼女自身の地位を明らかにして、厳しく彼らにその分を守らせるのであった。

「尼僧殿、身の程をお忘れか！」

この憤然とした叱声が、クラナットが口にした最初の言葉だった。

フィデルマは腰をおろし、物静かな表情で族長の未亡人を見守った。

「私が何を忘れたと言われます、アラグリンのクラナット？」

フィデルマは、クラナットの肩書きに、相手にわずかにそれと感じさせるだけの強調をおいて、そう問い返した。

クラナットは驚きのあまり答える余裕もなく、音を立てて息をのんだ。

クローンは「母は……」と言いかけたが、フィデルマが彼女に視線をめぐらせると、はっと言葉をきった。フィデルマに対してとらねばならぬ儀礼に気づいたのだ。今、フィデルマは、それを指摘しているのだ。彼女は慌てて母親を振り向いた。「ついお伝えするのを忘れていましたけど、フィデルマ修道女は、ドーリィーであるばかりでなく、キャシェルのコルグー王の妹御なのです」

クラナットにこの新知識を消化させる暇《いとま》も与えず、フィデルマはすでに身をのりだしていた。温和な話し振りではあったが、その声にはぴしりとした響きがひそんでいた。

「今は、私の血筋のことを問題にはしますまい。また、兄が国王であることも、無視するとしましょう」彼女は、ここで少し間《ま》をおいた。王族という身分を誇るクラナットの矜持《きょうじ》を十分に打ち砕くに足る発言だった。「しかし私は、正式な資格をもつアンルー、すなわち上位弁護士です。これは、アイルランド五王国を統《す》べるハイ・キングご自身とも、同じ高さに立って話すことができる身分です」

クラナットの唇は、薄い一本の線となった。彼女の氷のように冷ややかな青い瞳は、広間のどこか一点をじっと見据えたままだった。

「さて」フィデルマは椅子の背に身を委ね、にっこりと笑みを浮かべると、きびきびとした口調となった。「慣行だの礼儀だのという退屈な話題は、これで終わりにしましょう。もっと重要な果たすべき仕事があるのですから」

これまた明らかに、クラナットとクローンの思い上がりに対するフィデルマの叱責であった。二人にも、それはわかった。彼女たちは黙《もだ》したままだった。二人に、どのような切り返しができよう。

「まずは、あなたにいくつか質問をせねばなりません、クラナット」

クラナットは身を強ばらせて坐ったまま、鼻を鳴らした。フィデルマをまともに見つめることは、できないようだ。

「いずれにせよ、そうなさるおつもりなのでしょうから」クラナットの声は、ユーモアとはほど遠かった。

「キャシェルの私の兄に、〝この地で起こった事件を担当してもらえるブレホン〔裁判官〕を寄こしてほしい〟と要請したのはあなたであった、と聞いています。また、あなたの娘のタニスト〔後継予定者〕に知らせもせず、承諾も得ずに、キャシェルに使いを出した、とも聞きました。どうしてです？」

「娘は、弱年です。法律や統治について、経験がありません。私がそうしたのは、今回の事件が我がアラグリンの家名に少しでも瑕瑾《かきん》を残すようなことになってはならない、そのためにはこの件は適切にとり扱われる必要がある、と信じたからです」

「どうして、家名に傷がつくと？」

「この犯罪に手を染めたのがどのような者であったかという点と、しかもその者がレディ・テイファの養子であったという点から、人はアラグリンの一族について良からぬ風評をたてかねません」

フィデルマは、これをもっともなことと納得した。

「では、夫君エベルが亡くなられたとの報告をお受けになった六日前の早暁に、話を戻しましょう」

「何が起こったかは、すでに私が説明しましたわ」と、クローンがさっと口をはさんだ。

フィデルマは、煩《わずら》わしげに小さく舌打ちをした。

「あなたは私に、あなたが見聞きした事実を話しました。今私は、母上にお訊ねしているのです」

「申し上げることは、たいしてありません」と、クラナットは答えた。「私は、娘に起こされたのです」

「いつです？」

「ちょうど日がさし昇ったころ、と思います」

「それで、どういうことになりました？」

「クローンは私に、〝エベルが殺された、凶行を行なったのはモーエンだ〟、と告げました。私はすぐ服をまとって、この集会堂の広間でクローンと落ちあいました。そのときダバーンがやって来て、〝テイファもまた刺殺体で発見された〟、と私どもに報告したのです」

「エベルのご遺体を、見に行かれましたか？」

クラナットは首を横に振った。

「亡くなられたご夫君に、最後の礼を尽くされなかったと？」フィデルマは声に、意外な思いを響かせた。

「母は、動転していたのです」と、クローンが母親をかばうように口をはさんだ。

フィデルマは、視線をずっとクラナットの冷たく青い目に据えていた。

「動転しておられたのですか?」

「動転しておりました」と、クラナットは鸚鵡返しに答えた。

娘がさし出してくれた都合のよい言い訳に飛びついたのだ、とフィデルマは見てとった。

「では、お聞かせください、どうして夫君と寝所を共にしておられなかったのかを」

クローンが憤慨の喘ぎをもらし、「そのような無作法なことをお訊ねになるとは……」と、言いかけた。

フィデルマは顔をさっと振り向け、強い視線でクローンを見据えた。

「訊ねますとも」とフィデルマは、感情をうかがわせぬ声で答えた。「私はドーリィーです。真相究明のためであれば、いかなる質問も無作法とはなりません。アラグリンのクローン、あなたには、族長としての叡智と義務に関して、まだまだ学ばねばならぬことが多い。お母様がキャシェルにブレホンの派遣を要請されたのは正しかったようです」

クローンは赤くなり、大きく息をのんだ。しかし彼女が適切な返答を考えつく前に、すでにフィデルマはクラナットへ向きなおっていた。

「それで?」フィデルマは、クラナットに鋭く返事をうながした。

一瞬、クラナットの氷のような目が、挑むようにフィデルマを睨みつけた。だが、炎を秘めたフィデルマの緑の目は、その挑戦を平然と受けとめ、毫《ごう》もひるむところがない。やがてクラナットは肩を落とし、緑の瞳に屈した。

彼女の答えは、静かだった。「夫と褥《しとね》を共にしなくなって、もう何年にもなります」

「なぜ、そうなったのです？」

クラナットの手が、膝の上で落ち着きなく動いている。

「私たち、離れていったのです……そのような状態へと」

「そのことで、お悩みでしたか？」

「いっこうに」

「エベルのほうも、そうだったのでしょうか？」

「何をおっしゃりたいのでしょう？」

「私と同様、あなたも、結婚に関する法律をご存じのはずですね。もし性的な関係がうまくゆかなくなった場合、夫であれ妻であれ、どちらの側も、離婚を要求できるはずです」

クラナットは、顔を赤らめた。

クローンが無表情を保って坐っているエイダルフのほうを、ちらっと見やって、「あのサクソン人は、この席に留まって、ずっと聞いている必要があるのですか？」と、フィデルマにただした。

それを聞いてエイダルフは、居心地悪げに立ち上がろうとした。

しかしフィデルマは、彼にふたたび着座するようにと身振りで指示を与えて、クローンに答えた。

「この方は、我々アイルランドの法制度がどのように実践されているかを見学するために、こちらへ来ておられるのです。それに、法の前で恥じることなど、何もありません」

「私たちは、互いの了解のもとに、この穏やかなとり決めをしたのです」と、クラナットが説明を続けた。自分たち母子は今、二人よりはるかに強靭な意志をもった人物を相手にしているのだ、とクラナットは気づいたのだ。「離婚や別居など、全く必要ありませんでした」

「全く？　二人のどちらかが性的交渉をもつ能力に欠ける場合、法的な離婚は問題なく認められるのですよ。不妊や性的虚弱の場合も、同様です」

「母は、法律をよく承知しています」と、クローンが憤ろしげに言葉をはさんだ。「父も母も、ただ一人寝を好んだ、というだけです。それでよいではありませんか？」

「それでよい、としましょう」と、フィデルマも同意した。「私がその理由をはっきり理解しておくほうが、本当はやりやすいのですけれど」

「私たち夫婦は、一人で寝るほうを好んだ、というのがその理由です」と、クラナットも頑なにそう言い張った。

「そして、そのほかの点では、ずっと夫婦であり続けた？」

「そうです」

「エベルは、第二夫人や側女《そばめ》を求めようとはなさらなかったのですか？」

「そのようなことは、禁じられています」と、クローンが鋭く否定した。

「禁じられている？」フィデルマは驚いた。「アイルランドの法律は、非常に独自なものです。『カーイン・ラーナムナ――婚姻に関する定め』[3]の中で、一夫多妻制度ははっきりと認められており、今もなお、この制度は存続しています。男性は、正妻と側女をもつことができるのです。法律によって、側女にも正妻の半分の地位と資格が与えられております」

「どうしてそのような制度を認めることがおできですの？　キリスト教の修道女でいらっしゃるのに？」と、クローンが詰め寄った。

フィデルマは、彼女を平静な態度で見つめた。

「私がそれを認めていると、いつ言いました？　私はただ、今日もなおアイルランド五王国で効力をもっている法律のことを、あなたがたに申し上げただけです。私がドーリィーであることを、お忘れなく。むしろ、私は驚いています。このような地方の社会で、この制度が否定されていようとは。ふつうでしたら、地方の人々は、アイルランド古来の法や慣習を守り抜きたがるものですのにね」

「ゴルマーン神父様は、複数の妻をもつことは罪である、とおっしゃっていますわ」

「ああ、ゴルマーン神父、またもやゴルマーン神父ですか。このご立派な神父様、アラグリンのラー〔砦〕で大変な影響力をおもちらしい。新しい宗教（キリスト教）のもとで、多くの人が一夫多妻制に異を唱えていることは、事実です。でも、まだ完全にそうなっているわけではありません。現に、『ブレハ・クローリゲ――被害者・弱者救済の定め』[4]を書き写した写書僧は、『旧約聖書』の中に、一夫多妻制の正当性についての根拠を見出していますわ。もし神の〈選民〉が一夫多妻の結婚制度のもとで暮らしていたのであれば、ユダヤ人から見て異教の徒にすぎぬ私どもキリスト教徒に、どうしてこの制度を否定することができましょう?」

クラナットが舌打ちをした。その奇妙な音が、彼女の強い不賛同を表明していた。

「そのような神学論議、ゴルマーン神父様がお帰りになってから、お二人でどうぞ。とにかく、エベルはほかの妻や側女など、必要としてはおりませんでした。私どもは、ここで、睦まじい家族として暮らしてきたのです。それに、エベルと私の固く結びついていた仲は、エベルの死となんの関係もありません。エベルの殺害者は、はっきりわかっているではありませんか」

「ええ、そうですね」話が逸れていたようだ。フィデルマは、ふっと息をついた。「話を問題に戻して……」

「すでに申し上げたこと以外には、何も存じません」と、クラナットは、さっとさえぎった。

「私はエベルの死を、ほかの人たちから聞かされた、ただそれだけです」

「そしてクローンが言われたように、動揺なさった?」

「そうです」

「でも、若い兵士クリーターンを急使としてキャシェルへ遣わし、ブレホンの派遣を願い出るほどには、冷静でいらした?」

「私は族長の妻です。それは、私の果たすべき義務でした」

「夫君の殺害者がモーエンであったと聞かされて、愕然となさいましたか?」

「愕然と? いいえ。むしろ、感じたのは悲しみでした。あの野獣が、遅かれ早かれ、いずれは誰かに襲いかかるであろうことは、避けがたいことでしたから」

「モーエンを、お好きではなかったのですね?」

エベルの未亡人の眉が、戸惑ったように吊り上がった。

「好き嫌い以前に、モーエンを知ることでさえ、誰にできたでしょう?」

「モーエンの思いや望みや憧れを理解する、というところまで彼を知ることは、おそらくできなかったでしょうね。でも、日々モーエンと接しておいででしたか?」

「あれが、ほかの正常な人間と同じような感受性をもっていた、と考えておいでのようですね」と、クローンが嘲るように口をはさんだ。

「視力、聴力、話す能力を奪われていようと、ほかの五感まで失っていることにはなりません」と、フィデルマはクローンの誤りをただした。「クラナット、あなたは、子供だったモーエンが育てられてきた様子を、ずっと見ていらしたのでしょう?」

クラナットは、不快げに口許をすぼめた。

「ええ。でも、あの惨めな者のことなど、何も知りません。生れたての仔豚が次第に育って、やがて仔を産む牝豚となるさまを、私は見てきました。だからといって、豚を知っていることにはなりませんでしょ」

フィデルマは、冷ややかな笑いを浮かべた。

「すると、モーエンを人間としてではなく、動物として見ていらした、ということですね？したがって、彼は、あなたの人生とはなんの関わりもないと？」

「そうおっしゃりたければ、どうぞご随意に」と、彼女は認めた。

「私は、あなたのモーエンに対する態度を理解しようとしているだけです。では、別のお訊ねを。テイファに対しては、どういう態度をおとりでした？　聞くところによると、テイファはモーエンと意思を伝えあっていた、少なくとも、そう見えた、ということですが」

「羊飼いは、自分の羊と意思を伝えあっているでしょうか？」

「また、あなたはテイファとうまくいっていなかった、とも聞きましたが？」

「誰です、そのような無責任な噂話をしたのは？」

「そのようなことはなかったと、否定なさるのですか？」

クラナットはちょっとためらった上で、肩をすくめた。

「私たち、ここ数年、不仲になっていました」

「どういうわけで？」

「テイファは私に、エベルと離婚し、族長の妻としての地位を捨てるようにと、暗に勧めていたのです。気の毒な人、と思いましたわ。でももちろん、それもあの人が自分で招いた不運ですけれど」

「不運？　どういうことでしょう？」

「テイファは、もう婚期を逃《のが》していたのです。満たされない思いの人生をおくっていたのですわ。その不満の中で、捨て児を拾って、養子としました。でも、その子モーエンは、テイファが望んでいたような、子としてのさまざまな感情で彼女に応えてくれることはできない子だったのですから」

「でも、テイファは、ご夫君のお姉様だったのでしょう？」

「あの人は、一人で暮らすのが好きだったのです。祝日などに、こちらに来ることも、たまにはありましたけど。でも、ゴルマーン神父様のキリスト教の解釈には、賛成していませんでした。テイファの住まいはここからわずか三十フィートの所ですのに、あの人、ほとんど隠者のように暮らしておりましたわ」

「モーエンは、どういうわけで、テイファやエベルを殺害したのでしょう？」

クラナットは、両手を広げた。

「先ほど、申し上げましたでしょ。野生の動物がどう考えているのかなど、私にはわかりかねます」

「それが、モーエンに対するあなたの見方なのですね？　ただの野生の動物というわけですか？」

「あれについて、ほかにどのような見方ができますの？」

「わかりました。このラーに暮らしてきた長い年月、モーエンはテイファの家族から、そのように扱われてきたのですね？　野生の獣なのですね？」フィデルマは、クラナットの反問を無視して、さらに追及した。

クローンが、母に代わって答えようとした。

「モーエンは、このラーの中で、ほかの家畜と同じように扱われてきましたわ。多分、ほかの動物よりも、ましでした。ちゃんとした扱いです。手荒な扱いなど、決してされておりません。それ以外に、どんな扱いがあるとおっしゃるのです？」

「このように長い年月、モーエンを見てきながら、あなたは今回の行為を動物の本性が突然現れての発作だったと受けとめておいでになる、と理解してよいのですね？」

「ほかにどんな見方があります？」

「ナイフを見つけ、これまでずっと自分の面倒をみてきてくれた女性を殺し、エベルの住まいへの道を探り、彼をも同様に殺したとなると、よほど狡猾な動物でなければなりません」

「動物が狡猾でないと、言えますか？」と、クローンが切って返した。

クラナットも、苦々しげに顔をしかめて娘に同意しながら、問いかけた。

「お若い尼僧殿、あなたは無理にもモーエンを無罪とする道を探しておいでのように見えます。

なぜなのです？」

　フィデルマは、突然立ち上がった。

「私は、ひたすら、真実を見出そうとしているだけです。あなたの目にどう映ろうと、私の関知するところではありませんわ、アラグリンのクラナット。アイルランド五王国のドーリィーとして立てた誓約にしたがって、私には果たすべき任務があるのです。その仕事は、ただ単に法を犯したのは誰であるかを特定するだけのものではありません。その罪を見定めそれに関する弁償の判決を適切に下すために、なぜ法が破られたのかを見極めることも、私の任務です。でも、今のところ、これで質問は終わりとします」

　激しい怒りの色が母娘の面を染めているのに、エイダルフは気づいた。もし表情で人を殺せるものなら、フィデルマは立ち上がって壇から下りきる前に、死んでいたことだろう。エイダルフも立ち上がり彼女のあとにしたがったが、フィデルマはそれさえ気づかない様子で、集会堂の広間の扉へとさっさと向かっていた。

　外へ出ると、フィデルマは足を止めた。二人は、しばらく無言で立ち止まっていた。

「クラナット母娘の好意をかち得ることには、あまり成功なさらなかったようですね」と、エイダルフはさらりと感想を口にした。

　フィデルマはきらっと目をきらめかせてエイダルフを振り向いたが、それはすぐに悪戯《いたずら》っぽい笑いに変わった。

「私には、大変な欠点がありましてね、エイダルフ。自分でも、それははっきり認めています。でも、ある種の態度には、我慢ならないの。傲慢も、その一つ。それに出会うと、どうしてもその人物に先入観をもってしまいます。そして自分も、同じような態度をとってしまう。〝ほかの頬をも向けよ〟(5)という教えにしたがうことなど、私にはどうしてもできないみたい。そのような教えは、さらなる危害を招くだけだと思いますもの」

「では、少なくとも、ご自分の欠点は認めておいでのわけだ」と、エイダルフがそれに答えた。

「最大の欠点とは、それに気がつかないことですからね」

フィデルマは、小声でくすりと笑った。

「あなたは、だんだん哲学者におなりね、サックスムンド・ハムのエイダルフ。でも、今むき出しにされた激しい感情の中から、重要なことを一つ、学びましたわ。クラナットは、信用できません」

「どうしてです？」

「クラナットは、動転したあまり、夫の亡骸《なきがら》に最後の別れという礼を尽くすことさえできなかった。遺体を見ようとさえしなかった。それなのに、経験浅い自分の娘には十分な法律の知識がないと危惧して、使者をキャシェルに遣わすほどにはしっかりしており、自分の義務を果たすことに懸命に努めた。これは、奇妙に思えますわ」

フィデルマは、礼拝堂へちらっと視線をはしらせた。エイダルフも、その視線を追った。礼拝堂の扉は開いていた。

「恐るべきゴルマーン神父は、戻ってみえたのかしら?」フィデルマはちょっと考えた末に心を決め、「さあ、やってみましょう」と肩越しにエイダルフに呼びかけながら、そちらへ向かった。

エイダルフは秘かに呻きながら、急いでそのあとを追った。すでに想像している人物像からすると、この神父、どうやらフィデルマという猫に対する犬ということになりそうな予感がする。


礼拝堂の内部を包む薄暗がりの中に、何本かの蠟燭がともっていた。足を踏み入れた途端、磨かれた樅材の羽目板をめぐらせた聖堂の中に立ちこめる香煙《インセンス》の芳香が、二人の鼻を襲った。むせるばかりに強烈な香りだ。フィデルマは、素早く内部の豪奢な装飾に目をはしらせた。金縁の額に収まった何枚もの聖像《アイコン》が壁を飾っている。祭壇には、宝石をちりばめた見事な銀の十字架が立ち、その前にはもっとすっきりとした聖餐杯《チャリス》が置かれている。会衆席に、腰掛け《ベンチ》は一つもなかった。信者は礼拝式の間ずっと立ったままで列席するのが、この当時の儀式の慣行なのであった。香料や香辛料をふんだんに使った蠟燭がともされているため、甘美な香りは息も詰まりそうなほど強烈だ。ゴルマーン神父が裕福な教会と信者を誇っていることは、明らかである。

男が一人、祭壇の前にひざまずき、祈禱を捧げていた。フィデルマは礼拝堂の後方に控えた。エイダルフも、彼女のななめ後ろに立ち止まった。男は気配を感じたらしく、肩越しに二人のほうをちらっと見ると、もとの姿勢にもどって祈禱を終わらせた。そして、祭壇に向かって片膝を折って最後の拝礼をしたあと、立ち上がり、二人に挨拶をしようと近寄ってきた。

ゴルマーン神父は、背が高く、ほとんど女性的といってよいほどほっそりとした体格であったが、顔のほうは浅黒く肉付きもいい。赤い唇も、厚かった。白髪交じりの髪は、生え際が後退しているが、かつては、鋭く輝いている黒い目とつりあって、黒々としていたのだろう。若いころの美男の面影を留めてはいるものの、今の彼は、フィデルマの目には、身をもち崩した中年男という印象である。熱烈なローマ教会信奉者として彼女がかなりはっきりと思い描いていた神父像とは、ほど遠かった。彼は轟くようによく響く深い声で、二人に挨拶を述べた。その声だけは、まだ地獄の業火と天罰を約束しそうである。フィデルマは彼の髪が〈コロナ・スピナ〉（ローマ教会の剃髪）であることに気づいたが、これは予想していたことだ。彼が、アイルランド教会派の剃髪ではなく、ローマ教会にしたがう聖職者のしるしであるこの形に髪を剃っているのは、当然だろう。むしろ彼女に奇妙に思えたのは、彼がはめていた粗皮《あらかわ》の手袋のほうであった。

エイダルフが自分と同じローマ教会派の剃髪であるのを目にして、彼の眼差しが和らいだようだ。

「これはようこそ、兄弟よ」と神父は、よく響く低い声で話しかけた。「どうやら、真《まこと》の叡智の道を辿る我々のお仲間でいらっしゃるらしい」

エイダルフは、この歓迎に、当惑した。

「サックスムンド・ハムのエイダルフと申します。このような山間《やまあい》の地に、かくも華やかな礼拝堂を見出そうとは、全く予期しておりませんでした」

ゴルマーン神父は、温かな笑顔を見せて答えた。「ありがたい授かり物です、兄弟。真の教えを信じる我々のために、授けられたものです」

「ゴルマーン神父でいらっしゃいますね？」神父の望む方向へ会話が流れそうになるのを、フィデルマがさえぎった。「私、キルデアのフィデルマと申します」

黒い目が、彼女を見定めようと、きらりと光った。

「ああ、そうでした、ダバーンから聞いておりましたよ、尼僧殿。我がささやかなる教会へ、ようこそ。これを私は、キル・ウールド、すなわち〝典礼の教会〟と名付けています。なぜなら、キリスト教の儀礼に則《のっと》って生きてこそ、我々は真のキリスト教徒としての日々を生きてゆけるのですからな。あなたの来訪に、神の祝福のあらんことを。滞在の日々を神が清め給わんことを。帰路にも神が平和を授け給わんことを」

フィデルマは、彼の挨拶に会釈を返して、こう続けた。

「少しお時間をおさき願えますでしょうか、神父様？　私どもがご当地へやって来ました目的は、むろんご存じでいらっしゃいますね？」

「ああ、知っていますとも」と、神父は認めた。彼は身振りでついてくるようにと合図をして、礼拝堂を横切り、その横手の聖具室と思われる小部屋へと、二人を案内した。腰掛けが一脚ある。その上に、華やかな彩りの外套が、ふわりと置かれていた。その前に、椅子も一脚。神父は黙って外套をどけると、二人にそこに坐るようにと指し示し、自分は手袋を脱ぎながら、椅子に腰をおろした。

もの問いたげなフィデルマの表情を見てとると、彼は「無作法ですが、お許しを」と、弁解した。「実は、ほんの先ほど、ラーに戻ってきたところでしてな。馬に乗るときには、手を痛めぬよう、いつも皮の手袋をしておるのですよ」

「聖職者が馬を乗りまわすというのは、珍しいことのようですが？」エイダルフは、この点が気になった。

神父は、くすりと笑った。

「私には、裕福な支持者たちがありましてな。その人たちが馬を一頭寄進して、私の便宜をはかってくださったのですわ。もし徒歩で信者たちを導いてまわるとなると、一回りに何日もかかってしまいますからな。さて、私に関する話は、このぐらいにしましょう。私は、お二人を、宗教会議の折に、ヒルダの修道院[6]でお見受けしましたよ」

「ウィトビア（第七章訳註7参照）に、来ていらしたのですか？」エイダルフはびっくりした。

ゴルマーン神父は、そのとおり、と頷いた。

「いかにも。(7)私はお二人をお見受けしたが、おそらくあなたがたは私をご記憶ないでしょうな。私はコールマンと共に伝道の旅を終えて、ウィトビアにちょうどやって来ていました。だから代表として出席していたわけではなく、コロムキル（第二章訳註23参照）派とローマ派の教会のそれぞれの長所について両陣営の長老がたが論じられる議論を、ただ拝聴していただけでした」

　エイダルフは、得意げな思いを抑えきれなかった。

「では、あそこにおいでだったのですね、私たちが尼僧院長エイターン(8)の殺害事件を解決し……」

「おりましたとも」と神父は、重々しく答えた。「あのときでした、オスウィー王が賢明にも、ローマ教会こそ真の教会であり、コロムキルの教えにしたがう者は道を誤っている、との結論を出されたのは」

「あなたがローマの教理にしたがっておいでのことは、すでにはっきりとしております」フィデルマは、冷淡な口調で、その点は認めた。

「十分に論議が尽くされた上でのオスウィー王の決定に、誰であれ異を唱えていいものでしょうかな？」と、神父は続けた。「私は自分の教区であるこのアラグリンに帰ってきて以来ずっと、この地の信者たちを、真の道にしたがって導こうと努めております」

「もちろん、神へ向かう道は、いろいろあるはずだと思いますが？」と、フィデルマは彼をさえぎった。

「とんでもない！」ゴルマーン神父の返事は、鋭かった。「唯一の道を歩む者のみが、神を見出す望みをもてるのです」

「そのことに、疑念を抱《いだ》かれたことは？」

「疑念など、毫もありませんな。私の信仰は、ゆるぎないものです」

「それは羨ましいこと、ゴルマーン神父殿。でも、そのような確乎たる信仰に到達されるには、疑念から出発されたはずですが」

「疑うことを止めない限り、魂の自由はあり得ませんぞ」

「主イエスでさえ、最後には疑いを抱かれた[9]のではありません？」フィデルマは底に鋭い反撃を秘めたにこやかさで微笑みかけ、そう指摘した。

ゴルマーン神父は、憤然と言い返した。

「それも、我々に、自《みずか》らの信ずることに常に忠実であれ、と教え給うためだった」

「まあ、そうですの？　私の〝よき指導者〟のタラのモラン[10]は、よくおっしゃっておいでしたわ、〝確信は、真実にとって、公然たる虚言よりもさらに危険なる敵である〟と」

ゴルマーン神父は大きく息を吸いこみ、反論しかけたが、彼女はその先手をとって、片手を軽く上げて彼を押しとどめてしまった。

「私は、あなたと神学上の論争をしに、ここへうかがったわけではありませんわ、キル・ウールドのゴルマーン殿。このたびの任務が終わったあとで、この問題を論じあうことができますなら、楽しいことでしょうね。でも今は、ブレホンの任務のために、お目にかかっております」

「エベル殺害の件で」とエイダルフが素早く言葉を添えた。彼の見るところ、ゴルマーン神父はそう簡単に今の話題を手放しそうにはなかったからだ。

神父は、いささか不承不承の態で宗教論争を諦め、頷いた。

「その件なら、ほとんどお役には立てませんぞ。何も知りませんのでな」

「全く何も？」

「そう、何も」

「でも、あなたの礼拝堂は、エベルの住まいからほんのわずか離れているだけです。夜も、ここでお休みになるのでしたね。つまり、ラーの住人全ての中で、一番エベルの部屋に近くていらっしゃる。となると、何か物音を聞きとるのにもっともいい場所においでだったと、期待したくなりますけれど」

「私が寝るのは、この隣りの部屋です」と言って、神父は彼らの後ろの小さな扉を指し示した。

「だが、はっきり申し上げておきますが、私はエベルの住まいの外での人々の騒ぎによって眠りから覚めるまで、殺人のことは何も知らなかった」

「それは、いつでした？」

「日がさし昇ってからでしたな。エベルが亡くなったと知って、皆がその住まいの外に集まってきていたのですわ。私の眠りを覚ましたのは、彼らの騒々しい声だった。そこで私は、何事かと、外へ出てみた。それ以前のことについては、何一つ知りませんな」

「ローマ教会は、起床時間について、非常に厳しいと思っていましたが」とエイダルフは、ちょっとからかい気味に言ってみた。

彼を見たゴルマーン神父の目は、とても好意的とはいえなかった。

「ローマにおいてよしとされることが、もっと北国の気候のもとで暮らす我々には不都合だ、ということはよくあるものだ。それはわかっておいでだと思うがな、修道士殿。ローマ教会は、聖職者に何時に起床すべしと定めることができる。この地より早く夜が明けるローマでなら、それも結構。早朝の起床にも、正当性がある。しかし、ローマにおいて宗門の兄弟たちがその時刻に起きるからといって、緯度の異なるこのような土地（北緯五十二度ほどの地。サハリン中部とほぼ同緯度）で、暗く寒い時刻に起きだして、なんになるのかね？」

フィデルマは、にっこりと微笑んでみせた。

「では、コロムキル派の教会の規律にも、とり上げるべき美点がある、ということですかしら？」

ゴルマーン神父は、目を尖らせた。痛いところを突かれたのだ。

「修道女殿、私をからかうおつもりなら、それも結構。だが、ローマ教会の諸規則は、主キリストによって聖なるものとされた規則である、という事実は変わりませんぞ……神学上の問題において、あるいは教義の解釈においてはな。ローマと異なるやり方が許されるのは、ただ地理的、気候的に見て、実情に合わない場合のみですぞ」

「結構ですわ。論争は止めましょう……今のところは。あなたは、ちょうど日が昇ったころ、起床なさった。そのとき初めて、エベルの身に何が起こったかをお知りになった。一晩中、熟睡しておいででしたか？」

「深夜に〝御告げの祈り〟（アンジェラスの祈り。毎日、朝昼晩の三回、捧げられる）を唱えたあと、私は床に就いたが、眠りを妨げられるようなことは、何も起こりませんでしたな」

「悲鳴も、助けを求める叫びも？」

「もう、お話ししましたぞ」

「どうでしょう、人はあのような形で襲撃されたとき、助けを求めて叫ぶのではありますまいか？　エベルもまさにそうだったと思えるのですが？」

「聞いたところでは、エベルは睡眠中に刺されたそうな。ほとんど助けを呼ぶ暇《いとま》もないままに」

フィデルマは、考えこみながら、口許をすぼめ、ゆっくりと問い返した。

「助けを呼ぶ暇もないままに？　視力も聴力も話す能力もない男が、誰にも気づかれずに部屋に入りこみ、ナイフを手に取って、エベルを残忍にも数回も刺すことができたというのに、助

いた？」

　半ば、自分へ問いかけているようだった。その間、エベルはランプを灯した寝室で、じっと横になっていた。

　だがゴルマーン神父は、「私は何も聞かなかった」と言い張った。

「モーエンがエベルの遺体のかたわらで見つかった、そして目撃者たちによって、彼が殺人犯とされた、とお聞きになったとき、驚かれましたか？」

「驚いたか、ですと？」神父は、一瞬考えこんだ。「いいや。私の反応は、驚きであったとは言えませんな。野生の動物を家で放し飼いにしておけば、いつかは襲いかかって咬みつくものだと、考えるべきだ」

「モーエンについて、そう見ていらしたのですか？」

「野生の動物だと？　いかにも。近親相姦によって生れた子供は、野生動物と同じだ。私は、その結果であるあの子供に、この礼拝堂の中に入ることを許さなかった。あれは、〈神に呪われし者〉だ」

「それが、苦しんでいる者に対してキリスト教徒がとるべき態度であった、と言うおつもりですか？」フィデルマは激しい怒りに駆られて、彼の言葉をさえぎった。

「あの子供に対して、主は罰をお与えになったのだ。私がそれに異を唱えるべきだと言われるのかな？　そう、あれは、主の与え給うた罰だった。罰として、我々を人間ならしめるものを、あの子供から奪い給うたのだ。主イエスは、仰せになっておられる、〝人の子《ザ・サン・オブ・マン》は天使たちを遣わし、天使たちは彼の王国中から、背く者ども、生きるに不適切なる者どもを集め、地獄の炉の炎の中に投じられよう。そこに、呻きと歯ぎしりの音が満ちよう(11)〟とな。神は、我々を嘉《よみ》し給うと同様、罰をもお与えになりますぞ」

「神は、モーエンに罰を与えんがために、彼をお創りになられた、と信じておいでのご様子ですね。そうではなく、我々がキリスト教の信仰をどこまで広げ得るかをお試しになるために、モーエンをお創りになったのかもしれない」

「なんたる曲解か！」

「そうお思いですか？　いろんな人たちが、質問に答えられなかったとき、あるいは答えたくないとき、よく私を〝その考えは曲解である〟と非難してきましたわ。哀れなモーエン。このラーで、やはりモーエンは、よい扱いは受けていなかったようですね」

質問の響きをもった言葉だった。

「私のキリスト教徒としての倫理を非難なさるのか、尼僧殿？」神父の声は、危険な鋭さをはらんでいた。

「非難など、私がすべきことではありませんわ、ゴルマーン神父殿」それに答えるフィデルマの口調は、物やわらかだった。

「そのとおり！」フィデルマの言葉の微妙な意味を理解しそこねたまま、神父はぴしりとそれに応じた。

「では、モーエンが犯人と固く信じて、そこにわずかな懸念ももってはいらっしゃらないのですね？」緊張感が高まってきたのを少しでも和らげようと言葉をはさんだのは、エイダルフであった。

ゴルマーン神父は、首を横に振った。

「どうして懸念をもつ必要があろう？　複数の証人がおるのですぞ」

「でも、どうしてモーエンがあのようなことをしてしまったのか。その点、一度も疑念をおもちにならなかったのですか？」

「おそらく、いくつか理由があったのでしょうな。あいつは、我々とは全く切り離された、自分だけの世界に住んでいた。あいつの論理、あいつの理屈など、誰にわかろう？　あいつは、この世に生きる我々皆がもっておる動機だの理由だのとは、全く無縁だった。あいつが自分だけの世界の中で、もっと祝福されている人々に対して、いかなる憎しみや恨みを抱いていたのか、誰にわかりましょうぞ」

「では、あなたも、モーエンに人間としての感情があったことは、お認めなのですね？」と、フィデルマがさっと突っこんだ。

「そうした感情なら、動物にだって、ありますわい。たとえば、虐待されてきた犬は、いつか相手に襲いかかるかもしれぬ」

フィデルマは、何か考えめぐらせているかのように、身をのりだした。

「エベルがモーエンを虐待していた、とおっしゃるのですか?」

「私は一般論を述べたのであって、特定の人物を指しているのではありませんぞ」と、神父は言質《げんち》をとられまいとした。

「テイファも、モーエンに酷《ひど》い扱いを?」

「いや。あのご婦人は、あいつを溺愛しておられた。アラグリンの族長のほかのご家族は、その反対であったが」

フィデルマは、神父が無意識に投げてくれた餌に、即座に食いついた。

「その中に、エベルも入っているのですね?」

「とりわけ、エベルはそうだった。クローンが父親でなく母親に似てくれるよう、祈るしかない」

フィデルマの目が、厳しく細められた。

「でも私は、多くの人たちから、エベルは親切と寛大そのものだった、アラグリンで全ての人人から敬愛されていた、と聞かされましたが。偽りを聞かされていたのでしょうか?」

ゴルマーン神父は口許を歪めて、苦々しげな笑いをもらした。

「エベルには、一つだけ、祝福されてよい点があった――彼は、ごく気前のいい男だった。だがそこで、彼の美徳は終わりだ。あの男の人生は、長い悪徳の道だった。どうして彼の妻が夫と寝所を別にしていると思いなさる?」

「彼の妻に、それを訊ねてみました。でも彼女は、互いの合意でそうしていたのだ、としか答えてくれませんでしたわ」

ゴルマーン神父は、信じられぬとばかりに、鼻を鳴らした。

「私は、法が認める正当なる離婚を勧めましたよ。だが、あのご婦人は、小王国の王女としての地位にふさわしく、きわめて誇り高い女性《にょしょう》でな」

「エベルと離婚するようにと説得なさったのは、なぜでした?」

「なぜなら、エベルは結婚生活にふさわしい男ではなかったからですわ」

「しかしクラナットは、そうは考えていなかった。少なくとも、私にはそう言っていました。そこのところを、もう少しはっきりさせていただけませんか?」

「私に言えるのは、エベルは……」彼は身震いをすると、片膝を軽く折ってそっと祈りの仕草をした。「このような言葉を使って申し訳ないが、あの男は性的に歪んでおったのです」

「どのように?」とフィデルマは、さらに迫った。

「彼は、女性より、少年や若者を好んだ、ということですか?」と、エイダルフは敢えて言ってみた。モーエンが彼を殺害したとすると、突然その理由が見えたように思えた。「エベルは、モーエンを、辱めていたのですか?」

ゴルマーン神父は、顔に恐怖の色を浮かべて、両手を上へさし伸べた。

「違う、そうではない！　違うのだ。エベルは、異性を好んだ……おそらく、あまりにも激しく！」

「ああ、わかりました。それで、クラナットは、そのことを知っていたのですか？」

「誰もが、知っとりましたわい。クラナットは、おそらく、一番最後にそれを知った人間だったかもしれん。エベルは、思春期に達してからというものずっと、女性を好み続けていた。彼の姉妹たちも、それをよく知っていた。そのことを、とうとうクラナットに打ち明けたのは、テイファだったようだ。クラナットから、そう聞かされましたよ。クラナットが夫婦の寝所を別にしようと決心したのは、そのときだった」

「クラナットは、なぜエベルの許を去らなかったのでしょう？」

「娘のクローンのためでしょうな。また、離婚がもたらす屈辱のためであったのかもしれん。それに、クラナットはデイシの人々の王女ではあるものの、自分の財産といえる金や土地は、全然持っていなかった、という事情のせいもありましょう。彼女は、エベルの財産のために、彼と結婚した。エベルは、彼女の家柄と、彼女の一族のもつ人間関係の利点のために、彼女と結婚した。おそらく、結婚生活を築くよき基盤とはいえますまい」

「わかってきましたわ。でもクラナットは、彼と離婚する権利を法によって十分認められたでしょうに？　もしクラナットが、あなたのおっしゃる理由でエベルとの離婚を申し立てた場合、結婚の際に持参したものを全部とり戻す権利が、彼女にはあるはず。もし持参金が一切なかったとしても、エベルの財産が結婚期間中にそれ以前よりも増えていたら、その増加分の九分の一は、離婚に際して自動的に彼女のものと認められます。ですから、クラナットは、財産を何一つ持たずに結婚したのであっても、結婚していた二十年ほどの期間中に増加したエベルの富の九分の一という財産で、かなり豊かに暮らしてゆけるだろうと思いますが」

それに答えるゴルマーン神父の声には、苦い思いがかすかにうかがえた。

「でしょうな。そうでしょうとも。私も、クラナットを援助できたはずだし。ところが彼女は、留まることを望んだ」

フィデルマは考えこみながら、彼を見つめた。

「あなたは、クラナットのことをとても大切に思っておいでなのですね」

神父は、さっと赤くなった。

「恐るべき悪徳をただそうとするのに、なんら不都合はありますまい」

「何もありませんとも」とフィデルマは、はっきりと同意した。「でも、このことでエベルとあなたの間に溝ができたということも、あり得ましょうね。ところで、あなたは、モーエンは死をもって罰されるべきだと、固く信じておいでだとか。そうなのですか？」

「神の御言葉に、明白にあるではありませんかな？　人がもし他人の目を損なえば、自分も目を失わねばならぬと。私は、我々の信仰とローマの教えが説く〝懲罰〟を、全面的に正しいと信じております」

フィデルマは、首を振った。

「極端な正義は、しばしば悪に通じます」

ゴルマーン神父の目がぎゅっと細められた。

「ペラギウス[12]流の小賢《こざか》しさだ」

「賢者の言葉を引用して、どこがいけません？」

「アイルランド教会の中には、ペラギウス流の〈異端《ヘレシィ》〉が充満しているらしい」と、彼は冷笑した。

「ペラギウスは、それほど〈異端〉でしょうか？」フィデルマは穏やかな口調で、そう質問を放った。

ゴルマーン神父は激怒のあまり、息を詰まらせんばかりであった。

「それを疑われるのか？　キリスト教の教会史[14]をご存じか？」

「教皇ゾーシムス[13]が、ヒッポのアウグスティヌスからの圧力にもかかわらず、〈異端〉として糾弾されているペラギウスは無罪である、と宣告を下されたことも、ちゃんと知っていますわ。その後、アウグスティヌスは、ローマ皇帝ホノリウス[15]を説得して、ペラギウスを有罪とする皇帝布告を出させましたけれど」

「しかし、教皇ゾーシムスも、結局は、ペラギウスは〈異端〉であると、有罪宣告をなさった」

「ローマ皇帝からの圧力に屈したのです。そのようなもの、決して神学上の決定とはいえませんわ。皮肉なものですわね、ペラギウスは自分の著書『自由なる意志について』をもって、〈異端〉と断罪されてしまったのですから」

「では、あなたも〈異端〉を支持されるわけか、ほかのコロンバ（コロムキル）の一党のご多分にもれずに」ゴルマーン神父は、侮辱的な態度をあからさまにした。

「私どもは、我々の心を理性に対して閉ざそうとはしません。ローマ教会は、自分の信奉者たちに対してそう求めているようですけれど」とフィデルマも、鋭く反撃にでた。「そもそも、〈異端〉とはなんなのでしょう？　この〈異端〉という言葉は、ギリシャ語では、単に〝選択をする〟という意味ですわ。自由に〝選択をする〟ということは、人間の本性です。とすれば、我々は皆、異端者ということになりますわね」

「ペラギウスは、アイルランド流のたわ言の塊だ！　彼は、〈人間の堕落〉と〈原罪〉を説くアウグスティヌスの教義に、真理を見出すことを拒否した男だ。彼の〈異端〉が有罪と宣告されたのも、当然だわ！」

「アウグスティヌスも、人間の〈自由なる意志〉を説くペラギウスの思想に真理を見出すことを拒否したのではありません？」と、フィデルマも激しくやり返した。

「あなたは曲論を弄しているだけではない、自分の魂をも危機にさらしているのですぞ」ゴルマーン神父は顔を朱に染めて、激昂した。

ところがフィデルマは、いっこうにたじろぎもしない。

「では、事実を検討してみましょう。人間の罪のそもそもの始まりは、アダムにあった。そして、その罪ゆえに、アダムとその末裔は、神により罰された。ここまでは、よろしいですね？」

「それは、救世主イエスの犠牲によってこの世が救われるまで、あらゆる人間が代々担わねばならなかった神の呪い[16]だった」と神父は、まだ怒りをくすぶらせつつも、そう同意した。

「ところが、アダムは神の命《めい》にしたがわなかったのでしたね？」

「そのとおり」

「でも、神は〈全能《オムニポテンツ》〉である、アダムはその神が創り給うた者だ、と我々は教えられております」

「人間は、神に、〈自由なる意志〉をも与えられた。ところがアダムは、それを使って公然と神に反抗した。それゆえに、アダムは〈神の恩寵〉からはずされてしまった、ということだ」

「そこで、ペラギウスは問いかけています。そもそも楽園から逐《お》われる前の段階で、アダムには、そうした善悪を選択する力があったのだろうかと」

「アダムには、導きとして、神の命令があった、と我々は教えられていますぞ。神はアダムに何をすべきかをお教えになっておられたのだ。ところが、彼は女性に誘惑されてしまったのです」

「なるほど、女性、ですか」かすかに、強調が聞きとれた。エイダルフ修道士は、居心地悪げに身じろぎをした。彼は、フィデルマが議論に夢中になって、質問の好機を逸しなければいいがと、気が気でなかったのだ。そこでちらりとフィデルマを見やると、彼女はもう身をのりだしており、知力の対決を大いに楽しんでいるではないか。

「神は〈全能〉でいらっしゃる。その〈全能〉のお力で、アダムとイヴをお創りになった。ところで、その段階で、神のご意志はアダムとイヴを導くに十分だったのでしょうか?」

「人間にも、〈自由なる意志〉が与えられていたではないか」

「となると、アダムの意志、女の意志は……」と、ふたたびかすかな強調が聞きとれた。「神のご意志より、強かったわけですね?」

ゴルマーン神父は、かっとなった。

「違う。もちろん、そのようなことはない。神は〈全能〉でいらっしゃる……しかし、神は人間にも〈自由意志〉をお許しになったのだ」

「では、論理的に詰めてゆくと、神は〈全能〉であり、ゆえに罪を回避させることもおできになったはず。にもかかわらず、神はそうはなさらなかった、ということになりますよ。〈全能〉であるからには、神はアダムが何をしようとしているかを、ご存じだったはずです。我々の法律に照らしあわせてみると、この件で、神も共犯であった、ということになります」

「なんたる瀆神だ!」と、ゴルマーン神父は喘いだ。

「それだけではありませんよ、ゴルマーン」と、フィデルマは容赦なく言葉を続けた。「論理的につきつめるなら、神はアダムが罪を犯すことを黙認なさった、とさえ言えますわ」

「なんという神聖冒瀆だ！」と、ゴルマーンは恐怖に喘いだ。

「さあ、論理的にまいりましょう」とフィデルマは、ゴルマーン神父の反応に毫も動じようとはしなかった。「神は、〈全知《オムニシャンス》〉でもいらっしゃる。神はアダムを創り給うた。もし〈全知〉でいらっしゃるのなら、神はアダムが罪を犯すことをご存じだった。もし人間がアダムの罪ゆえに呪われたと考えるのであれば、神には人間が呪われるであろうこともおわかりになっていたはずだ、ということになります。そうすると、神は、苦しみを味わわせるために無慮無数の人間をお創りになった、ということになりますね？」

「あなたには、またあなたの狭小なる魂には、天地万物の大いなる神秘が全く理解できていないのだ」と答えるゴルマーン神父の声は、荒々しかった。

「森羅万象の神秘への道に向かおうにも、神話を作り上げてそれを曖昧にしてしまっては、到底真理に到達することはできますまい。同国人であるペラギウスの教えに私が賛同する所以《ゆえん》も、そこにあります。それにしても、どうしてローマは、我々の教会を常に攻撃するのでしょうね。ここアイルランドでのみならず、我々と哲理を共にするブリトン人やゴール人までも攻撃を受けています。あらゆるものに〝何故？〟と問いかけるのが、我々の特性です。そしてこの〝何故？〟を通してのみ、〈大いなる真理〉に到達する可能性が出てきますのに。我々は、〈真理〉

の側に立たなければなりませんわ、たとえ全世界を敵にまわすことになろうとも」

フィデルマは、急に立ち上がった。

「お時間をおさきくださり、ありがとうございました、ゴルマーン神父殿」

礼拝堂を出てから、フィデルマはエイダルフと視線を交わした。

「これで、霧がほんのわずかながら、晴れてきたようね」とフィデルマは、満足げな様子でエイダルフに語りかけた。

彼は戸惑って、顔をしかめた。

そして、「ペラギウスについてですか？」と、訊ねてみた。

フィデルマは、くすりと笑った。

「ゴルマーン神父についてですよ」と、彼女は相手の思い違いをただした。

「ゴルマーン神父がなんらかの形で関わっていると、疑っておいでなのですか？」

「私は、誰のことでも、なんらかの点で疑っていますわ。でも今言いましたのは、あなたのおっしゃるとおり、ゴルマーン神父についてですわ。彼がクラナットを熱愛していた、あるいは今も、熱愛している、という点が、はっきりしました」

「二人とも、あの年齢で？」エイダルフには、これはひどく不快なことだったらしい。

フィデルマはびっくりして、連れを振り向いた。

「いくつであろうと、人を愛する気持ちはもてますよ、サックスムンド・ハムのエイダルフ」

「でも、あの齢の女性と、僧侶が……？」

「聖職者に結婚を禁じる法律など、ありませんわ。ローマ教会でさえ、結婚を禁じてはいません。もっとも、ローマ教会がこれを嫌っていることは、私も認めますけれど」

「では、ゴルマーン神父には、エベルの死を望む理由があるのかもしれない、とおっしゃるのですか？」

フィデルマは、ほとんどなんの表情も浮かべることなく、それに答えた。

「ええ、理由なら、十分ありましたわ。でも、その望みを実現したり手配したりする手段は、何ももっていませんでした」

第九章

夕方、フィデルマとエイダルフは、湯浴みのあと、二人だけの食事をとった。クローンは、礼法の定めに悖《もと》るにもかかわらず、彼らを集会堂の広間での夕食に招待しようとはしなかったのだ。エイダルフは、自分たちが孤立を味わわされていることに、別に驚きはしなかった。今日一日の出来事を振り返ってみればわかる。フィデルマがアラグリンのラー〔砦〕で見出した友人は、あの哀れなモーエンしかいなかったのだから。彼女は、ほかの誰とも、友好的な関係を結んではいなかった。クローンとその母クラナットがフィデルマと親しく付きあおうとしたがらないのも、不思議ではない。

来客棟へ二人の食事の盆を運んできたのは、おどおどとした少女だった。黒っぽい髪の、十五、六歳の娘で、異様なほど蒼白い顔色をしている。二人を恐れているようだ。フィデルマは親しげな口調で話しかけて、少女をできるだけ安心させようとしてみた。

「なんという名前なの？」

「グレラです、尼僧様。ディグナットの下で、台所仕事をしてます」

フィデルマは、気を楽にさせるように、微笑みかけた。

「仕事は、楽しくやっていますか、グレラ?」

少女はかすかに眉をひそめた。

「これが、あたしの仕事ですから」彼女は、ただそう答えた。「あたしは、お頭《かしら》のお館《やかた》の台所で育ちました。ふた親とも、いません」これで全て説明がつくというかのように、彼女はそうつけ加えた。

「そうだったの。では、族長の館で育ててもらったのですから、エベルの死は、さぞ悲しかったでしょうね?」

少女は激しく首を横に振って、フィデルマを驚かせた。

「いいえ……悲しくなんぞ。でも、レディ・テイファが亡くなられたのは、悲しかったです。とてもお優しい方でしたから」

「では、エベルのほうは、優しくなかったの?」

「テイファは、優しくしてくださいました」少女は不安げに答えた。明らかに、亡くなったあるじのことを悪く言うのを恐れているのだ。「レディ・テイファは、誰にでも優しかったです」

「では、モーエンは? モーエンのことは、好きでしたか?」

グレラは、ふたたび戸惑った表情を見せた。

「モーエンがそばにいると、なんだか不安で。モーエンに何かするようにって言えるのは、テイファだけだったんです」

「彼に言える？」フィデルマは、すぐその言葉に飛びついた。「どういうふうにして、モーエンに話していらしたのかしら？」

「何か方法がおありだったんです」

「それがどういう方法だったのか、知っているかな？」と、エイダルフも熱心に言葉をはさんだ。

少女は首を振った。「いえ、全然。何か、二人だけにはわかる指叩きみたいなもんだって、みんなは言っとりますけど」

フィデルマは興味をそそられた。

「自分で見たことは、あるの？　それとも、テイファから、どうやるのか、聞かせてもらったことがありますか？」

「テイファがそうしてなさるとこ、何度も見ました。でも、全然わかりません。きっと、よく知ってる人の手に触ることで、モーエンはおとなしくなってたんじゃないですか？」

フィデルマは、失望した。

だがグレラは、何か記憶をまさぐるように、首をかしげた。そして、ちらっと微笑を浮かべた。

「思い出しました。テイファは、このやり方を教えてくれたのはガドラだって、言ってなさいました」

「ガドラ？　それ、誰なのです？」ふたたび、希望が戻ってきた。

グレラは身震いをして、片膝をちょっと折って、祈るような動作をした。

「ガドラって、お化けです。みんな言ってます、悪い子供たちの魂を盗っちまうんだって。でも、もう行かないと。きっと、ディグナットがあたしを探してます。まずいことになっちまいます」

娘が立ち去ったあと、二人は食事を始めたが、それぞれ思いに耽りながらの、ほとんど無言の食卓だった。やがてエイダルフは、フィデルマにいやな顔をされるのを承知の上で、このところずっと気がかりであったことを敢えて話題にした。

「賢明なやり方でしょうかねえ」と彼は、考えつつ切りだした。「皆の感情を故意に逆撫でにしてみるというのは？」

皿の上の食物を見つめながら考えごとに没頭していたフィデルマは、つと顔を上げた。

「その口振り、不賛成だというように聞こえますね、サックスムンド・ハムのエイダルフ？」

彼女は厳めしい態度で、彼を見やった。だが、目には、悪戯《いたずら》っぽいきらめきがのぞいていた。

エイダルフは、弁解気味に、顔をちょっとしかめた。

「失礼でしたら、お許しを。でも、時々、もう少し婉曲な言葉で聞き出しても、同じような結果が……」

「私が必要以上に無作法だった、とお思いになるの？」フィデルマは、師の忠告を求める弟子のような熱心さで、エイダルフをさえぎった。

なんだか、怪しい。こんな態度のときのフィデルマは油断がならないと、エイダルフはよく知っていた。彼は、首を振った。

「以前、母に言われたことがありましてね、刺繍をほどくのに、斧を使おうとしてはいけないと」

フィデルマは、純粋に驚いて、彼を見つめた。

「これまで一度も、お母様についてお話しになったこと、なかったわ、エイダルフ」

「もう、亡くなっていますので。でも、賢明な女性でした」

「お母様のお知恵にしたがうことにしましょう。でも、ときには、目の前に傲慢という厚板の扉が立ちふさがっていて、中の人間と話すためには、斧でもって戸を叩き壊さなければならないこともありますわ。尋常の礼儀作法でもって接すると、傲慢な人々は、それを弱さの表れだとか、どうかすると、へつらいだとさえ、みなしがちですもの」

「扉を叩き壊して、本当に真実に到達できましたか？」

フィデルマは、首をかしげた。

「閉ざされている目の前の扉をそのままにしておくよりは、そのほうが真実に近づけたと思いますわ。でも、おっしゃるとおり、完全な真実までは、まだまだ前途遼遠でしょうね」

「どうすれば、そこへ到達できるとお考えです？」

「食事をすませて、ダバーンを探してみます。きっと、そのガドラというお化けが本当に存在するものかどうか、わかりましょうから。もしその人物が実際に存在していて、さらにモーエンとの交信手段も教えてくれることができれば、私たち、真実にぐっと近づけるかもしれませんわ。モーエンが知っていることを、私たちも知ることができればねえ……」

　エイダルフは、懐疑的だった。

「小さな子のお伽話にすぎませんよ。やれやれ、子供たちの魂を盗むお化けとはねえ！」

「お伽話の背後には、よく真実がひそんでいるものですわ、エイダルフ」

「仮定が多すぎますよ、フィデルマ」

「どういうふうに？」

「まず、このお化けが実在している、と仮定しておいでだ。それに、グレラは、このガドラなる者がモーエンとの交信手段をテイファに教えた、と言っていましたが、彼女の言葉を正しいとご覧になるのも、仮定です。そもそも、あの者との交信手段が何かあるはずだ、と思っておいでなのも、仮定なのでは？　この件に光を投げかける何事かをあの者が話してくれるという仮定が、さらに続く。そして、究極的に、あの者が無実だという仮定をもっておいでになる」

　フィデルマはテーブルの食器の横に、掌《てのひら》を伏せて両手を休め、椅子の背に身を預けると、答える前に、相手を一、二分、じっと見守った。

「私の仮定は、モーエンは無実だという確信そのものなの。説明はできませんし、これといった証拠もありません。でも、自分の感覚が何かおかしいと感じとったものは、やはりおかしいのだ、という思いが私にはあるのです。自分の感覚への信頼と言ってもいいかしら。人々に正しいと論じられていることでも、私が違うと感じたら、それはやはり違っているのだ、という論理よ」

エイダルフは、口をすぼめた。

「最たる欺瞞は自己欺瞞だ、という言葉は、正しいのでは？」

「私が、自分を欺いている、と考えておいでなの？」

「そう見えることは、やはりそのとおりであるのかもしれない、とご注意を喚起しているだけです」

フィデルマはくすっと笑うと、片手を伸ばして、エイダルフの腕に手をそっと置いた。

「エイダルフ、あなたは私の良心の声よ。私があまりにも熱中してしまうと、あなたはいつも手綱を引き締めて、私の性急な態度を抑えてくださるわ。でもやはり、このお化けを、ガドラなる人物を、探し出してみましょう、もしこの人が実際にいるものなら」

エイダルフは、溜め息をもらした。

「おそらく、実在しているのでしょうよ」すでに立ち上がり、ダバーンを探しに行きかけている彼女の背中に、エイダルフは諦め顔でそう答えた。

厩舎《うまや》で見張りの役に就いていたのは、クリーターンだった。フィデルマは彼から、ダバーンはラーにはいないと聞かされた。

小生意気な若者は、あまり協力的ではなく、フィデルマは幾度か強くうながしたうえで、やっと説明を引き出すことができた。

「ダバーンは、騎馬の兵士を何人か連れて、山の上の放牧地へ出かけてまさあ」

「何か、不都合なことでも？」と、フィデルマは説明を求めた。「もう日暮れも近いというのに、その一隊はどうして出かけなければならなかったのです？」

クリーターンは、機嫌が悪かった。

「どうってことないですよ。心配ご無用でさ、尼僧様。ラーには、兵隊は何人も残ってますんでね」

フィデルマは若者の不機嫌な返答に対する不快感をぐっとこらえて、さらに問いただした。

「それにしても、ダバーンが馬を急がせるわけが、何かあったのでしょう？」

「山の向こうの、淋しい地域にある農場の一つから、家畜泥棒に襲われたって知らせが届いたんでさ」

「家畜泥棒？」フィデルマはすぐに興味をもった。「何者だったのです？」

「それを見つけに、出かけたんでさ。きっと、二、三週間前にこの谷で家畜を奪ってった奴らと、おんなし連中だ。ほんとなら、俺もダバーンと一緒に出かけてるはずなのに、モーエンのお蔭で、見張り番でここに残されちまった。こんなのって、不公平でさ」

フィデルマの目には、この若い兵士は、一人前の男というよりも、むくれている子供にしか見えなかった。

「兵士であるということは」と、フィデルマは、注意深く言葉を選んだ。「ただ義務にしたがうことではなく、その義務を自分に課せられた使命として、それに喜んでしたがうということなのですよ」

クリーターンは困った顔になった。

「言ってなさること、俺にはよくわかんないです」

「そうでしょうね。それよりも、クリーターン」と、彼女はすぐ話題を変えた。「教えてくれますか？　ガドラという名前に、何か心当たりはありませんか？」

若者は、厭《いと》わしそうな顔を見せた。

「子供らの魂を盗っちまう化け物っていわれてる奴でさ。ここいらの人間は、子供をおとなしくさせるために、この名前をもち出しておどかしとります」

「では、実在の人間？」

「ダバーンがそいつのこと話すの、聞いたことありますよ。俺、化け物なんて信じないから、一度訊いてみたんでさ」

「それで、ダバーンはなんと答えました？」と、フィデルマはさらに問いかけた。

「ダバーンの話じゃ、彼の若いころ、ガドラは山の奥に住む隠者だった、そして新しい教え

（キリスト教）を受け入れようとしなかったんだって」

「まだ、生きているのですか？」

「この話、もう何年も前のことだから、どうかな。山ん中の細い谷の奥の林に住んどったんです。どこだか、俺は知らないけど。きっと、ダバーンなら知ってるかも」

フィデルマは若者に礼を言うと、エイダルフにそのことを知らせようと、来客棟へと戻っていった。

エイダルフは、「今度は、何を？」と訊ねた。

「今度？　明日まで、待つしかないでしょうね」


数頭の馬がラーへ入ってくる物音でフィデルマが目を覚ましたのは、もう真夜中を過ぎた時刻であった。聞こえてくる寝息からすると、エイダルフは自分の仕切りの中で、ぐっすり眠っているらしい。彼女は起き上がると、マントを肩に羽織って、裸足のまま、来客棟の正面を見わたせる窓辺へと、足許を探りながら近寄った。

門のところで、男が一人、馬から下りようとしていた。松明《たいまつ》の明かりで、厩頭《うまやがしら》のメンマであることが見てとれた。彼女は、寝床に戻ろうとした。ちょうどそのとき、集会堂の正面の暗がりから、人影が一つ、つっと現れた。その人物は松明の明かりの中へと歩み寄り、赤髪の男に声をかけた。

ゴルマーン神父だった。勢いこんだ動作で、両腕を振りまわしている。激しい口調でしゃべっているが、何を言っているのかまでは、聞こえない。

驚いたことに、メンマも同じような激しさで答えている様子だ。

ゴルマーン神父が片手を来客棟のほうへ伸ばしている。明らかに、エイダルフと彼女自身が、言い争いの原因なのだ。なぜだろう？

一、二分ほどすると、メンマは手綱をぐいっと引いて、馬を厩舎のほうへと連れ去った。ゴルマーン神父は両手を腰に当てて、しばらくの間メンマの後ろ姿に視線を向けていた。そのあと、彼もまた急に向きを変えると、自分の礼拝堂へと足早に立ち去った。

フィデルマは、考えこみながら、寝床へ戻った。

グレラが運んできていた朝食をとろうとフィデルマがエイダルフの前に姿を現したときには、太陽はもう明るく輝いていた。来客棟の窓から射しこむ暖かな陽射しが、心地よくフィデルマに降りそそいだ。すでに食事を終えたエイダルフも、椅子にゆったりと坐っている。フィデルマは、無言でこの日最初の食事をとり始めた。それが終わるのを待ってエイダルフは、これからの予定を間接的な言葉で訊ねてみた。

「もう、ダバーンは帰ってきているのでしょうかねえ？」

「これから、探しに行ってみます。彼ならこの隠者に関して、もう少し、知っているかもしれませんから」

　そしてエイダルフには、自分がダバーンに会いに行っている間にラーのほかの住民たちから情報を集めておいてほしいと、指示を与えた。

　フィデルマは来客棟を出ると、集会堂の石壁沿いに進んでいった。

　そのとき、話し声と荒っぽい笑い声が聞こえて、彼女の足を止めさせた。その声には、確かに聞き覚えがある。

　フィデルマは建物の陰にたたずみ、幾棟かの建物の間から、声の聞こえてきたほうを見やった。馬に乗った男だ。まだ道中の埃を払っていないところを見ると、たった今やって来たらしい。男は馬から下りて、手綱を腕に掛けたまま立っている。背が高く、がっしりとしたその男が何者かは、すぐにわかった。農場主のマードナットだ。リス・ヴォールで、彼女が判決を下した男である。だが、息が止まるほど驚いたのは、彼が女を抱きしめていたからだ。彼の接吻に、女のほうも若い娘のような情熱で応えている。すらりと背が高い金髪の女性で、多彩な彩りのマントをまとっている。

　女が相手の荒々しい抱擁から身を引き離したときになって初めて、それが誰だかわかった。クラナットだった。エベルの未亡人だった。

　フィデルマは、本能的に建物の陰にさらに身をひそめて、逞しい農場主をもっとよく観察しようとした。族長の未亡人を抱きしめている彼は、つい数日前に七カマルの土地を失った男にしては、ごく満足そうに見える。二人の親密さを見てとるには、別に経験をつんだ目を必要とはしなかった。マードナットがふたたび高笑いを響かせると、クラナットは彼の唇に指を一本伸ばしてそれを封じ、気遣わしげな視線であたりをさっと見まわすと、彼をこっそりと背後の建物の中へ招き入れた。マードナットは建物の外の欄干に手綱を結ぶや、すぐそれにしたがった。

フィデルマは、二人が姿を消すまで待ってから、考えこみつつ集会堂のほうへと、うつむきがちに歩き始めた。だが、何か予感でも感じたのだろうか、フィデルマは来訪を告げることにためらいを覚えた。そこで、そのまま建物の中へ足を踏み入れた。多分、無意識のうちに、気がかりそうな口調の会話を聞きとっていたのかもしれない。最初に耳に入ってきた声は、ダバーンのものであった。

「あの人に、もっと丁重な態度をとられるほうがいい」と、彼は熱心に説いている。「少なくとも、あの人の反感を掻き立てないよう、気をつけなさらんと」

「どうして、いけないの？　あの人、ここにそれほど長いこと滞在するわけではないのに。それに、彼女、あれこれ指図しすぎるわ」

フィデルマは、眉を寄せた。第二の声は、クローンのものだった。二人の声は、これまた戸が開いたままの横手の小部屋から聞こえてくる。フィデルマは、猫のようにひっそりと、その戸へ近寄った。

「あの人がコルグー王の妹だということは、わかってますよ。しかし、コルグーが妹を、ただこの事件のためだけに寄こされたとお思いか？　あの緑の目は、何一つ見逃しゃしませんぜ」

「おや！　あの人の目の色に気がついていたのね？」と、彼女の返事は不機嫌だった。フィデルマは、タニスト〔後継予定者〕の声に嫉妬を聞きとって、目を見張った。

ダバーンが笑い声でそれに応えた。

「あの人が決して侮《あなど》れない人間だってことに気がついているってだけですよ。あの人の機嫌を損じないほうが、得策ですぜ、大事なクローン」

フィデルマは、ダバーンの口からさらりと出たこの親しげな呼びかけに、驚かされた。

「もちろん、彼女、信じてはいないのでしょ、モーエンが無実だなんて？」クローンの声は、わずかに静かになった。

「疑ってなさる、と思いますぜ。ゴルマーン神父さんも言ってなさった、あの修道女はモーエンの無実を証明しようと決心しとるぞって。神父さんは、昨日の夕方、あの人と会ったあと、ひどく動揺してなすった」

「この事件、ずっと簡単に解決できたはずなのに。お母様が私に任せてさえくださってたら」

「そう簡単には、運ばんでしょうな、クローン。あの人がもしモーエンは無実だと信じれば、誰がエベルを殺したかと、ここら中探しまわりますぜ。あの人と仲良くしときなさるほうがいい」

かすかに、息をのむ気配がした。

「あの人、私がどんなにエベルを憎んでいたかを見つけ出してしまう。そういうこと？」

「やがて、誰もがエベルをどんなに憎んどったかを、嗅ぎだすでしょうな」と、ダバーンが答えている。「とにかく、あのマードナットの馬鹿をなんとかうまくあしらってしまいなさるがいい。あいつ、一騒ぎ起こす気で、この時期をわざわざ選んで、このラーへやって来たんですわ。あいつに、帰れ、と言ってやること、できませんかね？　来週には全てが片付いているだろうから、そのころ出なおしてこいって」

「私には、無理よ。だって、あの男、すごく無神経だもの。こういう事情を理解できるような男じゃないわ。なんだか、厄介なこと、ひき起こしそう。ああ、私、こんなことじゃ駄目ね。自分でなんとか対処できなければいけないんだわ。マードナットに私の決定を伝えてちょうだい。正午に、この広間へやって来るようにって」

「それに、あの修道女に対しては、もっと丁重に」

「もう、お行きなさい」クローンの声が、しっかりしてきた。「しなければならないことが、山ほどあります」

フィデルマは素早く引き下がって、扉のところまで戻った。彼女はそこで向きなおり、今来たかのように装《よそお》って、小さな槌を手に取り、木板を叩いてから、広間へ入っていった。クローンが横手の部屋から出てきた。一人だけで。彼女は、目に警戒の色を浮かべながらも、十分に礼儀正しくフィデルマに挨拶を述べた。

「ダバーンを探しているのですけれど」フィデルマはまずそう告げた。

「ダバーンがここにいると、どうしてお考えになったのです？」タニストの問いは、警戒気味だった。

「あなたの護衛隊の指揮官を探すとすれば、まずここではありません？」とフィデルマは、そ知らぬ顔で問い返した。

クローンは自分の失言に気づいて、無理に微笑を浮かべた。

「今は、ここにいませんわ。昨夜は遅くまで出かけていましたから、多分まだ起き出していないのでしょう」嘘は、よどみなく彼女の口から流れ出た。「ダバーンを見かけましたら、お探しになっていたと、伝えておきます。では、よろしければ、失礼させていただきます、大事な仕事があって、その準備をしなければならないもので」

フィデルマは、そう簡単に追い払える相手ではなかった。

「準備とは？」

「今日、裁判を行なわなければならないのです」クローンは、そう答えた。「母は私の法律知識を信用していませんけれど、ちょっとした事件でしたら、私も裁判官を務めることができますので」

そのとおりだった。もし手近に正式のブレホン〔裁判官〕がいない場合、重大な事件でない限り、族長には裁判官を務める権利があるのだ。

「どういう事件です？」

「尼僧殿に関わっていただくようなことでは、ありません」即座に返事が返ってきた。だがクローンはすぐ、自分を抑えて譲歩した。「家畜の不法侵入ですわ。農民の一人が、損害を受けたとして、同じ地域に住む別の農民を訴えています。急を要することなのです。訴え出たほうが、ひどく怒っているものですから」

家畜の越境は、よくある事件だ。隣人の家畜によって土地や収穫が被害を受けるという問題は、牧畜農村における主《おも》な訴訟事件である。そこで、ふつうは、隣人同士で前もってタルギラという補償の約束をとり決めておき、将来起こるかもしれない家畜侵入被害にそなえている。社会生活のさまざまな面で法的義務の実行が確実に果たされるように、法律はよく補償制度を活用している。公的地位とみなされているブレホンという役職でさえも、例外ではない。現にフィデルマは、自分の裁定に異議が唱えられた場合のために、その地方の首席裁判官やブレホンに、銀五オンスを託している。たとえば、万一首席裁判官によって彼女の裁定に誤りありと判断されたとすると、誤審によって損害をこうむってしまった人々に、彼女はこの委託金でもって弁償するわけである。ただしこの委託金没収は、敗訴した側が彼女の裁定に承服できずに、定められた期限内に異議を申し立て、首席裁判官がこれを認めた場合にのみ、発生する。

もし首席裁判官がこの訴えをとり上げるに足らずとして斥《しりぞ》ければ、異議申立人たちは、この地域内でそれ以上の上告を行なうことは許されない。

確かにこの事件は単純で、クローン自身で適切に裁ける問題であろう。フィデルマは、「では、これで」と言って立ち去ろうとしたが、そのとき突然、何か懸念を覚えて、さっと振り向いた。

「その当事者の一方は、マードナットという農民ではありません？」

クローンは、驚きの表情で、彼女を見つめた。

「千里眼をおもちですか、尼僧様？　どういうわけでマードナットをご存じなのでしょう？」

フィデルマは、クローンの驚いた様子から、自分の推測が正しいことを知った。明らかにクローンは、フィデルマがリス・ヴォールでブレホンの任務を果たしたことを、知らないようだ。マードナットがこの族長のラーに姿を現したのは、この事件の当事者としてだったのか。

「マードナットとその親戚のアルフーとの間の訴訟のこと、ご存じでしたか？」

クローンは記憶を探るかのように口許をすぼめたが、ゆっくりと頷いた。

「ただこのあたりの噂話程度ですけれど。マードナットはリス・ヴォールで、ブレホンの裁定により、自分のものだと言い張っていた農地を失ってしまったとか」

「私が、そのブレホンでした」と、フィデルマは告げた。「こちらへ赴くようにとの指示を私が受けとったのは、リス・ヴォールに滞在中でした」

クローンの好奇心を浮かべた青い瞳が、フィデルマを見つめた。

フィデルマは、言葉を続けた。

「マードナットは、誰に対して、訴訟を起こしているのです？」

「またもや、アルフー相手です」

フィデルマの頭は、素早く回転した。

「マードナットの訴えの趣旨、聞かせていただけます？」

一瞬、クローンは拒否しかけた。だがすぐ、考え直したようだ。

しかし、クローンの返事は、やや弁解気味だった。

「アルフーが弁償しなければならない訴訟なのだと思いますが」

「でも、詳細を教えていただけないかしら？」

「ごく単純な訴えです。ブラック・マーシュの近くに位置する、問題となっていた農地を引き継いで以来、アルフーとマードナットは隣人同士となりました。マードナット自身の土地も、それに隣接して広がっていますので。マードナットは、アルフーが悪意と管理怠慢から、自分の豚の群れが夜間に境界の柵を乗り越えて入りこむに任せ、マードナットの財産を損なったと、訴え出ているのです。おまけに、豚の群れは、彼の農地に排泄物まで残していったとか」

フィデルマは、考えこみながら、ゆっくりと深呼吸をした。

「つまり、マードナットが真実を述べているのであれば、彼はアルフーに多額の損害賠償を要求できる、ということですね？」

クローンは、わかりきったことと言わんばかりの顔である。

「マードナットは、すでにその点を、私に指摘しています」

フィデルマの口調が、皮肉っぽくなった。

「では、マードナットは、すでに法律を調べていたのですか？」

「何をおっしゃりたいのです？」そう問いかけるタニストの声が、やや鋭くなった。

「私はただ、感想を述べただけ。別に、何かをほのめかしているわけではありませんわ。でも、おっしゃるとおり、もし悪意や怠慢のせいで家畜の侵入という事態になったのであれば、家畜の所有者は、人間が侵入した場合と同じ基準で責任をとらされることになりますね。もし侵入が夜間に起こったのであれば、科料は倍額となりますし、家畜が排泄物を残したとなると、さらにその分賠償金はかさみます。別の言い方をすれば、アルフーはかなりの額をマードナットに弁償しなければなりますまい」

クローンも、同意した。

「おそらく、農場の二分の一か、それ以上を払うことになるでしょうね。アルフーが農場の価値以上に値打ちのある家畜財産をもっていれば、別ですが。さもなくば、アルフーが農場を手放さねばならないことは、確かです」

「そして我々は二人とも、アルフーがそのような財産をもっていない、と知っています」と、フィデルマはそれに続けた。「マードナットは、あの農場を手に入れなければ、引き下がりますまい」

「それが、法律だと思います」

フィデルマは、ふたたび口を開く前に、熟考した。

「すでに選出されておいでの族長予定者として、あなたが自分のクラン〔氏族〕の領地において裁判官の役割を果たすことは、あなたの権利であり責任でもあります――これは、ブレホンがいない場合、あなたは自分一人で裁判を執り行なわなければならない、ということでもあります」

「自分の権利と義務は、心得ていますわ」そう答えるクローンの目許は、いささかきつく緊張し、猜疑の色を浮かべていた。

「失礼に聞こえたら、どうかお許しを。でも、どの段階まで、法律を学んでおいでです？」

「ただ、『ブレハ・コマーケイシヤ[1]』を、つまり『隣人に関する定め』を、学んだだけです。私たちは小さな牧畜社会なので、このあたりで起こる揉めごとは、ほとんどこの法律に関わる問題となります。ですから、法律家としての資格は、何ももっていません。リス・ヴォールで、わずか三年間の勉学で授けられる、フレシュナヘドの段階まで進んだだけです」

フィデルマは、ゆっくりと頷いた。アイルランド五王国の大部分の族長が誇る肩書きは、三年間の勉学で得られるこの資格である。族長は数々の義務を果たさねばならないし、軽罪の裁判での裁判官役もその一つなのであるから、ある程度教育を受けている必要があるのだ。フィデルマは、ふと気がついた。クローンに、何やら敵意の感じられる視線でじっと見つめられていたようだ。クローンには、外国使節並みの如才なさで接しなければ。エイダルフも、熱心にそう説いていたではないか。クローンとの関係は、すでに難しいことになっていたのだから。

「この裁判で、あなたのそばに坐らせていただけないかしら？　あなたに助言するために」

クローンは、これを自分への侮辱をはらんだ言葉と受けとめた。その頬にさっと血の色が広がった。

「私、この件を自分で処理できると思っております」その答えは、警戒的であった。「父が裁判を開くとき、幾度となくそばに坐って見てきましたから」

「あなたにはできないと言っているのではありません」とフィデルマは、なだめるような口調で話しかけた。「でも、私には、これは単純な家畜による損害事件だけではない、何か裏がある事態ではないか、という気がしてならないのです。マードナットがアルフーの財産を奪うために法律を利用したのを、私は先日見ております。そのことを、思いあわせてくださいな」

「そのせいで、今度の裁判に偏見が入りこみませんかしら？」とクローンは、冷笑が浮かびそうになるのをぐっと抑えつけながら、そう問いかけた。

「おそらく、私は、偏見をもっているかも」と、フィデルマはおとなしくその点を認めた。

「でも、私が裁きをつけるのではなく、裁判官はあくまでも、あなたです。私が提案しているのは、あなたの横の席に着き、法律問題に関する事柄に助言させていただきたい、ということだけです。約束しますわ、厳密に法律に関わることにしか、口出しはしませんから」

クローンは、ためらった。フィデルマの提案には、何か隠れた意味があるのだろうか？

「裁判の判決を下すのは、私なのですね？」

「あなたは、アラグリンの正式な族長後継者ですもの」とフィデルマは、はっきりと告げた。

「判決をお出しになるのは、あなたです」

クローンは、一瞬考えこんだ。フィデルマは、ただの弁護士ではない。アイルランド五王国で、アンルー〔上位弁護士〕という、最高位に次ぐ高い地位をもったドーリイー〔法廷弁護士〕なのだ。フィデルマなら、クローンにとって代わって、自分で裁判官を務めることもできるはず。法律では、そうなっている。専任のブレホンがいない土地では、たまたまその地を訪れているブレホンが、その地位いかんによっては、小氏族の族長が手がけようとしている裁判官としての公務を、自分でとって代わることもできるのだ。だがフィデルマは、ただ同席して助言をさせてほしいと、許可を求めているだけだ。ということは、フィデルマにはクローンの権威に介入する気は全くない、とはっきり示しているわけだ。

「マードナットの訴えの、どこがいけないのでしょう？」と、まだ若干警戒心を残しながらも、クローンは訊いてみた。

「やがてわかりましょう。マードナットは、前回、法によって自分が敗訴となり、あの農場を若いアルフーに引きわたさねばならないとの裁きが下ったとき、ひどく立腹していたのです」

クローンは、この点を認めて、さらに訊ねてみた。

「では、今回の訴えは、マードナットの捏造でしょうか？」

「あなたがこの訴訟の裁判官なのですから、私が意見を申し上げるのは、控えるべきでしょうね」と、フィデルマは即座に答えた。「でも、私がそばに坐って、法律に関する問題にのみ助言させていただく、というように計らってはいただけないかしら？　むろん、事実を吟味して判決を下すのは、あなたです」

「でしたら、それに同意しますわ」フィデルマの前で、クローンが初めて、友人への親しみといった微笑を浮かべた。

「マードナットは、あなたの前に、何時に出頭することになっておりますか？」

「正午です」

「では、私はこれで失礼して、このことをエイダルフに聞かせておきますわ」

「興味深い男性ですわね、あなたのあのサクソン人」クローンが少し皮肉っぽい感想を口にした。

「私の？」フィデルマはびっくりして、眉を弓なりに吊り上げた。「エイダルフは、男であれ女であれ、誰のものでもありませんわ」

「とても仲よさそうにお見受けしますけど」と、クローンはそれに答えた。「もちろん、あの美男子の修道士様、〝神の僕《しもべ》は、男であれ女であれ、独身を守るべきだ〟というゴルマーン神父様が説いていらっしゃる考えを、信じていらっしゃらないのでしょうね？」

フィデルマは、我にもあらず、頬を染めていた。

そして、気がついた、これまでにエイダルフとあらゆる問題を論じあってきたが、聖職者の独身制に関してのみは、一度も触れたことがなかったことに。ローマは、聖職者に明確な規則でもって独身を厳守させてはいない。しかし、聖職者は同棲や結婚をすべきではないという考え方にしたがう僧や尼僧が次第に増えてきていることは、確かである。これは、はなはだ人間性に悖る考え方といえる。したがって、これが全面的に受け入れられることは、決してあるまいが。

フィデルマは、クローンが何やら興味深げに自分を見つめていることに気づいた。

フィデルマは、つと顎を突き出すようにして、答えた。

「エイダルフ修道士と私は、ノーサンブリアのヒルダ（第八章訳註6参照）の修道院で開催された会議（第七章訳註7参照）で初めて出会って、それ以来の友人です。ただの友達というだけですわ」

クローンがこの断言をかなり懐疑的に受けとめたことは、確かだ。

「素敵ですね」と言うクローンの口調は、意味ありげだった。「そのようなお友達をもっていらっしゃるなんて」

「友達といえば」とフィデルマも、皮肉をちらりとのぞかせて、切り返した。「私は、ダバーンを見つけなければ」

「そんなに熱心にダバーンとお話しになりたいなんて、どんな大事なご用件なのでしょう？」

と、タニストは知りたがった。

「ガドラについて、お聞きになったことは、おあり？」

クローンはびっくりした顔を見せた。

「一体どうして、ガドラのことをお知りになりたいのです？」

「ということは、ご存じなのですね？」フィデルマは熱心に問いかけた。

「もちろん。でも、ごく小さいころに見かけただけです。ただ、覚えている、というだけ。あの人、テイファの小屋《キャビン》に、何年か暮らしていましたから。でも、また去っていきましたわ。隠者なのです。最近では、若い人たち、ガドラはお化けだと考えています。丘陵の奥に姿を消してしまったもので、子供の悪さを止めさせるためのおどしに、ガドラの名前をもち出す者もいますわ」

「どこへ行けばガドラに会えるか、ご存じですか？」

クローンは首を横に振った。

「まだ、生きているかどうか」と、彼女は肩をすくめた。「たとえ生きているにしても、彼を探しに出かけるなんて、よほど勇気がなければ。なぜなら、ガドラは、キリスト教の信仰を認めることを拒否して、邪悪なものと付きあっているのですから」

「邪悪なものと付きあう？」

クローンは、重々しく頷いた。

「私たちの先祖が信じていた異教の信仰に未だにかじりついていて、だから山奥の果てしない暗がりの中に引きこもってしまったのだとか」

後ろに何か気配を感じてフィデルマが振り返ってみると、中年の戦士がいささかばつの悪そうな様子で入ってくるところだった。

ダバーンはフィデルマからクローンへと素早く視線をはしらせて、二人が一緒であることに驚いた振りを装った。そのうえで、片手を上へ伸ばして、自分のクランの族長後継者に挨拶をした。このような芝居をやってのける男は、ほかのことに関しても誤魔化しをやれるのかもしれない。フィデルマは、そう気づいた。

クローンは、彼の挨拶に対して、「お前の遠征は成果を上げられなかったそうですね、ダバーン」と、わずかに不満を見せて、そう答えた。まるで、今朝はまだ彼と顔を合わせていないかのような口振りだ。

大柄な戦士は顔をしかめて、自分の探索行が不毛に終わったことを、その表情に物語らせた。

「我々は丘陵地帯を何マイルにもわたって探しまわったんですがね、盗人ども、すっかり姿をくらましおって。ディーオマの農場から、牝牛が二頭、さらわれとりました。その足跡をつけて、ブラック・マーシュとの境界線までは辿っていったんですが、森の中で、跡を見失ってしまったんですわ」

クローンは、この報告に、かなり困惑の色を見せた。

「私たちの谷を連中が襲って、しかも悠々と逃げおおせたのは、一番最近では、いつだったかしら。今度こそ、片をつけなければ。我々の名誉に関わります」

「そうしてやります」と、ダバーンが低くつぶやいた。「別の兵士らを集め次第……」

「今日は、もう手遅れです。それに、申し立てを聴かなければならない訴訟のことでも、準備が必要ですし。尼僧様が、私と一緒に出席しようと、申し出てくださいましたので、私はそれをお受けすることにしました。それから、お前ならガドラ老人についての情報を提供できるかもしれないとも、尼僧様に申し上げておきました」

そう言い終わると、クローンはさっと身を翻して、戸惑い顔のダバーンをあとに残したまま、広間から出ていった。

「クローンは、なんのことを言っとるんですかね？」ややあって、ダバーンが困惑の面持ちで、フィデルマに訊ねた。「ガドラについて、ですと？」

「お前がガドラのことを知っている、と聞きましたが」

「隠者のガドラですな？　そう、知ってはおりました。でも、二十年も前のことです。ガドラは、死にましたよ」

フィデルマは、がっくりと気落ちした。

「確かですか？」

ダバーンは、顎をこすりながら、考えこんだ。

「確かってわけじゃないですが。でも、若い時分にアラグリンを出てから、全然見かけたことないもんで。きっと死んだんですわ」

だがフィデルマは、あくまでも行動に出る気だった。

「クローンは、ごく小さなころガドラを見た、と言っていましたよ。彼は、このラーにやって来て、テイファの小屋に滞在していたとか。もしまだ生きているとしたら、どこで見つかると思います？」

ダバーンは、頭をぐいと上のほうへ向けた。

「あの山の上の、南側のほうでしょうな。そこの小さな谷間《たにあい》に、ガドラはよくやって来て、住んどりましたから」

「ガドラが見つかるかもしれないというその場所に、エイダルフと私を案内してもらえないかしら？」

ダバーンは、困惑したようだった。

「そんな。大昔の話ですぜ。おそらく、もう死んでますよ」と、彼は繰り返した。

「でも、確かではないのでしょ？」

「そりゃ、まあ。でも、この長旅、確実に無駄骨ってことになりますぜ。往きに一日、帰りに一日、かかるんですがね」

「連れていってくれますね？」

「でも、自分には、任務が……」

「クローンは、お前が私どもを案内することに、別に異論はなさそうでしたよ」フィデルマは、秘かに自分に言い聞かせた——それほど事実歪曲というわけではないと。そして、続けた。

「それとも、お前のほうに、何か反対する理由があるのですか？」

「でも、どうしてそんなにあのガドラにお会いになりたいんで？　たとえ生きとるにしても、もう爺さんです。調査に役立つようなこと、そんな年寄りが知っとりますかねえ」

「それを考慮するのは、私の役目です。お前の仕事ではありません、ダバーン」彼女の声は、決然としていた。

ダバーンは気乗り薄の様子ではあったが、結局は同意した。「いつ、出発されますか？」

「午後、事件に判決が下されたら、ただちに」

ダバーンは、髭を引っ張りながら、考えこんだ。

「この旅は、たとえガドラを見つけられるにしても、少なくとも一泊は、野宿をすることになるんですが」と、彼はまたも繰り返した。

「私は、旅には慣れています」彼女の声が少し尖った。

ダバーンは、ついに諦めて、両手を広げてみせた。

「では、裁判の終了後に。でも、万一ガドラがまだ生きていた場合、隠者暮らしをしたいという老人の権利を、我々は尊重してやらねばなりますまい。だから、尼僧様とサクソンの修道士殿のお供は、自分が一人で務めましょう、ほかには、誰も連れずに」

「わかりました」フィデルマは広間から出てゆきながら、それに同意した。

外へ出た途端、フィデルマはアルフーの恋人のスコーと顔をあわせた。フィデルマを認めるや、娘はぱっと顔を輝かせて、彼女の両手を取った。

「ああ、尼僧様！　ここにまだ滞在してなさいますようにって、祈ってたんです。ぜひとも尼僧様のお助けをいただきたいんです」

フィデルマは、娘に優しかった。

「そのこと、聞いていますよ。この新しい告訴に応えるために、アルフーもここに来ているのでしょうね？」

「今夜あたしらが泊るとこを探しに行ってます」スコーは神経を昂らせており、不幸せそうだった。

フィデルマはそっと娘の腕をとって、彼女を来客棟のほうへ連れていった。

娘は、痛々しく微笑んでみせた。

「マードナットって、まるで戦いのあとで死体をあさろうとする鴉なんです。あたしらの上に舞い下りる機会を待ち受けてるんです。尼僧様がまだラーにいらっしゃるようにってのが、あたしらのたった一つの頼みの綱だったんです」

「私は、ちゃんと、ここにおりますよ」

「ほんとによかった！　マードナットがもっと注意深けりゃ、そのこと、気がつくはずだろうに。でも、あの男ったら、土地を手に入れようってがつがつしてたもんだから、ラーにすぐさま飛んできてしまったんでしょうよ。また尼僧様に判決を下されるってこと、考えもしないで」

フィデルマは、首を振った。

「マードナットに判決を下すのは、私ではないの。あなたがたの〝後継者〟、つまり〝族長予定者〟であるクローンが、判決を下します。クローンが裁判官を務めることになるのです」

スコーは愕然として、踏み出そうとしかけた足を途中で止めて、フィデルマに向きなおった。

「でも、尼僧様が裁判をやってくださらなきゃ。どうか、アルフーを見捨てないで」スコーは泣き声になっていた。「クローンは、自分の身内の肩をもちますもの！」

「私は、誰であろうと、見捨てたりしませんよ、スコー。お前の話し振りから察すると、マードナットはこの家畜による損害という事件を故意に仕組んだ、ということなのかしら？」

「いや、あいつ、仕組んじゃいません」

アルフーの声だった。フィデルマが振り向いてみると、若者はすぐ後ろに立っていた。

アルフーは事実を認めている、ということなのだろうか？——フィデルマは考えこんだ。

「そういうことなら、気の毒ですけれど、お前は苦しい立場に立つことになりますね」彼女は、悲しい思いで、そう答えた。

「でも、尼僧様には、間に立って、この訴えをとり下げさせること、おできになりますよね？」スコーは、必死に懇願を続けた。

「スコー！」と、アルフーが鋭くそれを制止した。「フィデルマ修道女様は、法廷で立てなさった誓いを、守られなきゃならないんだ」

もう、来客棟の前に来ていた。フィデルマは二人に、先に入るようにと、身振りで示した。すぐにエイダルフが出てきて、驚きの声を上げながら、二人を迎えた。フィデルマは、まず彼に説明をした上で、アルフーに向きなおった。

「正直に話しておくれ。お前に対する告訴は、マードナットの作りごとではないと、今、言っていましたね？　自分に対するこの訴えは、本当なのだと？」

アルフーは顔を紅潮させながら、どうしようもないのだという気持ちを、身振りで表現した。

「あいつは狡賢いから、こしらえごとで訴えを起こすような馬鹿は、やりませんよ」

フィデルマは、しばらく無言で考えこんだ。

「では、どういうことになるのか、わかっているのですね？」

アルフーの答えは、悲痛だった。

「マードナットが、俺の親愛なる伯父貴が、ほんの束の間俺のものだった土地を、また俺からとり上げることになるんです。あいつ、お袋の農場をとり戻す気なんだ。俺はまたもや、土地なし貧乏人になるってわけです」

第十章

法廷の手順は、ごく正式なものだった。クローンは青い絹のドレスの上に、その職権を示す彩色豊かな生地の長いマントをまとい、それを精巧な装飾をほどこした金のブローチで留めていた。手には、牝鹿のなめし皮《ドスキン》の手袋をはめている。フィデルマには、それが面白かった。多くのクラン〔氏族〕社会において、族長は裁判を行なう際に、職権の表象として、彩り豊かなマントと手袋を身にまとう風習があった。フィデルマは、クローンが衣服だけでなく化粧品や香水の選び方にも、細心の注意を払っていることに気づいた。クローンが、〝すでに選定されている次期族長予定者〟として、自分の役目を真剣に受けとめていることは、このことからもよく見てとれる。

クローンが、集会堂の広間の壇上に設けられている自分の公式の席に着いた。彫刻をほどこされた彼女の木の椅子のかたわらには、フィデルマのための椅子も据えられている。壇の前のやや脇へ寄ったあたりに、護衛隊指揮官としての公式の任務から、ダバーンが控えていた。裁判の当事者たちは、壇の前に据えられた木製の腰掛け《ベンチ》に坐っている。マードナットは、リス・ヴォールにも一緒に来ていた浅黒い顔をした痩せた男と共に、その右手に腰をおろし、アルフーとスコーは、エイダルフ修道士と一緒に、左の端に坐っていた。ダバーンの配下の兵士たちが、広間の後部を固めている。入ってきたフィデルマの視線は、後ろのほうにいるゴルマーン神父の姿をすぐにとらえた。

フィデルマがクローンの隣りの席に着くと、マードナットはすぐさまそれに気づいた。彼はぱっと立ち上がるや、喚き立てた。「儂は、異議を申し立てる！」

クローンはゆったりと椅子に身を委ねたまま、顔色を変えることなく、彼を見つめた。

「はやばやと、もう異議の申し立てを？　何についてです？」

マードナットはフィデルマを睨みすえ、片手を上げ、人差し指をフィデルマに向けて突きつけた。

「今日、この女に、儂の訴訟の判決を出させはしませんぞ」

クローンの口許がわずかにひき締められ、薄くなった。

「この女？　誰のことです？」

マードナットは、唇を噛んだ。

「キルデアのフィデルマですわい」と、彼は唸るように答えた。

「フィデルマ修道女殿は、法律を正式に学ばれたアイルランド五王国のドーリィー〔法廷弁護士〕です。私の求めに応じて、ここに出席しておいでなのです。修道女殿のご同席を拒む理由が何かあるのですか、マードナット？」

マードナットは、まだいきりたっていた。

「儂は、異議を申し立てますぞ、なぜなら……そのう……」彼は、適切な言葉を必死に探した。

「つまり、公平を欠くからですわ。この修道女は、前にも、今回の被告に有利な判決を下しとる。儂のものである土地についての訴訟で、それを儂からとり上げて、こいつに与えるという判決だった。儂は、この女に今回の事件も裁かれることには、絶対異議を唱えますぞ」

「この方は、裁きを下されはしません」と、クローンは静かに答えた。「この訴訟の裁判官は、私です。判決は、私の判決です。ただフィデルマ修道女殿は、法律に関する助言をしてくださるために、ここに同席しておいでですし、私はそうしていただくつもりです。では、マードナット、お前に訴えることがあるのなら、それにとりかかりましょう」

フィデルマが身をのりだし、クローンの耳に何事かを囁いた。クローンは頷き、うっすらと頬に笑みを浮かべると、声を張り上げて男に呼びかけた。「私は、お前のブレホン〔裁判官〕に対する〝言葉による侮辱〟を、見逃すわけにはゆきません。これは、はなはだ重大な罪とみなされております。これに対して、お前は侮辱した相手の〈名誉の価値《オナー・プライス》〉(1)を支払わねばなりません」

マードナットは、驚きのあまり、がくんと顎を落とした。

クローンは少し間《ま》をおいて、自分が告げた言葉をマードナットが消化するのを待った。その上で、さらに言葉を続けた。「お前は、今の言葉をただ無知ゆえに口にしたのでしょうから、フィデルマ修道女殿も、科料を許してくださろうとお思いかもしれません。しかし、修道女殿は、この侮辱をそのまま見逃されるわけにはゆきません。なぜなら、これは、法にしたがえば、ご自身が侮辱に甘んじたという罪を犯されることになり、ご自分の〈名誉の価値〉を没収されてしまわれます。したがって、なんらかの弁償をお前から徴収する必要があります。後刻、この問題に戻るとして、まずは」と、クローンは一瞬口をつぐみ、つぎの言葉に強調を効かせた。「私の判決を求めてお前がこの裁きの場にもちこんだ訴訟の詳細を、聴きとることとしましょう」

大男はたじろぎ、まるで殴られたかのように軽くよろめいたが、明らかにクローンの指示を受け入れたらしく、居ずまいをただし、苦々しい顔で前方を睨みつけた。

「わかりましたよ。事実は単純で、それを証言できる証人も連れてきとります――家畜番の頭《かしら》で、儂の甥でもあるエグディーですわ。今、儂の隣りに坐っとります」

彼は振り向いて、連れを指し示した。

「では、その事実を」と、クローンがうながした。

そのとき、壇上の後部で何か気配がして、クラナットが突然姿を現した。相変わらず、華やかな装《よそお》いだ。彼女は、この集会堂の広間における自分の当然の権威の座とみなしていたらしい席に今フィデルマを見出して、不快そうに眉をひそめた。彼女は歩みを止め、何か言おうとしたが、その機先を制して、クローンが声をかけた。

「お母様、この法廷に出席したいと、前もって私におっしゃっておいでになりませんでしたね？」クローンは、審理の席がこのような形で乱されたことに、困惑を隠しきれないでいた。

クラナットは、マードナットが立っているほうを、ちらりと見やった。頑強な農場主は、警告するような表情を浮かべて、わずかに頭を振ってみせたようだ。でもフィデルマには、はっきりとは見定められなかった。

クラナットのへの字に結ばれた口許が、彼女の穏やかならざる気分を物語っていた。

「私は、ここに坐って、見守らせてもらいますよ、クローン」そう言うと彼女は、片隅の空いている腰掛けに歩み寄り、首筋をきりっと伸ばして腰をおろした。だが、見るからに感情を害しており、しかも困惑している。彼女は、坐りながら、聞こえよがしに独り言をもらした。

「エベルが生きておいでだったころには、このような許しなど、求める必要はありませんでしたのにね」

「修道女フィデルマ殿は、私に法律問題についてのみドーリイーとして助言してくださろうと、ここにおいでくださったのです」クローンは、マードナットに向きなおる前に、母親に説明しておく必要があると感じたらしい。その上で、彼に告げた。「お続けなさい。お前は、事実を私に述べようとしていましたね、マードナット？」

「簡単な話ですわ。儂の農地は、今はアルフーのものとなっとる農地と、境界を接しとるんです」

フィデルマの面《おもて》には、なんの表情も浮かんでいなかった。彼女はただ、鋭い眼差しでマードナットを注意深く見つめていた。農場主は、この訴訟の成りゆきに自信があるらしい。

「昨日の晩、アルフーが飼っとる豚どもが境界の柵を乗り越えて入りこみ、儂の農場を踏みにじりおった。夜の間に入りこんだんですわ。儂の作物は、損害を受けた。その中の一頭は、儂の豚と喧嘩して、怪我をさせおった。それに、奴ら、儂の農地に糞まで垂れやがったんですわ。そうだろ、エグディー？」

痩せた男は、ふさぎこんだような顔つきで、頷いた。

マードナットは、さらに続けた。「これについての法律は、農民なら誰でも知っとりますわい。この損害に対して、儂は全額の補償を要求しますぞ」

そう言い終わるや、彼はどすんと腰をおろした。

クローンは、視線をエグディーに転じた。

「お前は、縁者でもあり雇い主でもあるマードナットに、恐れることなく、肩をもつこともなく、公正なる証人として立って、マードナットが今述べたことを確認できますか？」

エグディーは立ち上がり、マードナットにちらっと視線をはしらせてから、せわしなく頷いた。

「そのとおりですわ、アラグリンのタニスト殿。全く、伯父貴の言うたとおりですわ」

そう言うと、彼はまたせわしなげに腰をおろした。

クローンは、今度はアルフーのほうへ向きなおり、立ち上がるように合図をした。

「お前に対する今の告発を聞きましたね？　お前のほうは、どう弁明します、アルフー？　今私どもが聴いた事実に関して、反論がありますか？」

若者は立ち上がった。その顔に浮かんでいるのは、疲れきった諦めの表情だった。安心させようとするかのように、スコーが彼の手を握っている。

「間違いありません」全身にずっしりと疲労感が広がっているかのような声だった。「うちの豚たちが、俺の土地から逃げ出してマードナットの土地に入りこみ、彼が言ってたような損害を与えてしまったんです」

マードナットは、勝ち誇った笑みに相好をくずした。

「奴め、認めおった」この点を法廷中に強調しようというかのような、大声だった。

クローンは、彼を無視した。

「自分を守るために、何か言うことはないのですか？」と彼女は、アルフーにさらに問いかけた。

「何も。俺、自分の豚を入れるために、とりあえず囲いを作ったんです。今の俺には、それが精一杯だから。ところが、それが引き倒されとったんです。そんなこと、豚が自分でできるはずないのに」

クローンが熱心に身をのりだした。

「囲いは故意に引き倒された、と主張するのですか？」

「そうなんだと、思います」

マードナットの哄笑が響いた。

「若造め、必死になって、嘘をつきよる。そんな話、信じられるか」

「それを行なった者の名前を、言えますか？」と、クローンは訊ねた。「もしわかっているのなら、お前の主張を実証しなければなりません」

アルフーは、憎しみの目でマードナットを見つめた。

「俺、主張はできません。俺の言うことの証人になってくれる人、誰もいないです。誰が豚の囲いを壊したのか、俺だって、見ちゃいないです。自分を守る申し立て、俺にはできないです」

「事情は、もう明々白々だ！」と、マードナットが苛々と呼びかけた。「この若いのは、自分で認めとるんだ。儂の被害の全額補償、裁定してもらいますぜ」

「ほかに何か言うことは、アルフー？」と、クローンは質問を重ねた。

「どうなりと、お裁きを」若者は、諦めきってそう答えながら、席に戻った。フィデルマが身をのりだし、そっとクローンの腕に触れたのは、そのときだった。

「もし許していただけるなら、法律上の問題点をはっきりさせるために、少し質問をしてみたいのですけど？」

クローンは同意を示した。「どうぞ」

「最初の質問は、アルフーへのものです。お前が農場の法的な所有権を入手し、豚の飼い主となったのは、いつでした？」

アルフーは驚いて、フィデルマを見つめた。

「でも、それ、ご存じのはずでしょうが？」と、彼は問い返した。

「質問に答えなさい」フィデルマの口調は、鋭かった。

「リス・ヴォールで、尼僧様が、ご自分で判決を下しなさったときです」

「それは、何日前でした？」

「ほんの二日前ですけど」とアルフーは答えたが、尼僧様、どうかしてなさるんじゃないか、というように、頭を振っている。

「お前も、そう認めますか、マードナット？」

マードナットは、馬鹿にしたように笑った。

「こいつに都合いい判決を、自分で下しなさったんでしょうが。もう忘れちまいなすったんですかい？」

「では、アルフーは、二日間、この農場の所有者である、ということですね？　二人とも、この点は認めるのですね？」

「そのとおり。農地は、奴の農地。豚も、奴の豚。責任は奴にあるってことですわ」マードナットは、甥のエグディーに勝ち誇って笑いかけながら、吐き出すようにそう言った。エグディーも、坐ったまま、そうだとばかりに頷いている。

「また、アルフーが農地と豚を所有する前には、お前自身がこの農地と豚を所有していた、と理解していいのですか？」と、フィデルマは問い続けた。

ここで初めて、マードナットの目に、猜疑の色がちらっと現れた。

「ようく知ってなさるはずですぜ」威張り返った態度で答えようとはしながらも、その声にはかすかに不安が響いていた。

「今はアルフーのものとなっている農地を、そのころ、お前は自分のものと区別して利用していましたか、それとも、地続きのお前自身の農地と一緒にして利用していたのですか？」

マードナットは、ふたたびためらった。実のところ、こうした質問がどう展開するのかは理解できないものの、何か罠がありそうだと、危ぶみ始めたようだ。

彼は、クローンに訴えた。

「もう、いろんな事実はすっかり提出されとるんですぞ、アラグリンのタニスト。一体この女が何を言おうとしとるのか、儂にはさっぱりわからん」

「質問に答えなさい」と、フィデルマは追及した。「質問の背後にある意味が理解できないからといって、法廷に立つドーリィーへの返答を拒否することは許されません。これは、私の職権への侮辱という罪になります」

その声の鋭さに、マードナットは目を瞬《しばたた》き、息をのんだ。

彼は助けを求めるかのようにクローンを見たが、タニストはただ身振りで彼に答えることを命じた。

「一つの農地として、土地を使っとりましたよ」と、彼は無愛想に答えた。

フィデルマは、初めから答えはわかっており、ただ彼がそれをはっきりと口にするのを待っていたかのように、すぐに頷いた。

「法律は、〝二つの農場の境界線となる柵は、しっかりと設けられ維持されてゆかねばならない〟と、述べています。お前が裁きを求めているこの訴訟も、この条項によってですね？」

マードナットは答えなかった。

「お前は、そのころ、境界の柵を、しっかりと設け、ずっと維持しておりましたか？」

「今アルフーの所有となっとる農場は、長年、儂のもんだった。それが儂のもんになった時点で、むろん、二つの農場の間にあった境界の柵はとり壊しましたわい。自分の農場の中に、境界線の柵を残しとく必要がどこにありますかね？」

「お前は今、問題の農地が自分のものになった時点で、と言いました。しかし法律は、その農場が、つまり現在アルフーのものとなっている土地が、かつてお前のものとなっていたことがあるとは、認めておりません。お前は、縁者のアルフーの法的後見人として、アルフーの利益のために、その農場を管理運営していたにすぎません。農場は、あくまでも、アルフーの農場だったのです」と、フィデルマは答えた。「今お前は、アルフーの農場と自分の農場の間の境界柵をとり払ったと、自《みず》ら認めましたね？」

クローンは、フィデルマがこれらの質問によって追及しようとしているのがなんであるかを突然悟り、いまやまぎれもない讃嘆の表情で彼女を見つめ始めた。フィデルマに対する彼女のこれまでの敵対意識は、脇に押しやられた。クローン自身も、フィデルマの明晰な知性と該博なる法律知識を十分に称賛できるだけの知性の持ち主であった。

「認めた？」と、マードナットは戸惑った。「どうして自分の農場の中に、以前の境界柵を残しとかにゃならん？」

フィデルマの口許に、うっすらと笑みが漂った。

「境界の柵を、とり払ったのですね？」

「ああ、そのとおり」

フィデルマは明らかに満足した様子で、クローンを振り向いた。

「アラグリンのタニスト殿、もしご自身でさらに質問なさることがないようでしたら、これから、法律上の助言をさせていただきたいと思います。私には、すでに事態が明確に把握できましたので。私の助言をお聞きになるのに、お一人のほうがよろしいですか、それともこの公開の席で？」

「法律上の問題は、この件の当事者たちにも、聞く権利があると思います」と、クローンは重重しく返答した。

「結構です。では、第一点として、我々は、アルフーが財産の〝デ・ファクトの〟、すなわち〝事実上の〟所有者となったのは、わずか二日前であったという事実を知りました。それまでは、アルフーが〝デ・ジュレの〟、すなわち〝法的権利をもつ〟所有者であるにもかかわらず、農場を占有しそれを利用していたのはマードナットであった、ということも知りました。マードナットは、本来はこの二つが別個の農場であるにもかかわらず、両者の境界柵をとり壊したと、自ら認めております。これは、法律上、不法行為となります。でもマードナットは、自分はこれを合法的だと考えてこの行動をとったのだと反論することもできましょうから、まあ、この点に関しては、彼を許してやってもいいでしょう」

マードナットは立ち上がり、フィデルマの言葉をさえぎろうとした。

「ドーリィー殿が法律上の助言を与えてくださっておいでです。静粛に」と、クローンの声が、厳しく廷内に響いた。

これまでずっと彫像のように坐っていたクラナットが、落ち着かなげに身じろぎをした。そして、「クローン、お前の身内でもあり、お前のお父様にも忠実に仕えてきた人です。そのようにきつい口調で話しかける必要があるのですか？」と、なじった。「外部から来た人々の前で、恥ずかしい振る舞いです」

クローンは、腹立たしげな視線を、母親に向けた。

「私は、タニストです。裁判を行なっている〝後継予定者〟です。法廷で、出席者は静粛を守らねばなりません。あなたもです」

クラナットは、驚きのあまり、ごくりと息をのんで口を閉ざした。

「お続けください、フィデルマ修道女殿」一瞬おいて、クローンがうながした。フィデルマは、言葉を続けた。

「第二に、アルフーがほんの二日前に所有権を得たことを考えれば、彼には境界柵をしっかり設置するだけの時間はなかったと推測できます」

「法律は、はっきり定めとるんですぞ」と、マードナットが頑なに大声で怒鳴った。「時間なんぞ、関係ないわい。柵に関して、あいつには責任があるんだ」

「そうではありません」フィデルマは、クローンに向かって答える形で、そう告げた。「時間は、大いに関係します。『ブレハ・コマーケイシャ――隣人に関する定め』(第九章訳註1参照)は、きわめて詳細かつ明確に述べております――隣接する農地の所有者たちは、互いの農地の間の境界柵に共に責任がある、柵は彼らの共有の財産であり、したがって柵の設置は共同作業として、各自、力を尽くすべし、と」ここでフィデルマは、粗暴な農場主に視線を転じた。「自分が以前にとり壊してしまった柵の再設置は、お前たち共同の責任ですが、そのために、お前としては、どれだけのことをしましたか、マードナット?」

マードナットは、面を朱に染めた。彼は、もはや言葉を発することさえできなかった。自分がどういうわけだか、またもや敗北を喫しようとしていると感じるだけの感覚は、彼ももっていた。しかし、その理由を理解する知力には欠けていた。

「その沈黙からすると、何も行なわなかったと見えますね」フィデルマの言葉は、冷ややかだった。「お前は、〝時間なんぞ関係ない〟と言いましたが、この法律では、時間は最重要な要因です。そのことは、はっきりしています。なぜなら、この法は、このように定めているからです――農場を入手した者には、所有地の周囲を確認し区画を把握するために、三日間の猶予が許される。その上で、十日以内に境界柵を完成せねばならないと。この十日以内でという点は、直接的には、厳しい強制ではありません。しかし、間接的には、強制されることになります。なぜなら、柵が期日以内に完成していなくとも、科料が科せられることはありません。しかし、間接的には、柵がなければ、いつ家畜や人間が境界を越えて侵入するかもしれず、そうなると、裁判沙汰という事態になりかねないのですから」

フィデルマは、一呼吸おいて、ふたたびクローンへ向きなおった。

「これが、法律に関して私がしてさし上げる助言です。裁定は、あなたが下すのです、クローン。そして、それは、法に則《のっと》ったものでなければなりません」

クローンは、いささか小気味よさそうな表情を見せた。

「当然、マードナットには、この件に関してこれ以上訴訟を続行することはできない、との判決を下すべきですね。アルフーは、柵を設けるために法律が認めている時間がなかったのですから」

マードナットがのろのろと立ち上がった。激昂のあまり、体を震わせている。

「だが、奴は、怠慢と悪意でもって、自分の豚どもが他人の土地に侵入するに任せとったんですぞ」

「怠慢は、処罰の対象ではありません」と、クローンはそれに答えた。「悪意に関して言えば、私にはそのようなことを論ずる気はありません。マードナット、お前にも、アルフー同様、境界柵を設ける責任があるのです。実際、フィデルマ修道女殿は、法を寛大に解釈なさり、お前がとり壊してしまった以前の柵に関しては、その罪を不問に付してやってもいいだろうと、おっしゃってくださいました。でも私は、それほど寛容ではないかもしれませんよ。ともかく、法の定める期日内に、かならず柵を設置しておくように」

マードナットは、すごい顔でフィデルマを睨みつけた。見るからに、憎悪に燃えた視線であった。そして口を開こうとしたが、甥のエグディーが彼の腕を掴んだ。どうやら頭を振って、警告したらしい。

「まだ、あります」と、クローンは続けた。「法律のもつ意味に当然払うべき注意を向けもせず、法律を深く理解することもなしに、このように重大な訴訟を起こしたことに対して、私に一シェード（第二章訳註11参照）、法律上の助言をしてくださったフィデルマ修道女殿に一シェードの科料を支払うこと。この科料は、貨幣で払っても、あるいはその合計額に相当する価格の牝牛二頭で払ってもかまいませんが、今週末までに、私の家令にさし出すように」

マードナットは出ていこうとして半ば背を向けかけた。だがクローンは、彼を引き止めた。

「さらに、もう一つあります。この公聴の裁判の冒頭で、お前がドーリィー殿に対して行なった侮辱に対する科料の件です」

クローンはフィデルマを振り向き、訊ねるように彼女を見た。

フィデルマはクローンの無言の質問に、平静な顔付きで答えた。「私に対する侮辱の件、もしまともに支払うとなると、代価は私の〈名誉の価値〉ということになります。でも私は、マードナットに、乳牛一頭分の価値を、地元の教会へその維持のための費用として寄付させるか、あるいは教会の建物の修復のための労力奉仕をさせるか、ということにしておきます。どちらなりと、マードナットの選択に任せましょう」

マードナットは激怒して、喚き始めた。

「儂があんたの私利私欲ぶりに、何も気づいとらんとでも思っとるんかね、タニストさんよ？後継者だと？　へっ！　賄賂と不道徳の中から生れたタニストのくせして。あんたは、本当の……」

ゴルマーン神父がさっと立ち上がり、進み出てきた。

「マードナット！　逆上するでない！」と、神父は叱りつけた。

そして、いきり立っている農場主の腕をとり、エグディーと二人して、彼を集会堂の広間から連れ出した。集会堂の外へ連れ出されてもなお、彼の喚き声が聞こえてきた。クラナットはほんの一、二分、じっと坐っていたが、すぐに立ち上がり、ほとんどはしたないばかりの慌ただしさで、広間から出ていった。

クローンは、有頂天になって笑顔で抱きあっているアルフーとスコーのほうへ目を向けた。

「お前に対する訴えは、却下されました、アルフー。でも、ちょっと忠告しておきたいことがあります……」

アルフーは、敬意に満ちた表情に戻ろうと顔色を改めて、何事だろうと、クローンを振り返った。

「お前は、マードナットを執念深い敵にしてしまいましたよ。用心なさい」

アルフーはタニストの忠告に対する感謝のしるしに、頭をこくんと頷かせ、次いでフィデルマに満面の笑みをなげかけた。そしてスコーと手をつないで、広間から立ち去った。

クローンは椅子の背に身をもたせ、深い溜め息をつくと、フィデルマのほうを向き、讃嘆の面持ちで彼女を見やった。

「迷路のように難解な法律が、お蔭さまで、まっすぐな道のようにはっきりとしてきました。私も、あなたのように学識と才能があれば、どんなにいいでしょう」

こういう賛辞に、フィデルマは無頓着であった。

「こういうことを行なうために教育を受けてきた、というだけです」

「私のアルフーへの忠告は、あなたにも当てはまりますわ。マードナットは遺恨を抱《いだ》き続ける男です。あの男は、父方の遠い縁者であり、父の友人でもありました。私、あの男に対して、ちょっときつく当たりすぎたのかもしれませんね。先ほど、母にも非難されてしまいましたけど」

「お母様がマードナットをごく親しい友人と考えていらっしゃることは、確かなようですね」

「族長は、親しい友をもってはいけないのですね。判決が友人関係に左右されてはなりませんもの」

「あなたにとって大事なのは、ただ法律にしたがって裁きを行なうということだけです」と、フィデルマは述べた。「私も、そうしているように。ブレホンであれ族長であれ、法を解釈するに当たっては、個人的友人関係を超えたところに立たなければならないのです」

「本当に、おっしゃるとおりだと思います。でもマードナットは、このアラグリンの有力者なのです。それに、ゴルマーン神父様の親友でもあります。二人がよく一緒にいるのを、みんな知っていますわ」

フィデルマは、じっと考えた。

「マードナットはお父様エベルの友達で、親戚でもある、とのことでしたね?」

「ええ。二人は、若いころから一緒に育ち、オー・フィジェンティの戦いにも、一緒に参加した仲です」

フィデルマは、その点にしばし思考を凝らした。だがすぐに、胸のうちで肩をすくめた。少なくとも今彼女が調べているエベル殺害事件には、彼は無関係だ。事件が起こったときに、彼はリス・ヴォールのフィデルマの法廷およびその予審に出頭するために出発していたはずだから。フィデルマは立ち上がり、姿勢をただして待っているダバーンのほうを見やった。

「どうやら、隠者ガドラを探しに出発する時刻のようですね」

クローンも、立ち上がった。フィデルマがラー〔砦〕に到着して以来初めて、クローンは彼女に対して惜しみなく好意を示した。クローンは、今口にした言葉にもかかわらず、マードナットをやっつけてやったことに快哉《かいさい》を味わっているらしい。頰が、興奮に紅潮している。

「フィデルマ、あなたがいかに深く法律に通暁《つうぎょう》しておいでかを、つくづく拝見させていただきました。そして、きっと遅まきにすぎたでしょうけど、気がついたのです、あなたなら父の死の真相を、同じように深く綿密に調べて、解明してくださるに違いないと。私は、本当に……」自分の今までの態度をフィデルマに謝罪したいという気持ちをクローンがここまで見せたのは、これが初めてである。彼女はややためらってから、さらに言葉を続けた。「私、調査に必要なことならなんなりとあなたのお手伝いするつもりでいると、一言申し上げておきたくて」

フィデルマは、ちょっと眉を上げた。

「私が今知っておくべきことがほかにもある、とお考えですか？」

アラグリンの族長後継者の淡いブルーの瞳に、何か気がかりそうな表情がちらっと浮かんだように、フィデルマには見えたのだ。

「ほかにも？　いえ、そうは思いません。私はただ、あなたがここへお見えになったとき、私の態度が傲慢だったものですから、今、何かお手伝いできれば、と申し上げたのです。礼節は惜しみなくさし出すべきでした。そうしたからって、こちらが傷つくわけでもありませんのにね」

「それを心がけていらしたら、きっとアラグリンの人々のよき族長となられることでしょう」と、フィデルマは重々しく答えた。「そのことこそ、族長の公式なマントよりも、はるかに重要でしょうね」

クローンは、マントを肩に留めている金のブローチに、やや恥ずかしげに手を伸ばした。

「族長やその夫人は、族長という公職をあらわす徽章として、多彩な色合いのマントと手袋で装うというのは、ここアラグリンでも、慣行になっているのです」

「そのような公的地位に昇るということは、大変な責任です」と、フィデルマは自分の思いを述べた。「ときには、自分の人生をそれに適合させるのに、時間が必要なこともありますわ」

「でも、だからといって、傲慢の弁解にはなりませんわね。ああ、ガドラの名前が出たので、思い出しました。あの人がこのラーに滞在していたころ、一つ教えてくれたことがありました。私はまだ小さな子供でしたが、その言葉、今もよく覚えています。ガドラは、こう言ったのです、高慢な人間は、ほかの人たちから離れた所に立ち、そこから人々を眺めて、なんと小さな取るに足らない者たちだと、思いこむ。ところが、その同じ距離が、その人たちの目に、高慢な人間を、小さな下らない人間に見せる、と」

フィデルマは、いかにもそのとおりと、微笑した。

「では、ガドラは、〈叡智の人〉ですわ。本当にそのとおりです。視線を上げて眺めることをしなければ、人は自分がもっとも高い地点に立っている、と思いこんでしまいます。さあ、ダバーン、その賢者を探しに出かけましょう」

「もしまだ生きていれば」と、ダバーンは悲観的につけ加えた。

訳註

第一章

1 砦＝ラー。土塁、防塁。建物の周囲に土や石で築かれた円形の防壁、あるいはその中の建物なども含めた砦全体。規模は大小さまざま。このアラグリンの砦は土塁が消失しているので、むしろ〝館《やかた》〟といった趣のようだが、フィデルマが〝族長の住まい〟に敬意を表して砦と呼んでいるので、以下〝ラー〟、あるいは〝砦〟と訳出する。

2 身体の清潔＝諺の〝清潔は、敬神に次ぐ美徳〟への言及。

3 氏族＝クランは英語になっている単語だが、語源はゲール語（アイルランド語）の〝子供〟、〝子孫〟を意味する単語。祖先を同じくする親族集団。

4 〈丘に住む者〉＝丘〔シイ〕に住む者、すなわち妖精。古代の神々は、人間ミレシアン族に敗れたとき、西の海の彼方や波の下や丘（塚）の中などの〈見えざるアイルランド〉に退いたと伝説は伝えるが、一番親しまれているイメージは、丘の中に彼らの王国、あるいは王宮が築かれたというもの。一説には、この丘の下の地底世界に住むかつての威信を失った神々が、妖精の起源だという。現代のゲール語では、シイは妖精という意味になっている。アイルランドの野原に数多く点在する小さな丸丘が、この異郷への入り口だとされる。

5 〈小さな者〉＝妖精。直接的な表現をはばかって、よく使われる婉曲表現。

第二章

1 ブレホン＝古語でブレハヴ。古代アイルランドの〝法官、裁判官〟で、〈ブレホン法典〉にしたがって裁きを行なう。きわめて高度の専門学識をもち、社会的に高く敬われていた。ブレホンの長《おさ》ともなると、大僧正や小国の王と同等の地位にある者とみなされた。〈ブレホン法〉は、数世紀にわたる実践の中で複雑化し洗練されて、五世紀には成文化されたと考えられている。しかし固定したものではなく、三年に一度、大王《ハイ・キング》（第五章訳註1参照）の王都タラにおける大祭典で検討され、必要があれば改正された。〈ブレホン法〉は、ヨーロッパの法律の中できわめて重要な文献とされ、十二世紀半ばに始まった英国による統治下にあっても、十七世紀までは存続していたが、十八世紀に、最終的に消滅した。

2　エール五王国＝アイルランド五王国（原文では、ほとんど〝アイルランド五王国〟が使われているので、混乱を避けて、訳文は以下〝アイルランド五王国〟に統一）。エールは、アイルランドの古名の一つ。語源は、神話のデ・ダナーン神族の女神エリュー。七世紀のアイルランドは、五つの強大なる王国、すなわちマンスター（ムアン）、レンスター（ラーハン）、アルスター、コナハトの四王国と、大王《ハイ・キング》が政《まつりごと》を行なう都タラがある大王領ミースの五王国に分かれていた。〝アイルランド五王国〟は、アイルランド全土を指すときによく使われる表現。またマンスター、レンスター、アルスター、コナハトの四王国は、大王を宗主にあおぎ、大王に従属するが、大王位に就くのも、主としてこの四王国の国王であった。

3　実は、この修道女……＝女性の地位。古代アイルランド社会では、女性は、多くの面で男性とほぼ同等の地位や権利を認められていた。女性も、男女共学の最高学府で学ぶことができ、高位の公的地位に就くことさえできた。古代・中世のアイルランド文芸を読む上でも、このような古代アイルランド社会の女性の地位をうかがわせる描写がよく出てくる。最高の教育を受け、アンルー、すなわち〝上位弁護士・裁判官〟という高い公的資格をもち、国内外を舞台に縦横に活躍するこの《修道女フィデルマ・シリーズ》の主人公、尼僧フィデルマは、むろん作者が創造した女性ではあるが、決して空想的なスーパー・ウーマンといった荒唐無稽な存在ではないのである。

4　モアン王国＝マンスター王国。モアンは、現在のマンスター地方。五王国中、最大の王国で、首都はキャシェル。町の後方にそびえる巨大な岩山〈キャシェルの岩〉の頂上に建つキャシェル城は、マンスター王の王城でもあり大司教の教会堂でもあって、古代からアイルランドの歴史と深く関わってきた。現在も、この巨大な廃墟は、町の上方に威容を見せている。このシリーズの主人公フィデルマは、モアンの新王コルグーの妹、先王カハルの姪、数代前の王ファルバ・フランの娘として、このキャシェル城で生れ育った、と設定されている。

5　大河＝現在のブラックウォーター川。

6　職業的な哀悼者＝アイルランドには、古くから、葬送に際して、死者を悼んで〝キーン〟という即興歌を歌う慣習があった。語源は、アイルランド語で〝泣くこと〟を意味するクィーニャ。本来は、肉親たちによって歌われるものであったが、次第に即興歌に長《た》け、よい声をした者を雇うようになり、それを生業《なりわい》とする人間も出現した。キリスト教が入ってくると、異教時代の悪習である、死後の生こそ大事なのだから現世の死をあまりにも大仰に嘆くべきではない、などの理由で禁止された。しかし僻地には、十九世紀末まで、わずかに残っていた。アイルランドの劇作家J・M・シングの散文『アラン島』の中に、〝キーン〟について述べられた感銘深い一節がある（一八九八年の夏、アラン三島の一つ、イニシュマーンでのシングの体験）。

7　〈選択権をもつ年齢〉＝成人として認められ、自《みずか》らの判断を許される権利。男子は十七歳、女子は十四歳で、その資格を与えられた。

8　オー・フィジェンティ＝アイルランド西部の、現リメリック州あたりに勢力をもっていた小王国。モアン王国を形成する小王国の一つで、モアン王に服従はしているものの、決して完全には順《まつろ》わぬまま叛逆の機会を狙っている王国内の危険分子的な存在として、《修道女フィデルマ・シリーズ》の中にしばしば登場している。

9　土地は一族に……＝父親の土地は、子供たちに等分に相続された。ただ娘には相続分の所有権はなかったものの、生涯、それを利用することはできた。しかし、死亡後は、土地は〈家族の所有地〉として一族に返還された上で、クランの維持のために一部は族長に納められ、残りは男子最近親者が相続することになっていた。

10　オカイラ＝小農。古代アイルランドの社会構成は、〈自由民〉と〈非自由民〉とに大別された。〈自由民〉はすべて土地所有者であり、その大小によって、さらに細かい階級に分かれていた。その中でオカイラはもっとも貧しい土地所有農民。しかし、最低七カマル（第二章訳註11参照）の土地を持っていることが、その資格であった。

11　カマル＝古代アイルランドにおける〝富〟の単位。牧畜国のアイルランドでは、貨幣（金、銀）ではなく、家畜や召使いを〝富〟を計る基準とし、シェードとカマルの二つの単位を用いていた。一シェードは若い牝牛一頭の価値、一カマルは、女召使い一人、あるいは六シェード、すなわち若い牝牛六頭（乳牛であれば、三頭）の価値となる。また、土地の広さを測る単位としては、一カマルは一三・八五ヘクタールとなる。

12　『クリフ・ガブラッハ』＝〈ブレホン法〉の一部で、主として社会的階級や組織に関する法律を記したもの。

13　カーハッハ＝あるいはモハタカルタク（?～六三七）。アイルランド人の聖人、司教、修道院長。生れはブリトンとの説もある。オファリーのラハンで修道団を結成したが、他の修道院から排斥されてリス・ヴォール（現リスモア）に移り、そこで新たに修道院を設立した。これは、その後、アイルランド有数の修道院へと成長していった。

14　ラハン＝アイルランド中央部のオファリー州の古い町。六世紀に、聖カーハッハが建立した二つの教会の遺跡が、今も残っている。

15　〝聖ヨハネの剃髪〟＝この時代、カソリックの聖職者は剃髪をしていたが、ローマ教会の剃髪は頭頂部のみを丸く剃る形式であった。しかしアイルランド（ケルト）教会では、それとは異なる形をとっていた。著者は《修道女フィデルマ・シリーズ》の中でよくこの点に言及しているが、たとえば、シリーズ二作目の *Shroud for Archbishop* の中でも、〝前頭部の髪を、左右の耳を結ぶ線まで剃り上げ、残りの髪は長く伸ばし……〟と、説明している。

16 修道士エイダルフ＝現在刊行されている《修道女フィデルマ・シリーズ》のほとんどの作品に登場する若いサクソン人。ローマ教会派に属する修道士ではあるが、常にフィデルマのよき助手、優れた協力者として、彼女と共に謎を解明してゆく。このシリーズの中のワトソン役。

17 ローマ教会の信奉者＝アイルランドでは、キリスト教は五世紀半ば（四三二？）に聖パトリックによって伝えられたとされるが、その後速やかにキリスト教国になり、聖コロムキルや聖フルサを始めとする多くの聖職者たちが現れた。彼らは、まだ異教徒の地であったブリトンやスコットランド等の王国にも赴き、熱心な布教活動を行なっていた。しかし、改革を進めつつあったローマ教皇のもとなるローマ派のキリスト教との間には、復活祭の定め方、儀式の細部、信仰生活の在り方、神学上の解釈等さまざまな点で相違点が生じており、ローマ教会派とアイルランド（ケルト）教会派の対立を生んでいた。だが、フィデルマの物語の時代（七世紀中期）には、アイルランドにおいても次第にローマ教会派が広がりつつあり、九〜十一世紀には、アイルランドのキリスト教もついにローマ教会派に同化していくことになる。

18 キルデア＝現在のアイルランドの首都ダブリンの南に位置する地方。アイルランドで聖パトリックに次いで敬慕されている聖女ブリジッド（?～五二五頃）によって、この地に修道院が建てられたという。フィデルマは尼僧として一時この修道院で暮らしていたので、キルデアのフィデルマと呼ばれている。

19 サクソン＝ゲルマン民族の大移動の中で、ドイツ北西部から南下し、五世紀ごろイギリスに渡った部族。サクソン人のキリスト教への改宗は、ローマによる布教だけではなく、アイルランドの聖職者による布教の結果でもあった。

20 フルサ＝（?～六四五または六五〇）。アイルランドの聖者、修道院長。アイルランドで活躍したあと、六三〇年ごろにイギリスに渡り、修道院を設立した。しかし勃発した戦乱の中で庇護者であった王が亡くなったため、六四〇年ごろに大陸に渡り、その後はフランスで活躍した。彼はしばしば恍惚状態におちいり、天国や地獄、天使や悪魔などの幻影を見、それを記述した。これに刺戟されて、多くの幻想文学が生れたが、とりわけ地獄の幻想は、ダンテの『神曲』の地獄の描写に影響を与えたといわれる。

21 ダロウ＝アイルランド中央部の古い町。五五六年、聖コロムキルによって設立された修道院で有名。この修道院にあった装飾写本『ダロウの書』は、アイルランドの貴重な古文書で、現在はダブリンのトリニティ大学が所蔵。

22 トゥアム＝アイルランド北西部のゴルウェイ地方の町。六世紀に設立された修道院は、神学、医学の学問所としても名高かった。

23 コロムキル＝コロンバ。しばしばアイオナのコロムキル／コロンバと呼ばれる（五二一？～五九七）。王家の血を引く貴族の出。アイルランドの聖人、修道院長。デリー、ダロウ、ケルズなどアイルランド各地に修道院（三十七箇所といわれる）を設立したが、五六三年、十二人の弟子と共にスコットランドへ布教に出かけた（一説には、修道院内の諍いの責任をとっての出国とも）。彼は、スコットランド王の許可を得て、その西岸の島アイオナに修道院を建て、三十四年間、その院長を務めた。さらにスコットランドや北イングランドの各地で多方面に修道院の設立や後進の育成などに専念し、あるいは諸王国間の軋轢を仲裁するなど、旺盛な活躍をみせ、その生涯のほとんどをスコットランドでおくった。とりわけアイオナの修道院は、アイルランド教会派のキリスト教とその教育や文化の重要な中心地となっていた。数々の伝説に包まれたカリスマ的な聖職者であり、また古代アイルランド文芸に望郷の思いを詠った詩人でもある。

24 テオドーレ＝タラスのテオドーレ／テオドロス（六〇二？～六九〇）。シシリアの夕ラス生れのギリシャ人。教皇の命で、六六九年にイギリスに渡り、カンタベリーの初代大司教となったため、カンタベリーのテオドーレとも呼ばれる。イギリスにおける信仰の確立と統一に努め、ローマ教会派とアイルランド教会派の融和をはかる等、精力的に活躍した。彼の許には、アングル人、サクソン人、アイルランド人、ブリトン人等、各国から大勢の修道士や神父たちが集まり、カンタベリーは学問の中心地となっていった。

第三章

1 黒リンボクの杖《ブラック・ソーン》＝貧しい徒歩の旅人や放浪者の、お決まりの恰好。

2 〈非自由民〉＝第二章訳註10参照。〈非自由民〉は土地をもたず、クランの中での公的権利をもっていない階層であるが、フィデルマの説明にあるように、決して固定された身分ではなく、鍛冶や医術、ハープの演奏等の技倆を習得したり、科料を完済したりすれば、〈自由民〉となることができた。

3 弁償金＝〈ブレホン法〉の際立った特色の一つは、古代の各国の刑法の多くが犯罪に対して〝懲罰〟をもって臨むのに対し、〝償い〟をもって解決を求めようとする精神に貫かれている点であろう。各人には、地位、財産、血統などを考慮して社会が評価した〝価値〟、あるいはそれにそって法が定めた〝価値〟が決まっていて、殺人という重大な犯罪さえも、被害者のこの〈名誉の価値《オナー・プライス》〉を弁償することによって、つまりは〈血の代《ブラッド・》償金《マネー》〉を支払うことによって、解決されてゆく。この精神や慣行は、神話や英雄譚の中にもしばしば登場している——たとえば、アイルランドの三大哀歌《エレジー》の一つといわれる『トゥーランの子らの運命』も、有力な神ルーの父を殺害したために、ルーから苛酷な弁償を求められたトゥーランの息子たちが辿る悲劇を物語る。

4　コンレード＝?〜五二〇年頃。アイルランドの隠者。司教であったともいわれている。キルデアの住人で、優れた鍛冶師であり、聖ブリジッドが設立したキルデアの修道院のために聖具を作ったとされる。祭日は、五月十日。

5　ルナサ＝アイルランドのデ・ダナーン神話の中の輝かしい神ルーを祭る異教の祭日で、キリスト教以前の四大祭日の一つ。収穫感謝の祭りでもあったらしい。現代アイルランド語では〝八月〟を意味する単語となっている。

6　〝剣によって滅ぶ〟＝『新約聖書』の「マタイ伝」第二十六章五十二節。〝ここにイエス、彼に言い給う、汝の剣を収めよ。すべて剣を取る者は、剣にて滅ぶなり〟への言及。

第四章

1　ハリエニシダ＝アイルランドの荒地に多く見られる灌木。濃い緑の葉と、夏の間三箇月もつぎつぎに咲き続けて甘い香りをあたりに漂わせる鮮やかな黄色の花は、荒れ野や岩原を彩る夏の風物詩である。だが、その美しさに似ず密生する大きな鋭い棘をもち、農民泣かせの藪でもある。しかし牛や羊を放牧する草地の周囲にこの茂みを一列残しておけば、恰好の柵となってくれる。

2　低い石垣＝アイルランドの緑鮮やかな美しい平地や丘辺も、近寄ってみると大小の石がごろごろと散乱している荒れた土地であることが多い。国土を南北に貫くシャノン川の西岸はとりわけそれが著しく、農民は苦労する。彼らはこの夥しい石灰岩や花崗岩の石塊《いしくれ》を長い年月をかけてとり除いては、道の両側や土地の境界線などに積み上げてきた。緑の野面《のづら》に網の目のように広がる高さ一〜一・五メートルほどの白っぽい石垣は、アイルランドの、特に西部地方の風景の特徴となっている。邪魔な石の処分というだけでなく、所有地の境界線、放牧中の家畜が逃げ出すのを防ぐ柵、雨風で土が流れるのを防ぐ土留め、放牧されている家畜にとっては風除けなどと、実用性も大きい。

3　デルフィニャ＝血縁でつながれた集団やその構成員。デルヴは、〝真の〟、〝血のつながった〟などを意味し、フィニャは〝家族集団〟を意味する。男系の三世代（あるいは、四世代、五世代、などと言及されることもある）にわたる、〈自由民〉である全血縁者。

4　高十字架《ハイ・クロス》＝ケルティック・ハイ・クロス、あるいはアイリッシュ・ハイ・クロスとも。古代・中世のもので、アイルランド独特の丈の高い石造十字架（若干、スコットランドにもあり）。十字の交叉部分を中心として円環が組みあわされたデザイン。前面には、よく聖書の中の場面やケルト模様が彫りこまれている。側面や背面にまで、彫刻をほどこしたものも多い。現在も、モナスターボイスやムーンを始め、各地に残っている。

5　巌を打つモーセ＝『旧約聖書』の「出エジプト記」の第十七章六節。エジプトを逃れて曠野をさすらうイスラエルの民が渇きに苦しんだとき、エホバの教えにしたがってモーセが杖で巌を打ったところ、たちまち水が湧き出しイスラエルの民は救われた、という奇跡のエピソード。

6　主《あるじ》としての義務＝王や富裕者であれ貧しい農民であれ、その身分に応じて客や旅人を手厚くもてなすことは、一家の主のごく大事な義務であり礼儀であるとされ、風呂と食事と寝床を用意するのが常であった。それに悖《もと》ることは、恥ずべき振る舞いであり、非難される非常識であった。

第五章

1　大王《ハイ・キング》＝アイルランド語ではアルド・リー。〝全アイルランドの王〟、あるいは〝アイルランド五王国の王〟とも呼ばれる。紀元前からあった呼称であるが、強力な勢力をもつようになったのは、二世紀の〝百戦の王コン〟、その子である三世紀のアルト・マク・コン、アルトの子コーマック・マク・アルトのころ。実質的な大王の権力を把握したのは、十一世紀初めの英雄王ブライアン・ボルーとされる。大王は、ミースの王都タラで、政治、軍事、法律等の会議や、文学、音楽、競技などの祭典でもあった国民集会〈タラの祭典〉を主催した。

しかし、アイルランドのこの大王制度は、一一七五年、英王ヘンリー二世に屈したロリー・オコナーをもって、終焉を迎えた。

第六章

1　『ドゥ・ブレハブ・ガイラ』＝障害者の扶養についての親類縁者の義務に関する判例を記した、断片的に伝わるテキスト。二部から成り、前半は高齢者、盲人、聾唖者、病人の扶養について、後半は精神的障害者の庇護に関して、記したもの。（参照：*A Guide to Early Irish Law by Fergus Kelly*）

第七章

1 〈詩人の木簡〉＝原文では、〈詩人の棒〉、あるいは〈オガム文字の杖〉。この古代の書物がどういうものであるかは、ここでフィデルマが説明しているとおりであるが、もう少し説明を加えると、榛《はしばみ》、櫟《いちい》、箱柳《はこやなぎ》などの細い板や枝、あるいは樺《かば》などの樹皮に、オガム文字（第七章訳註2参照）を刻んだらしい。これらを〈詩人の棒〉、〈オガムの杖〉と直訳しても、書物としてのイメージが浮かびにくいので、形状はいささか異なるが、著者の了解を得て、小説の中では、あえて〈木簡〉という単語を使わせていただいた。

ただ、日本の〈木簡〉は主として実務的な用途に用いられていたかと思われるが、この古代アイルランドの木片は、学術、法律、文学等、広い分野にわたる古文書であった。また、第四章で描かれていたような石造十字架や石碑などにも、石材の角を基線として、よくオガム文字が刻まれていた。この〈詩人の木簡〉という古代の書物は、修道院の図書館等では、一冊分をまとめて袋に入れ、壁の釘《ペッグ》の列に吊されていた、とも考えられている。《修道女フィデルマ・シリーズ》のほかの巻にも、この〝書物〟や図書館は描かれている。

なお、古くは、〈詩人〉〈フィリヤ〉は学者でもあり、またさらに古くは、言葉の魔力を通して超自然とも交信をなし得る神秘的能力をもった人でもあり、社会的に高い敬意や畏怖をもって遇された存在であった。

2　オガム文字＝石や木に刻まれた古代アイルランドの文字。三～四世紀に発達したものと考えられている。オガムという名称は、アイルランド神話の中の雄弁と文芸の神オグマ（第十二章訳註1参照）に由来するとされている。

一本の長い縦線の左側や右側に、あるいは横線の上部や下部に、直角に短い線が一～五本刻まれる。あるいは、長い線をまたぐ形で、短い直角の線（あるいは、点）や斜線が、それぞれ一～五本、刻まれる。この四種類の五本の線や点、計二十の形象が、オガム文字の基本形となる。この文字でもって王や英雄の名などを刻んだ石柱・石碑は、今日《こんにち》も各地に残っている。石柱、石碑の場合は、石材の角が基線として利用されている。

また、第七章訳註1で言及し、本文にも描写されているように、古文書には、かなり長い詩や物語もオガム文字で記されていた、との言及があるという。しかし、キリスト教とともにラテン文化が伝わり、ラテン語アルファベットが導入されると、オガム文字はそれにとって代わられた。

3　学問を修めて＝第二章訳註3で触れたように、古代アイルランドでは、女性も男性と同様に、学問所で、あるいはその他の方法で、教育を受けることができた。

4　王や族長になることも……＝この掟は、すでに神話の中にも出てくる。たとえば、デ・ダナーン神族の指導者であったヌアダはフィアボルグ神族との戦いで片腕を失って王位を退いたが、医術の神ディアン・ケハトが銀で義手を作ってくれたため、ふたたび王位に戻った、と語られている。それ以降、彼は〝銀の腕のヌアダ〟と呼ばれることになった、といわれる。また、歴史時代に入って、三世紀の大王コーマック・マク・アルトも同様に、片目を失ったために退位している（第八章訳註1参照）。

5　ローマから新しい考え方……＝ローマ教会派とアイルランド教会派の対立については、第二章の訳註17を、またアイルランドの法律の〝償い〟の精神に関しては、第三章訳註3を、参照。

6　オスウィー＝あるいは、オズウィー（六一二？～六七〇）。ノーサンブリアの王。〈ウィトビアのシノド（宗教会議）〉の主催者。

7　ウィトビアにおける宗教会議＝六六四年、ノーサンブリア王国ウィトビア／ウィトビー（旧名ストローニャシャル）の修道院において、ノーサンブリア王オスウィーの主催という形で開催された宗教会議。復活祭の日の定め方、教義の解釈、信仰の在り方等、当時対立が顕著となったローマ教会とアイルランド（ケルト）教会の妥協を求めるための会議であったが、最終的には、オスウィー王が天国の鍵の保持者聖ペテロにしたがうと決定したため、イングランド北部の教会は聖ペテロが設立したとされるローマ教会に属することとなり、その結果アイルランド教会派はさらに孤立してゆき、ついに十一世紀にはローマ教会に同化していった。《修道女フィデルマ・シリーズ》の第一巻 *Absolu-*

tion by Murder は、このウィトビア宗教会議を物語の背景としており、アイルランド教会派に属する修道女フィデルマは、サクソン人でローマ教会派のエイダルフと、そこで初めて出会ったのであった。

8　オルトーン＝アルド・ブラッカンのオルトーン（？～六五七）。アイルランドの聖人、学者。ミースの大司教だったともいわれる。学校の設立、貧しい学生への援助と教育、装飾写本の作成等、多方面で活躍した。聖ブリジッドの資料を集め、『聖ブリジッド伝』を著している。

9　『ロバ物語』＝ローマの劇作家プラウタス（二五四？～一八四ＢＣ）の喜劇『アスィナリア』。

第八章

1　デイシ＝ミース地方の強力な部族で、小王国を形成していた。彼らの王〝槍鋭きエーンガス〟の姪が、大王コーマック・マク・アルトの息子ケーラックに陵辱されたとき、エーンガスはタラの大王の許へ出かけて正義の裁きを求めた。しかし、ケーラックに事実を否定され、怒ったエーンガスは彼を殺害する。そのためデイシ一族はコーマックの執拗な報復を受けて国を追われ、ある者はマンスターに、またある者は海を渡って南ウエールズに移住することになった。デイシ一族の離散と滅亡は史実であるが、一方では『デイシ一族の放逐』という物語となって、後世に伝えられた。物語は、三世紀には口承文芸として成立していたと考えられているが、文献としては六、七世紀の古文書として断片的に残っている。

本書の著者ピーター・トレメインは、これらを基にした*Ravenmoon*という長編小説も著している。

またコーマックは、息子ケーラックが殺されたとき、息子をかばおうとしてエーンガスの槍の石突で突かれ、片目を失った。古代アイルランドでは、五体健全な者でなければ王位に就くことはできない定めになっていたため、コーマックは退位し、別の息子カブリーが次代の大王位を継いだとされている。

2　コーマック・マク・アルト＝〝アルトの息子コーマック〟。二五四〜二七七年の大王。英雄フィンを首領とした有名な〈フィニアン勇士団〉の保護者で、ダナーン神族の神々、とりわけ海神マナナーンと親しく、数々の異境の冒険を体験したとされる。史実と英雄伝説との間で活躍する英雄王。フィンの許婚でありながら、〈フィニアン勇士団〉の勇士ディアルムィッドと駆け落ちをしてフィンの激しい追跡を受けた悲恋物語のヒロイン、グラーニャは彼の娘であったとされる。

3　『カイン・ラーナムナ――婚姻に関する定め』＝カインは、〝法律、処罰〟、ラーナムナは〝結婚やその他の男女の結びつき〟を意味する語。男女同等の立場での結婚、妻（夫）問い婚、略奪婚、秘密婚等、男女の結びつき（結婚）を九種類にわたって論じたもの。さらには、第二夫人や側室の権利、離婚の条件や手続き、暴行に関する処罰までも、詳論されているようだ（*A Guide to Early Irish Law*）。

4 『ブレハ・クローリゲ』＝『被害者・弱者救済の定め』。ブレハは〝判決〟、クローリゲは〝暴力の被害者や病弱者〟の意。フィデルマがここで述べているように、この法典の写書者は、『旧約聖書』の中の〈選民〉たちの生活様式を引用して、一夫多妻制を認めている。

A Guide to Early Irish Law によると、その他、怪我や病気に対する薬草の効用、ラーにおいて女性が果たしている重要な役割、養子制度など、多くの問題に触れていて、その中には、傷害事件における被害者の療養や扶養を加害者に徹底的に負担させ、その実行を第三者が監督する制度など、興味深い条項もこの文献に記載されていたとのことである。

5 〝ほかの頰をも……〟＝『新約聖書』の「ルカ伝」第六章二十九節。〝汝の頰を打つ者には、ほかの頰をも向けよ〟。また、「マタイ伝」第五章三十九節にも、〝人もし汝の右の頰を打たば、左をも向けよ〟とある。

6　ヒルダ＝ウィトビアのヒルド（六一四〜六八〇）。ノーサンブリアと東アングリアの二王家の血を引く、貴族出身の尼僧。三十三歳で宗門に入り、六五七年、ノーサンブリアのウィトビア（第七章訳註7参照）に修道院を設立して、僧院長となる。ウィトビアでの宗教会議は、ここで開催された。
この修道院は、修道士と修道女が共に信仰生活を送る〈コンホスピタエ〉としても、有名であった（十一世紀に、男子修道院となる）。また、図書館も併設し、学問のセンターとしても知られた。ヒルダは、聖職者や学者たちからもその叡智を称えられ、王から庶民に至るまで、広く敬愛されていた。

7　コールマン＝リンデスファーンのコールマン（?〜六七六）。聖者。ノーサンブリアでもっとも重要であった修道院、リンデスファーン修道院の院長。彼が率いるアイルランド教会派とローマ教会派の対立が激化し、この妥協点を求めようと、ウィトビア宗教会議が開催されたが、彼はアイルランド派の指導者として出席し、ローマ派のウィルフリドと激論を戦わせた。しかし、最終的には、英国の教会は全てローマ教会を受け入れることになった（第七章訳註7参照）。敗れたコールマンはリンデスファーン僧院長を辞任し、同修道院のアイルランド聖職者全員とイギリス人聖職者三十人と共にアイオナ島に渡り、この地に修道院を新たに設立。さらにその後、アイルランドに戻って西部のイニシュボフィンにさらに修道院を設立し、宗教活動を続けた。

8　エイターン＝《修道女フィデルマ・シリーズ》の第一巻 *Absolution by Murder* で、アイルランド教会の代表としてウィトビア宗教会議に出席していた尼僧院長。彼女はその最中に殺害され、会議に出ていたフィデルマが、〈ブレホン法〉の弁護士として、その解明を委ねられた。この事件がきっかけで、《修道女フィデルマ・シリーズ》が始まる。

9　「主イエスでさえ……」＝『新約聖書』の「マルコ伝」第十五章三十四節。〝三時に、イエス、大声で、「エロイ、エロイ、ラマ・サバクタニ」と呼ばわり給う。これを解《と》けば、「我が神、我が神、何ぞ我を見捨て給いし」との意なり〟。「マタイ伝」第二十七章四十六節では、「エリ、エリ、ラマ・サバクタニ」。

10　モラン＝ブレホンの最高位のオラヴの資格をもつ、フィデルマの恩師。

11　〝人の子《ザ・サン・オブ・マン》は……〟＝『新約聖書』の「マタイ伝」第十三章四十一節。〝人の子、その使いたちを遣わさん。彼ら、御国のうちより全ての躓《つまず》きとなる物と、不法をなす者とを集めて、火の炉に投げいるべし。そこに、哀哭《なげき》、切歯《はがみ》することあらん〟。

12　ペラギウス＝（三六五？～四一八）。四～五世紀ごろ、修道士として、ローマで修道院生活の指導や著述にあたっていた神学者。イギリス人とも、アイルランド人ともいわれている。〈原罪〉や〈幼児洗礼〉を否定し、〈自由意志〉を強調して、人は自分の力で救われるのであって、神の恩寵によって救われるのではないと説く。彼の主張する神学は、アウグスティヌスやヒエロニムスに〈異端〉として激しく攻撃され、四一八年のカルタゴ宗教会議で、破門された。

13 ゾーシムス＝ローマ教皇。初めはペラギウスの思想を肯定していたが、その論文『自由なる意志について』が発表されると、アウグスティヌスたちがこれを激しく攻撃し、教皇に再審を迫った。その結果、ゾーシムスは『撤回の書』を公布する羽目になり、ペラギウスを破門した。

14 ヒッポのアウグスティヌス＝三五四〜四三〇年。北アフリカ生れの聖人。ヒッポの司教。キリスト教の思想と信仰の集大成者。カルタゴで放縦な青年期を過ごすが、三八七(三八六？)年にキリスト教に入信。人間性の堕落、恩寵の優位、神の摂理の絶対性等を強調し、ペラギウスと真っ向から対立して論争し、ついに彼をキリスト教会から排斥した。

15 ホノリウス＝三八四〜四二三年。初代の西ローマ皇帝。

16 神の呪い＝『旧約聖書』の「創世記」第三章十六〜二十四節。

第九章

1　『ブレハ・コマーケイシャ』＝『隣人に関する定め』。主として、隣人の家畜の侵入により土地や収穫がこうむった損害について検討した法律。損害を与えた側は、これを隣人に弁償しなければならない。こうした事態にそなえて、農民たちは、前もって互いに保証金を支払うためのとり決めを結んでおく。実際に損害が生じたとき、多くの場合、わざわざ裁判官に依頼するまでもなく、〝善意の隣人〟に裁定を委ねて、ことを解決することになっていたらしい。この法律（慣行）は、農場への損害のみでなく、樹木（立ち木、林）に関する損害にも、適用された（*A Guide to Early Irish Law*）。

第十章

1　〈名誉の価値《オナー・プライス》〉＝第三章訳註3の〝弁償金〟の項を参照。価値は、その人物の社会的地位、家柄などを勘考して慎重に決定される。フィデルマの場合、修道女であり、かつドーリィー（法廷弁護士）の中でもアンルー（上位弁護士）の資格をもつ高位の裁判官であり、それに加えて、古代五王国の中で最大のマンスター王国のかつての国王の王女で、先代国王の姪、現国王の妹なのであるから、彼女の〈名誉の価値〉は、正規に請求するなら、きわめて高額なものとなる。

訳者紹介　早稲田大学大学院博士課程修了。英米演劇，アイルランド文学専攻。翻訳家。主な訳書に，C・パリサー『五輪の薔薇』，P・トレメイン『アイルランド幻想』，共訳に『J・M・シング選集』I・IIなど。

検印
廃止

蜘蛛の巣　上

2006年10月27日　初版

著　者　ピーター・トレメイン

訳　者　甲《か》斐《い》萬《ま》里《り》江《え》

発行所　（株）東京創元社
代表者　長谷川晋一

162-0814/東京都新宿区新小川町1-5
電　話　03・3268・8231-営業部
　　　　03・3268・8204-編集部
URL　http://www.tsogen.co.jp
振　替　00160-9-1565
工友会印刷・本間製本

ISBN4-488-21807-5　C0197

John Dickson Carr
(Carter Dickson)

ディクスン・カー（カーター・ディクスン）（米 一九〇六—一九七七）

〈不可能犯罪の作家〉といわれるカーは、密室トリックを得意とし、怪奇趣味に彩られた独自の世界を築いている。本名では**フェル博士**、ディクスン名義では**ヘンリ・メリヴェール卿**（H・M）が活躍する。作風は**『赤後家の殺人』**等初期の密室ものから、**『皇帝のかぎ煙草入れ』**など中期の心理トリックもの、そして**『死の館の謎』**等晩年の歴史ものへと変遷した。

ディクスン・カー
宇野利泰 訳
カー短編全集1
不可能犯罪捜査課
〈本格〉

発端の怪奇性、中段のサスペンス、解決の意外な合理性、この本格推理小説に不可欠の三条件を見事に結合して、独創的なトリックを発明するカーの第一短編集。奇妙な事件を専門に処理するロンドン警視庁D三課の課長マーチ大佐の活躍を描いた作品を中心に、「新透明人間」「空中の足跡」「ホット・マネー」「めくら頭巾」等、全十編を収録する。

11801-1

ディクスン・カー
宇野利泰 訳
カー短編全集2
妖魔の森の家
〈本格〉

長編に劣らず短編においてもカーは数々の名作を書いているが、中でも「妖魔の森の家」一編は、彼の全作品を通じての白眉ともいうべき傑作である。発端の謎と意外な解決の合理性がみごとなバランスを示し、加うるに怪奇趣味の適切ないろどり、けだしポオ以降の短編推理小説史上のベスト・テンにはいる名品であろう。ほかに中短編四編を収録。

11802-X

ディクスン・カー
宇野利泰 訳
カー短編全集3
パリから来た紳士
〈本格〉

カー短編の精髄を集めたコレクション、本巻にはフェル博士、H・M、マーチ大佐といった名探偵が一堂に会する。内容も、隠し場所トリック、不可能犯罪、怪奇趣味、ユーモア、歴史興味、エスピオナージュなど多彩をきわめ、カーの全貌を知るうえに必読の一巻である。殊に「パリから来た紳士」は著者の数ある短編の中でも最高傑作といえよう。

11803-8

ディクスン・カー
宇野利泰 訳
カー短編全集4
幽霊射手
〈本格〉

カーの死後の調査と研究に依って発掘された、若かりし日の作品群や、ラジオ・ドラマを集大成した待望の短編コレクション。処女短編「死者を飲むかのように……」を筆頭に、アンリ・バンコランの活躍する推理譚と、名作「B13号船室」をはじめとする傑作脚本を収録した。不可能興味と怪奇趣味の横溢するディクスン・カーの世界！　志村敏子 画

11820-8

黒い塔の恐怖

ディクスン・カー
宇野・永井 訳
カー短編全集5

〈本格〉

今は亡き〈不可能犯罪の巨匠〉ディクスン・カーの、長編小説以外の精華を集大成した一大コレクション。ことに、傑作怪奇譚をはじめ、ラジオ・ドラマ、ホームズもののパロディ、推理小説論等、多方面にわたるカーの偉大な業績を集め、巻末に詳細な書誌を付した本巻はカーの足跡をたどる上で逸することのできない一冊となろう。志村敏子 画

11821-6

ヴァンパイアの塔

ディクスン・カー
大村・高見・深町 訳
カー短編全集6

〈本格〉

全員が互いに手を取り合っている降霊会の最中、縛られたままの心霊研究家が殺される。密室状況下で死んでいた男は自殺かと思われたが、死体の周囲に凶器が見あたらない「暗黒の一瞬」等々、カーの本領が発揮された不可能興味の横溢するラジオ・ドラマ集。クリスマス・ストーリー「刑事の休日」を併載。松田道弘の「新カー問答」を収める。

11825-9

帽子収集狂事件

ディクスン・カー
田中西二郎 訳

〈本格〉

夜霧たちこめるロンドン塔逆賊門の階段で、シルクハットをかぶった男の死体が発見された、いっぽうロンドン市内には帽子収集狂が跳梁して、帽子盗難の被害が続出する。終始、帽子の謎につきまとわれたこの事件は、不可能興味において極端をねらう作家カーが、密室以上のトリックを考案して全世界の読者をうならせた、代表的な傑作である。

11804-6

盲目の理髪師

ディクスン・カー
井上一夫 訳

〈本格〉

大西洋航路の豪華船の中で二つの大きな盗難事件が発生し、さらに奇怪な殺人事件が持ち上がる。なくなった宝石が持ち主の手にもどったり、死体が消えたり、すれちがいと酔っぱらいのドンチャン騒ぎのうちに、無気味なサスペンスと不可能犯罪のトリックが織りこまれている。カーの作品中でも、もっともファースの味の濃厚な本格編である！

11805-4

アラビアンナイトの殺人

ディクスン・カー
宇野利泰 訳

〈本格〉

ある夏の夜のこと、ロンドンの博物館をパトロール中の警官は怪人物を発見する。だが、その人物は忽然と消滅してしまった。しかも、博物館の中では殺人事件が発生していた。ユーモアと怪奇を一体にしたカーの独特な持ち味が、アラベスク模様のように絢爛と展開する代表的巨編。フェル博士がみごとな安楽椅子探偵ぶりを発揮する異色作である。

11806-2

曲った蝶番《ちょうつがい》

ディクスン・カー
中村能三 訳

〈本格〉

ケント州の由緒ある家柄のファーンリ家に、突然、一人の男が現われて相続争いが始まった。真偽の鑑別がつかないままに、現在の当主が殺され、指紋帳も紛失してしまった。さしもの名探偵フェル博士も悲鳴をあげるほどの不可能犯罪の秘密は？ 全編をおおう謎に加えて自動人形や悪魔礼拝など、魔術趣味の横溢する本格愛好家への格好の贈物。

11807-0

死者はよみがえる

ディクスン・カー
橋本福夫訳

〈本格〉

友人と賭をし、南アフリカからの無銭旅行に出た新進作家のケントは、何とかロンドンには着いたものの、一文なしになっていた。約束の日が明日にせまっているというのに、彼は空腹を我慢できず、やむなくホテルに飛び込み、客にみせかけて無銭飲食をきめこんだが……。ホテルを舞台にした殺人事件で、フェル博士の究明した意外な真相は？

11808-9

緑のカプセルの謎

ディクスン・カー
宇野利泰訳

〈本格〉

村の菓子屋で毒入りチョコレートが売られ、子供たちに犠牲者が出るという珍事が持ち上った。ところが、犯罪研究を道楽とする荘園の主人が毒殺事件のトリックを発見したと称してその公開実験中に、当の本人が緑のカプセルを飲んで毒殺されてしまった。カプセルを飲ませたのは誰か？フェル博士の毒殺講義をふくむカー中期を代表する傑作。

11809-7

連続殺人事件

ディクスン・カー
井上一夫訳

〈本格〉

妖気ただようスコットランドの古城で起きた謎の変死！妖怪伝説か、保険金目当ての自殺か、それとも殺人か？密室の謎に興味をそそられて乗りこんだフェル博士の目前で、またもや発生する密室の死。怪奇と笑いのどたばた騒ぎのうちにフェル博士の解いた謎は、意外なトリックと意外な動機、さらに事件そのものも意外なものであった！

11810-0

皇帝のかぎ煙草入れ

ディクスン・カー
井上一夫訳

〈本格〉

向かいの家で、婚約者の父親が殺されるのを寝室の窓から目撃した女性。だが、彼女の部屋には前夫が忍びこんでいたので、容疑者にされた彼女は身の証を立てることができなかった。物理的には完全な状況証拠がそろってしまっているのだ。「このトリックには、さすがのわたしも脱帽する」とアガサ・クリスティを驚嘆せしめた不朽の本格編。

11811-9

髑《どく》髏《ろ》城《じょう》

ディクスン・カー
宇野利泰訳

〈本格〉

ライン河畔にそびえる古城、髑髏城。その城主であった稀代の魔術師、メイルジャアが謎の死を遂げてから十数年。今また現在の城主が火だるまになって城壁から転落するという事件が起きた。この謎に挑むのは、ベルリン警察のフォン・アルンハイム男爵とその宿命のライヴァル、アンリ・バンコラン。独仏二大探偵が真相を巡ってしのぎを削る。

11812-7

死の館の謎

ディクスン・カー
宇野利泰訳

〈本格〉

一九二七年のニュー・オーリンズ。過去に奇々怪々な事件の起きたことによって〈死の館〉という異名をもつ〈デリース館〉に、またも発生した不可思議な事件!! 作者カーの若かりし日を彷彿とさせる歴史小説作家ジェフ・コールドウェルの目を通して描かれる、ジャズとT型フォード全盛の古き良き時代。一九七一年度発表の歴史推理巨編！

11813-5

夜　歩く

ディクスン・カー
井上一夫訳

〈本格〉刑事たちが見張るクラブの中で、新婚初夜の公爵が無惨な首なし死体となって発見された。しかも、現場からは犯人の姿が忽然と消えていた！　夜歩く人狼がパリの街中に出現したかの如きこの怪事件に挑戦するは、パリ警視庁を一手に握る名探偵アンリ・バンコラン。本格派の巨匠ディクスン・カーが自信満々、この一作をさげて登場した処女作。

11814-3

絞首台の謎

ディクスン・カー
井上一夫訳

〈本格〉夜霧のロンドンを、喉を切られた黒人運転手の死体がハンドルを握る自動車が滑る！　十七世紀イギリスの絞首刑吏〈ジャック・ケッチ〉と幻の町〈ルイネーション街〉が現代のロンドンによみがえった。魔術と怪談と残虐恐怖を、ガラス絵のような色彩で描いたカーの初期代表作。『夜歩く』につづくバンコランの快刀乱麻を断つが如き名推理！

11815-1

魔女の隠れ家

ディクスン・カー
高見浩訳

〈本格〉チャターハム牢獄の長官をつとめるスタバース家の者は、代々、首の骨を折って死ぬという伝説があった。これを裏づけるかのように、今しも相続をおえた嗣子マルティンが謎の死をとげた。〈魔女の隠れ家〉と呼ばれる絞首台に無気味に漂う苦悩と疑惑と死の影。カー一流の怪奇趣味が横溢する中に、フェル博士の明晰な頭脳がひらめく……！

11816-X

血に飢えた悪鬼

ディクスン・カー
宇野利泰訳

〈本格〉時は一八六九年。ニューヨークからもどったキット・ファレルは、ロンドンに着いた早早、奇怪な事態に遭遇する。そして彼の目前の密室状況下で、ユドルフォ荘の主人が撃たれる事件が発生した！　ガス灯のきらめく十九世紀半ばのロンドンを舞台に、『月長石』の著者ウィルキー・コリンズが名推理を発揮する。巨匠ディクスン・カーの遺作。

11817-8

猫と鼠の殺人

ディクスン・カー
厚木淳訳

〈本格〉猫が鼠をなぶるように、冷酷に人を裁くことで知られた高等法院の判事の別荘で判事の娘の婚約者が殺された。現場にいたのは判事ただ一人。法の鬼ともいうべき判事自身にふりかかった殺人容疑。判事は黒なのか白なのか？　そこへ登場したのが犯罪捜査の天才といわれる友人のフェル博士。意外な真犯人と、驚くべき真相を描くカーの会心作。

11818-6

テニスコートの謎

ディクスン・カー
厚木淳訳

〈本格〉ブレンダは愕然とした。雨上がりのテニスコートには被害者と発見者である自分自身の足跡しか残ってはいなかったのだ。犯人にされることを恐れた彼女は、友人と共にこの事実を隠し通して切り抜けようとするのだが……。主人公達と犯人と警察の三つ巴の混乱の中、第二の不可能犯罪が発生。フェル博士はこの難局をいかにして解決するのか？

11819-4

死時計

ディクスン・カー
吉田誠一訳

〈本格〉月光が大ロンドンの街を淡く照らしている。数百年の風雨に黒ずんだ赤煉瓦の時計師の家、その屋根の上にうごめく人影。天窓の下の部屋では、完全殺人の計画が無気味に進行している……。死体のそばに、ピストルを手にした男が立っていたが……。奇想天外な凶器！　魚のように冷血な機略縦横の真犯人と対決するのは、おなじみフェル博士。

11822-4

亡霊たちの真昼

ディクスン・カー
池央耿訳

〈本格〉一九一二年の十月。作家のジム・ブレイクはハーパー社の依頼でニュー・オーリンズへと向かった。下院議員候補で、同姓のクレイ・ブレイクを取材するためだった。だが、南へ向かう列車の中から、ジムのまわりには不可解なことが連続して起こる。そして、自殺としか思えない情況の下で、殺人事件が発生する。巨匠・カー最晩年の歴史推理。

11823-2

赤後家の殺人

カーター・ディクスン
宇野利泰訳

〈本格〉その部屋で眠れば必ず毒死するという、血を吸う後家ギロチンの間で、またもや新しい犠牲者が出た。フランス革命当時の首斬人一家の財宝をねらうくわだてに、ヘンリ・メリヴェル卿独特の推理が縦横にはたらく。カーター・ディクスンの本領が十二分に発揮される本格編である。数あるカーの作品中でもベスト・テン級の名作といわれる代表作。

11901-8

爬虫類館の殺人

カーター・ディクスン
中村能三訳

〈本格〉第二次大戦下のロンドン、熱帯産の爬虫類、大蛇、毒蛇、蜘蛛などを集めた爬虫類館に、不可思議な密室殺人が発生する。厚いゴム引きの紙で目張りした大部屋の中に死体があり、そのかたわらにはボルネオ産の大蛇が運命をともにしていた。そして殺人手段にはキング・コブラが一役買っている。幾重にも蛇のからんだ密室と、H・Mのくみ合せ。

11902-6

白い僧院の殺人

カーター・ディクスン
厚木淳訳

〈本格〉ロンドン近郊の由緒ある建物〈白い僧院〉——その別館でハリウッドの人気女優が殺された。建物の周囲三十メートルに及ぶ地面は、折から降った雪で白く覆われ、足跡は死体の発見者のものだけ。犯人はいかにしてこの建物から脱け出したのか？　江戸川乱歩が激賞した、《密室の王者》の名に恥じない不可能犯罪の真髄を示す待望の本格巨編！

11903-4

孔雀の羽根

カーター・ディクスン
厚木淳訳

〈本格〉二年前と同じ予告状を受け、警察はその空家を厳重に監視していた。銃声を聞いて踏み込んだ刑事が見たものは、若い男の死体、孔雀模様のテーブル掛けと十客のティーカップ。なにもかもが二年前の事件とよく似ていた。そのうえ、現場に出入りした者は被害者以外にはいないのだ。この怪事件をH・Mは三十二の手掛りを指摘して推理する！

11904-2

仮面荘の怪事件

カーター・ディクスン
厚木 淳 訳

〈本格〉

ロンドン郊外の広壮な邸宅〈仮面荘〉。ある夜、不審な物音に屋敷の者たちが駆けつけると、名画の前に覆面をした男が瀕死の状態で倒れていた。その正体はなんと、屋敷の現当主スタナップ氏その人だったのだ！ なぜ自分の屋敷に泥棒に入る必要があったのか？ そして、彼を刺したのはいったい誰か？ 謎が謎を呼ぶ、カー中期の本格推理。

11905-0

青銅ランプの呪

カーター・ディクスン
後藤安彦 訳

〈本格〉

女流探険家がエジプトの遺跡から発掘した青銅ランプ。持ち主が消失するという言い伝えどおりに、イギリスへ帰国したばかりの考古学者の娘が忽然と姿を消す。さらに!? 本書は、カーがエラリー・クイーンと一晩語り明かしたあげく、推理小説の発端は人間消失の謎にまさるものなしとの結論から書かれた作品で、中期で最も光彩を放つ大作！

11906-9

仮面劇場の殺人

ディクスン・カー
田口俊樹 訳

〈本格〉

かつて、舞台で俳優が急死するなど不幸の続いた仮面劇場。そこでいま、新たに結成された劇団が初公演を控えていた。演目は因縁の『ロミオとジュリエット』。過去との符合に得体の知れぬ不安が漂う初公演前夜、悲劇は起きた。何者かの放った石弓の矢が、観劇中だった往年の名女優の体を貫いたのだ。フェル博士がアメリカで遭遇した難事件。

11827-5

死刑台のエレベーター

ノエル・カレフ
宮崎嶺雄 訳

〈サスペンス〉

犯人は現場へ戻る——愛車のアクセルを踏み込もうとしたとき、ジュリアンは重大な失策に気づき慌てて十三階へ。しかしエレベーターが突然停止、闇の中に取り残された。脱出までの三十六時間に外界で起こった殺人事件を知る筈もない彼は、運命の皮肉と呼ぶには苛酷に過ぎる事態に翻弄される。ルイ・マルによる映画化でも名を馳せた傑作。

14301-6

殺人交叉点

フレッド・カサック
平岡 敦 訳

〈本格〉

十年前に起きた二重殺人は、単純な事件だったと誰もが信じていました。殺人犯となったボブを熱愛していたルユール夫人でさえ、何も疑わなかったのです。しかし、真犯人は、私なのです。時効寸前に明らかになる驚愕の真相。七二年の本改稿版でフランス・ミステリ批評家賞を受賞した表題作に、ブラックで奇妙な味わいの「連鎖反応」を併録。

20513-5

幽霊が多すぎる

ポール・ギャリコ
山田 蘭 訳

〈本格〉

パラダイン男爵邸に幽霊出現！ 部屋を荒らすポルターガイスト。うろつく謎の尼僧。外から鍵をかけた部屋で毎夜ひとりでに曲を奏でるハープ。さらに客人の身に危害が？ 騒動を鎮めるために駆けつけた、心やさしき名探偵ヒーロー氏の活躍ぶりやいかに？ ユーモアとトリックを満載して物語るギャリコ唯一の長編本格ミステリ、ついに登場！

19402-8

Robert Goddard

ロバート・ゴダード（英 一九五四— ）

ハンプシャー州に生まれたゴダードは、ケンブリッジ大で歴史を専攻後、公務員をへて、一九八六年に小説の醍醐味溢れるデビュー作『千尋の闇』を上梓。特に初期長編の幾重にも折り畳まれたような変幻自在の物語の妙味は比類がないが、『永遠に去りぬ』ではこれに人生の苦みが加わり、味わいは深みを増した。当代随一の語り部として今後も目が離せそうにない。

千《ち》尋《いろ》の闇 上

ロバート・ゴダード
幸田敦子訳
〈サスペンス〉

悪友からの誘いに乗って、元歴史教師のマーチンはポルトガル領マデイラへ気晴らしの旅に出た。ところが到着の翌日、友人の後援者である実業家に招かれたマーチンは、謎めいた失脚を遂げた半世紀以上前のある青年政治家にまつわる、奇妙な逸話を聞かされることに……。稀代の語り部が二重底、三重底の構成で贈る、騙りに満ち満ちた物語。

29801-X

千《ち》尋《いろ》の闇 下

ロバート・ゴダード
幸田敦子訳
〈サスペンス〉

チャーチルやロイド・ジョージらとともに、若くして大臣に抜擢された新進政治家ストラフォード。晩年に、このマデイラで綴った大部の回顧録の中で、彼は確たる理由もなく婚約者に去られ、閣僚を外された経緯を記していた。マーチンはいにしえの謎に踏み入るのだが……。埋もれていた絶望、悪意、偽りを焙り出す、巧緻な物語の顛末は？

29802-8

惜別の賦《ふ》

ロバート・ゴダード
越前敏弥訳
〈サスペンス〉

姪の結婚披露宴に、少年時代の親友が闖入してきた。落魄した友は、三十四年前の秋、殺人罪で絞首刑になった父親の無実を訴えた末、翌朝自殺を遂げる。罪悪感に突き動かされたわたしは、疎遠にしていた人々を訪ねる旅に出たが……。錯綜する物語は失われたものへの愛惜と激しい悔恨をたたえ、万華鏡さながらに変転してゆく。円熟の逸品。

29803-6

鉄の絆 上

ロバート・ゴダード
越前敏弥訳
〈サスペンス〉

「あなたがどんな命令を受けているかはわかっています」老婦人は侵入者にそう告げた。彼女はすべての計画を見抜き、死を覚悟したうえで待ち受けていたのだ。高名な詩人の姉であったこの女性に何があったのか？　当初、居直った夜盗の犯行と片づけられたこの事件は、やがて、背後に張り巡らされた策謀を浮かび上がらせることになるのだった。

29804-4

ロバート・ゴダード
越前敏弥 訳

鉄の絆 下

〈サスペンス〉

英国を代表する詩人トリストラム・アブリー。彼は義勇兵としてスペイン内戦に身を投じ、若くしてこの世を去った。この偉大な詩人の残した手紙を求める探索は、彼の姉の死の真相をも明らかにした。しかし、まだすべてが終わったわけではなかった。五十年前のスペインに端を発する因縁が、彼らの運命を大きく変えようとしていたのである。

29805-2

ロバート・ゴダード
伏見威蕃 訳

永遠《とわ》に去りぬ

〈サスペンス〉

夏の盛りの黄金色の日暮れ時に、私は四十代半ばの美しい女性と出逢った。しばし言葉を交わした見知らぬ旅人。だが後日、私は思いがけない報に接する。あのひとが無惨な二重殺人の犠牲者になったというのだ……！　揺曳する女性の面影は、人々の胸にいかなる傷痕を残したのか？　重厚な物語が深い感銘を呼ぶ、当代随一の語り部の真骨頂。

29806-0

ロバート・ゴダード
越前敏弥 訳

石に刻まれた時間

〈サスペンス〉

最愛の妻が逝った。悲しみと驚きに打ちひしがれた僕は、親友夫婦に誘われ、二人の新居に滞在することになる。だが、そこで掻き立てられたのは、新たな悲劇の予感だった。第一次世界大戦直前に建てられ、忌まわしい来歴に彩られた奇妙な石造りの家……そこで錯綜する疑惑と不思議。世にも恐ろしい物語を描きだす、鮮やかなはなれわざ！

29807-9

ウォルター・サタスウェイト
植草昌実 訳

名探偵登場

〈本格〉

奇術師フーディーニは、とある貴族の屋敷を訪れた。知友コナン・ドイル卿も招かれ、降霊会が催されるのだ。実は敵から身を隠すためでもあった。護衛はピンカートン社の探偵だ。すると、たちまち幽霊騒ぎが、謎の狙撃が、ついには密室での怪死が。相次ぐ事件にロンドンから敏腕警部も到着するのだが……推理合戦の妙、探偵小説の粋！

19202-5

ウォルター・サタスウェイト
大友香奈子 訳

仮面舞踏会

〈ユーモア〉

調査依頼を受けパリを訪れたピンカートン社のフィル。アメリカ人出版者の変死事件の状況は自殺を示しているが、調査するうちに怪しい人物が続々と現れる。イギリスから来た女流ミステリ作家。パイプをくわえた敏腕警視。ヘミングウェイ、サティら文化人たち。華やかな一九二〇年代のパリにあの名探偵たちが再登場する痛快時代ミステリ。

19203-3

ジョルジュ・シムノン
宮崎嶺雄 訳

男の首　黄色い犬

〈サスペンス〉

サンテ監獄の厳戒房舎第十一号監房は、異常な緊張に包まれていた。二名の婦人を殺害したため、その日の朝、死刑を宣告された凶悪な殺人犯が、無名の手紙に誘導され、いま脱獄しつつある。五十メートル背後の闇の中ではメグレ警部の一行が、犯人の背後にひそむ真犯人を捕えるために監視している。歴史的名作『男の首』に『黄色い犬』を併載。

13901-9

ドロシー・L・セイヤーズ（英 一八九三―一九五七）

Dorothy L. Sayers

オックスフォードに生まれたセイヤーズは、広告代理店でコピーライターの仕事をしながら二三年に第一長編『誰の死体？』を発表。そのモダンなセンスにおいて紛れもなく黄金時代を代表する作家だが、名作『ナイン・テイラーズ』を含む味わい豊かな作品群は、今なお後進に多大な影響を与えている。ミステリの女王としてクリスティと並び称される所以である。

ピーター卿の事件簿

ドロシー・L・セイヤーズ
宇野利泰訳
〈本格〉

クリスティと並ぶミステリの女王、ドロシー・L・セイヤーズが生み出した貴族探偵ピーター卿の活躍を描く待望の作品集。絶妙の話術が光る秀作を集めた。「鏡の映像」「ピーター・ウィムジー卿の奇怪な失踪」「盗まれた胃袋」「完全アリバイ」「銅の指を持つ男の悲惨な話」「幽霊に憑かれた巡査」「不和の種、小さな村のメロドラマ」の七編を収録。

18301-8

誰の死体？

ドロシー・L・セイヤーズ
浅羽莢子訳
〈本格〉

実直な建築家が住むフラットの浴室に、ある朝見知らぬ男の死体が出現した。場所柄、男は素っ裸で、身につけているものは金縁の鼻眼鏡のみ。一体これは誰の死体なのか？ 卓抜した謎の魅力とウイットに富む会話、そして、この一作が初登場となる貴族探偵ピーター・ウィムジイ卿。クリスティと並ぶミステリの女王が贈る、会心の長編第一作！

18302-6

雲なす証言

ドロシー・L・セイヤーズ
浅羽莢子訳
〈本格〉

兄のジェラルドが殺人犯!? しかも、被害者は妹メアリの婚約者だという。お家の大事にピーター卿は悲劇の舞台へと駆けつけたが、待っていたのは、家族の証言すら信じられない雲を摑むような事件の状況だった……！ 兄の無実を証明すべく東奔西走するピーター卿の名推理と、思いがけない冒険の数々。活気に満ちた物語が展開する第二長編。

18303-4

不自然な死

ドロシー・L・セイヤーズ
浅羽莢子訳
〈本格〉

殺人の疑いのある死に出合ったらどうするか。とある料理屋でピーター卿が話し合っていると、突然医者だという男が口をはさんできた。彼は以前、癌患者が思わぬ早さで死亡したおりに検視解剖を要求したが、徹底的な分析にもかかわらず殺人の痕跡はついに発見されなかったのだという。奸智に長けた殺人者を貴族探偵が追いつめる第三長編！

18304-2

ベローナ・クラブの不愉快な事件

ドロシー・L・セイヤーズ
浅羽莢子訳
〈本格〉

休戦記念日の晩、ベローナ・クラブで古参会員の老将軍が頓死した。彼には資産家となった妹がおり、兄が自分より長生きしたならば遺産の大部分を兄に遺し、逆の場合には被後見人の娘に大半を渡すという遺言を作っていた。だが、その彼女が偶然同じ朝に亡くなっていたことから、将軍の死亡時刻を決定する必要が生じ……？　ピーター卿第四弾。

18305-0

毒を食らわば

ドロシー・L・セイヤーズ
浅羽莢子訳
〈本格〉

推理作家ハリエット・ヴェインは恋人の態度に激昂、袂を分かった。最後の会見も不調に終わったが、直後、恋人が激しい嘔吐に見舞われ、帰らぬ人となる。医師の見立ては急性胃炎。だが解剖の結果、遺体からは砒素が検出された。偽名で砒素を購入していたハリエットは訴追をうける身となる。ピーター卿が決死の探偵活動を展開する第五長編。

18306-9

五匹の赤い鰊《にしん》

ドロシー・L・セイヤーズ
浅羽莢子訳
〈本格〉

釣師と画家の楽園たるスコットランドの長閑な田舎町で、嫌われ者の画家の死体が発見された。画業に夢中になって崖から転落したとおぼしき状況だったが、当地に滞在中のピーター卿はこれが巧妙な擬装殺人であることを看破する。怪しげな六人の容疑者から貴族探偵が名指すのは誰？　後期の劈頭をなす、英国黄金時代の薫り豊かな第六長編！

18307-7

死体をどうぞ

ドロシー・L・セイヤーズ
浅羽莢子訳
〈本格〉

砂浜にそびえる岩の上で探偵作家ハリエット・ヴェインが見つけた男は、無惨に喉を掻き切られていた。手元にはひと振りの剃刀。見渡す限り、浜には一筋の足跡しか残されていない。やがて潮は満ち、死体は流されるが……？　さしものピーター卿も途方に暮れる難事件。幾重もの謎が周到に仕組まれた雄編にして、遊戯精神も旺盛な第七長編！

18308-5

殺人は広告する

ドロシー・L・セイヤーズ
浅羽莢子訳
〈本格〉

広告主が訪れる火曜のピム社は賑わしい。特に厄介なのが金曜掲載の定期広告。これには文案部も音をあげる。妙な新人が入社したのは、その火曜のことだった。前任者の不審死について穿鑿を始めた彼は、社内を混乱の巷に導くが……。広告代理店の内実を闊達に描くピーター卿物の第八弾は、真相に至るや見事な探偵小説に変貌する。モダン！

18309-3

ナイン・テイラーズ

ドロシー・L・セイヤーズ
浅羽莢子訳
〈本格〉

冬将軍の去った沼沢地方の村に、弔いの鐘が響いた。病がちな赤屋敷の当主が逝ったのだ。故人の希望は亡妻と同じ墓に葬られること、だが掘り返してみると、奇怪なことに土中からもう一体、見知らぬ遺骸が発見された。死因は不明。ピーター卿の出馬が要請される。一九三〇年代英国が産んだ最高の探偵小説と謳われる、セイヤーズの最大傑作。

18310-7